# 방패 용사 성공담 20

Aneko Yusagi

아네코 유사기

박용국 옮김

이와타니 나오후미

라프타리아

레인

「실드」배시!」

번쩍. 나를 향해 방패를 든 전신갑옷 인간이 스킬을 시전했다.

# 목차

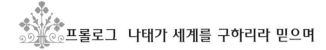

## 프롤로그 나태가 세계를 구하리라 믿으며

"그럼, 나오후미는 일단 원래 이세계로 돌아가겠다는 거지?"

나는 키즈나의 질문에 고개를 끄덕였다.

"그래. 세인의 언니 일도 있으니까 만전을 기해야지."

나는 지금 라르크의 성 회의장에서 열린 긴급회의에 참가하고 있었다.

왜 긴급회의를 하느냐면, 간밤에 세인의 언니가 적인 우리의 본거지에 갑자기 나타나 나에게 한 이런저런 이야기에 관해 대화할 필요가 있었기 때문이다.

뭐, 세인이 이상한 징크스를 믿느라 우리에게 자세한 사정까지는 설명하지 않았다는 게 그 과정에서 밝혀지기도 했지만.

세인은…… 파도 때 멸망한 세계 출신으로, 재봉 도구의 권속기를 가진 용사였다.

어째선지 항상 나를 지키기 위해 신경을 곤두세우고 있으며, 적 세력에 있는 언니를 눈엣가시로 여기고 있었다.

최근에는 그 언니가 틈만 나면 우리에게 집적거리고 있었다.

"현재 상당히 몰아붙이고 있는 건 사실이니 여유가 있다고 볼 수도 있긴 해요. 여기서 완전히 밀어붙이면 좋을 테지만……."

글래스가 하고자 하는 말은 나도 이해할 수 있었다.

지금이야말로 세계가 힘을 합쳐서, 끈질기게 물고 늘어지는 적국에 처들어가서 파도에 맞서야 한다는 생각이리라.

틈만 나면 성무기나 권속기를 써서 세계를 정복하려고 획책하는 무리를 제거해야 마땅하다.

뭐…… 바꿔 말하면 우리도 세계 정복을 하고 있는 거나 마찬가지였지만.

그래도 다른 세계를 침략하려고 획책한 적은 없고, 성무기나 권속기들도 자발적으로 힘을 빌려주는 상황이니, 강제로 부려먹는 녀석들보다는 낫겠지.

먼저 성무기와 권속기를 전쟁에 동원한 건 녀석들이었다.

원래 키즈나와 글래스, 라르크는 그런 쓸데없는 짓에 성무기나 권속기를 동원할 생각 따위는 추호도 없었다.

키즈나는 어디까지나 세계를 위해 행동하고 있다. 함부로 남의 세계를 침략하는 짓은 하지 않는다.

"세인의 언니가 한 말이 거짓말이라면 편할 텐데 말이지. 불안을 씻을 수 없다면 직접 확인해 보는 게 낫잖아?"

"그 사람 말이군요……."

그때 라이노가 깊이 생각에 잠긴 듯 팔짱을 낀 채 중얼거렸다.

라이노는 처음에 나를 소환한 이세계의 주민으로, 메르로마르크 여왕의 명을 받은 특수부대원이었다.

나처럼 윗치에 대해 깊은 원한을 가진 자들로 구성된 조직의 일원으로, 윗치를 추적하며 스파이 활동을 벌이고 있었다.

어제 작살의 권속기를 가진 파도의 첨병…… 전생자가 마룡의 성에 처들어왔을 때 윗치와 함께 성에 나타났다가, 적절한 타이밍에 윗치에게 치명상을 입히고 채찍의 칠성무기를 탈환하는 혁혁한 공을 세운, 우리의 동맹자였다.

적들도 권속기를 빼앗기는 걸 방지하기 위해서 윗치 패거리에게 강화된 액세서리를 지급했다는 모양인데, 그걸 사전에 바꿔치기 해서 탈환하는 엄청난 전과를 올린 것이다.

나와 라이노의 공통된 목적은 '윗치를 최대한 괴롭히고 죽이는 것'이었다.

이렇게까지 나와 같은 목적을 갖고 행동하는 녀석이 지금까지 있었던가?

라프타리아도 나를 도와주긴 하지만, 온도 차가 있으니까.

참고로 라프타리아의 말에 따르면, 라이노는 루프트 2호라는 모양이었다.

그리고 윗치는 적 세력이 보유한 '죽여도 혼만 무사하면 되살릴 수 있는 가호'를 받은 상태여서, 기껏 죽였는데도 놓치고 말았다.

아마 어딘가에서 다시 나타나겠지.

"뭐 좀 아는 거라도 있어?"

"말이 많은 사람이긴 했지만, 생각해 보면 자기 자신에 대해서는 조금도 이야기하지 않았어요. 적어도 제가 조사한 범위 안에서는 별다른 정보를 찾을 수 없었고요."

"그렇군……."

어제 우리는 작살의 권속기를 가진 전생자 일당을 처치하고 부적의 성무기, 작살의 권속기, 채찍의 칠성무기를 탈환했다. 그렇기에 키즈나를 소환한 세계에서 현재 적의 손에 들어 있는 성무기는 구슬과 둔기, 권속기는 배만 남은 셈이었다.

문제는 그것들을 보유한 자들이 세인의 적대 세력이고, 그들이 작살의 권속기를 갖고 있던 전생자의 나라에서 농성하고 있다는 점이었다.

"그리고 이름이 불쾌해서 입에 담기도 싫어요."

"자기 입으로 이름을 대지도 않았고 굳이 조사하기도 귀찮으니까 상관없어."

"그건 좀 아닌 것 같은데요."

라프타리아의 지적은 무시하자.

닉네임으로 부르면 되니 별문제 없다.

'세인의 언니'라는 호칭으로 누군지 분간할 수 있으니, 그 정도면 충분하다.

"다만…… 붙임성은 좋은 사람이었습니다. 이름은 마음에 안 들지만, 인간적으로는 멀쩡한 사람 같았어요. 거기 있는 놈들은 자기가 믿는 용사에게 종교적으로 심취해 있거나, 뱃속에 음흉한 흑심을 품고 있는 자들밖에 없었는데 말이죠."

라이노는 넌덜머리가 난다는 듯 말했다.

아, 역시 전생자의 하렘이었던 걸까.

"타쿠토 패거리 같은 느낌이야?"

"네, 그게 엄청나게 확대된 조직이라고 생각하시면 됩니다. 애석하게도 저는 그 대표를 맡은 사람을 만나 볼 기회가 없었지만……."

라이노는 스파이로서 윗치의 패거리에 가담해 있었지만, 보유한 정보가 한정되어 있었다.

우리가 처음에 싸웠던 파도의 첨병인 쿄의 하렘과 타쿠토의 하렘을 대조해 보면 좀 더 정확하게 알 수 있을지도 모르겠다.

"요모기나 츠구미도 동료 여자들을 관리…… 아니, 정보 교환 같은 걸 했었잖아? 그것의 확장판 정도로 생각하면 이해하기 쉽겠지."

바로 어제 승전 기념 파티가 있었기에, 이번 회의장에는 키즈나의 세력이 거의 전부 집결해 있었다.

모험가 동료들도 와 있는 모양이었다. 키즈나 패거리와 정보를 교환하고 있었다.

요모기와 츠구미는 이미 그런 키즈나의 세력에 가담해 있는 상태였다.

"별로 대답하고 싶은 화제는 아니지만……."

"그래……. 조직 체계를 대강 짐작할 수는 있어."

요모기와 츠구미의 의견도 나와 같았다.

요모기는 자신이 심취했던 전생자가 죽는 바람에 세뇌에서 풀려난 게 아니다. 원래부터 쿄의 방식에 대해 어느 정도 불만을 품고 있었고, 진실을 알게 되어 지적했더니 도리어 분노를 산 후 결국 완전히 돌아섰다.

츠구미가 우리 쪽에 가담한 것은, 자신이 심취했던 전생자인 쓰레기 2호가 우리의 역습에 죽었기 때문이었다.

그다음 쿄에게 이용만 당하고 죽을 뻔했던 참에 키즈나가 자비를 베풀어 구해준 것도, 츠구미가 우리 쪽에 가담한 이유 중 하나겠지.

단, 츠구미 역시 키즈나와 친하게 지내는 동안 쓰레기 2호의 이상한 행동을 깨닫게 된 모양이지만.

이제는 부조리한 짓을 하는 자들에게 이의를 제기할 수 있을 만큼 시야가 넓어진 상태다.

그리고 동료 여자들은 다른 전생자 세력에게 가 버렸기 때문에, 최종적으로 처분됐다고 했다.

"그러고 보니 윗치가 속한 곳은 개발한 기술을 시험 운용하는 부문이라고 했던가?"

"그런 경향이 컸던 건 사실입니다. 실험 결과를 갖다 바쳐서 자신들의 최종적인 전력 증강을 도모했던 모양이더군요."

내 마을로 따지자면 라트 같은 역할인 셈이다.

아마 그런 부문은 대장인 전생자의 지시 없이 독자적으로 움직이고 있겠지.

나도 그 녀석들과 비슷한 방침이기도 하고 말이다.

라트의 부대가 뭘 하는지 일일이 간섭하지 않는다.

마음대로 하게 놔두고 보고만 대충 훑어보는…… 그런 식의 관계다.

라트는…… 내 마을에 몰려온 마물을 관리하고 있긴 하지만, 아직 눈에 보이는 성과는 없어 보였다. 현재는 기껏해야 캠핑 플랜트를 개발하고 있는 정도였다.

"그런데 윗치는 그 세력 안에서 어떤 지위에 있었지?"

"운 좋게 녀석들 세계를 위기에서 구해 준 신참 정도겠죠."

"세인의 언니도 그런 식으로 이야기했었지."

붙잡혀 있던 성무기 용사가 파도 발생 와중에 죽을 뻔했을 때, 윗치 패거리가 구해 주었다는 것이다.

"그 공적 덕분에 그 여자가 대표로 대장을 만난 모양이더군요. 하나같이 괴상한 소리를 해 대서 구역질이 나더라니까요."

알 것 같다. 비록 우연이긴 했지만, 윗치 패거리는 그 우연을 이용해서 대장에게 자신들의 존재를 인상적으로 남기고 지위를 향상시킨 것이다.

위치 패거리가 저지른 수많은 실패에 그 대장이 어떻게 대처할지……. 뭐, 쳐들어온다면 물리쳐 버리면 그만이다.

하지만 그 전에…… 앞으로 어떻게 더 강해져야 할지를 고민해 봐야 한다.

채찍의 강화 방법까지 판명된 지금, 나는 세인의 언니가 지닌 힘의 진수를 뼈저리게 깨닫게 되었다.

만약에 세인의 언니 세력에 속한 자들이 채찍의 강화 방법…… 즉 레벨을 소비해서 스테이터스를 조절하는 자질 개조를 할 수 있다면, 같은 레벨이라 해도 능력치에서는 몇 배나 되는 차이가 벌어진다.

게다가 성무기나 권속기의 성능을 완전히 끌어낼 수 있기까지 하다면.

"다음은 이거예요."

그렇게 말하면서, 라이노는 품속에서 몇 개의 수첩과 액세서리를 꺼내 나에게 제출했다.

"놈들이 개발하고 있는 발명품의 설계도 복사본과 칠성무기를 결박하는 액세서리의 설계도를 좀 가져왔어요."

"이런 건 나도 어느 정도 분석할 수 있긴 한데……."

수첩을 펼쳐서 내용을 가볍게 읽어 보려 했지만…… 뭐라고 적혀 있는 건지 전혀 알 수 없었기에 단념했다.

"적의 손에 들어가면 자동으로 파괴되도록 장치되어 있었지만, 가동하기 전에 기능을 정지시켰어요."

"잘했어. 그럼 액세서리 본체는 분해해서 분석하는 편이 빠를지도 모르겠군. 시간이 좀 걸리겠는데."

분석은 전문가에게 맡기는 게 좋겠지.

나는 용사이니만큼, 앞으로의 싸움을 이겨내자면 레벨업을 우선하는 게 나을지도 모르겠다.

키즈나 쪽에도 분석을 맡기겠지만, 내 수하에게도 같이 맡기는 편이 최종적인 효율 면에서 나을 것 같다.

이런 액세서리를 분석하면 녀석들이 우리를 공격할 때 쓰던 파괴 불가 액세서리를 파괴할 수 있는 액세서리를 개발할 수 있을지도 모른다.

이런 식으로 기술이 꼬리를 물고 무는 건 흔히 있는 일이다.

지난번에는 라이노가 바꿔치기 해 둔 덕분에 위기를 모면했지만, 다음에는 틀림없이 장착하고 온다고 봐도 좋겠지.

키즈나가 보유한 0의 수렵구 정도가 유일하게 파괴 불가 상태에서도 효과를 보이려나?

꽤 특수한 공격이라는 모양이니 가능성은 높다고 할 수 있었다.

하지만 지금까지의 경험으로 미루어 보아, 녀석들도 대비책을 투입할지도 모른다.

여기서도 기술이 서로 꼬리를 무는 형국이 될지도 모르지만, 잘만 파괴하면 녀석들이 갖고 있는 성무기와 권속기를 빼앗을 가능성이 높아지니 나쁘지 않은 수라 할 수 있었다.

문제는…… 세인의 언니가 갖고 있던 사슬의 권속기는 액세서리를 파괴했는데도 세인의 언니에게서 떨어지지 않았다는 점이다.

각 세계에는 각각의 규칙이 있다.

다른 세계의 파괴를 권장하는 권속기의 정령이 있는 건지도 모른다.

그런 정령이 깃들어 있는 무기라면, 액세서리 파괴 기술 개발은 헛수고가 되는 셈이지만…… 그래도 가능성이 있다면 해 봐야 하는 일이다.

"이야기가 샜군. 이런 물건들에 대한 연구도 할 겸, 일단 원래 세계로 돌아갈 생각이야. 이게 양동 작전이라면 다 망하는 셈이니까."

"그야 그렇긴 하지만…… 돌아갈 수단은 있는 거야?"

키즈나의 물음에, 나는 라이노가 제출한 자료를 훑어보고 있는 리시아 쪽으로 눈길을 돌렸다.

"리시아 씨."

이츠키가 리시아의 어깨를 두드리며 불렀다.

"후에?"

"내 방패나 이츠키의 활은 기능 정지 상태니까 말이지. 리시아, 네 칠성무기의 전송 기능을 통해서 파도 소환에 맞춰서 이동할 수 없을까?"

이츠키 쪽 이세계에 올 때는, 에스노바르트가 갖고 있던 배의 권속기가 남긴 닻의 액세서리에 남아 있던 힘을 활용했다. 돌아갈 때는 파도 때 발생하는 방패와 활의 전송 기능을 이용할 생각이었지만, 기능 정지 상태라서 반응이 없었다.

그래서 리시아가 가진 투척구의 칠성무기에 기대는 게 빠를 거라고 판단한 것이다.

　"아, 네. 잠시만 기다려 주세요."

　리시아는 시선을 이리저리 옮기며 파도가 찾아오는 시간을 확인했다.

　"가능한 모양이에요. 후에? 어째 시간이 빨리 갔다가 느리게 갔다가 해서 알아보기가 힘들어요."

　"세계마다 시간의 흐름이 다른 모양이니까. 나도 처음에 이 세계에 왔을 때는 그런 현상을 겪은 적이 있었어."

　지난번에 왔을 때도 이 세계에 있을 수 있는 유예 시간이 표시돼 있었는데, 그 시간이 왔다 갔다 하거나, 빨라졌다가 느려졌다가 하곤 했다.

　키즈나의 세계에서 돌아왔을 때 확인해 보니, 실제로 키즈나가 있는 세계와 내가 있던 세계의 시간에 오차가 있었다.

　"며칠 안으로 건너편 세계의 파도에 참가할 수 있는 것 같아요."

　"그럼 그 소환에 맞춰서 돌아가면 되겠군."

　"좋아! 그럼 가자!"

　이 타이밍에 어째서인지 라르크가 주먹을 맞부딪치며 의욕을 드러냈다.

　이상하리만치 흥분한 기색인데, 넌 이 세계 인간이잖아?

　"왜 라르크가 그렇게 신이 난 건데?"

　"엉? 재미없게 왜 그래, 나오후미 꼬마. 우리는 동료잖아?"

　"동료인 건 맞지만…… 왜 그렇게 의욕이 넘치는지 이해가 안 가서 말이지."

"모르겠어? 나오후미 꼬마 일행이 돌아가는 건 좋지만, 그게 적의 계략이라면 어쩔 거지?"

세인의 언니가 위협적인 대상인 우리를 원래 세계로 돌려보내 놓고, 그 틈에 키즈나 세력을 공격하려는 꿍꿍이인지도 모른다는 이야기이리라.

키즈나 세력에 전부 맡겨도 문제는 없겠지만…… 확실히 동맹끼리 따로 행동하는 건 조금 이상한 것 같다는 생각도 들긴 했다.

종적이 묘연한 칠성용사가 투입될 가능성도 있었다.

하지만 그렇다고 다 같이 원래 세계로 가는 것도 문제가 있지 않을까?

라르크의 말도 이해가 가긴 했지만, 이쪽 세계의 수비가 허술해지는 건 분명한 사실이었다.

"애초에 나오후미 꼬마의 동료들이 우리 쪽 세계의 무기를 여럿 갖고 있잖아. 그리고 협력자라는 입장에서, 나도 그쪽에서 여러모로 힘을 길러 두고 싶다고."

"하긴…… 라르크 세력이 건너편 세계에서 레벨을 올려 두면, 도움이 필요할 때 보탬이 될지도 모르지만……."

성무기를 봉인하는 기술 때문에, 현재 키즈나의 세계에서는 방패와 활을 사용할 수 없는 상황이다.

그 대신 거울과 악기의 권속기가 우리에게 힘을 보태 주고 있다.

"으음, 글쎄요……."

"어머나?"

"어라—?"

라프타리아와 사디나와 실디나가 저마다 목소리를 흘렸다.

지금은 당연하다는 듯이 쓰고 있지만, 라프타리아의 도(刀)는 키즈나가 있는 세계의 권속기이고, 사디나가 지금 갖고 있는 작살의 권속기는 어제 적에게서 빼앗은 물건이다.

사디나는 탁월한 작살 기술을 통해 전생자의 부정한 결박으로부터 권속기를 구해준 덕분에 작살의 용사로 임명된 상태였다.

심지어 실디나는 소환이라는 형태로 이쪽에 건너와서 권속기가 아닌, 그 상위 단계—— 오염된 부적의 성무기를 구함으로써, 키즈나와 같은 사성 용사가 되기까지 했다.

내가 쓰고 있는 거울이나 이츠키의 악기까지 포함하면 다섯 개나 내 세력 녀석들에게 깃들어 있다.

"흥. 이 세계 녀석들에게는 소질이 없다고 자인하는 꼴이군. 한심하구나, 어리석은 인간들."

그때 마룡이 키즈나 일행을 업신여기듯 가슴을 쫙 펴고 내뱉었다.

그 험한 말버릇은 참 꾸준히 변함이 없군.

"뭐가 어째—!"

키즈나와 마룡이 눈싸움을 벌이기 시작했지만, 무시하자.

"권속기 소지자인 라프타리아나 사디나는 그렇다 치고, 문제는 실디나인데 말이지."

"어라? 그게 무슨 이야기야?"

"우리가 출발 전에 했던 이야기를 벌써 잊어버린 거야? 성무기의 용사가 되면 원칙적으로 담당 세계를 떠날 수 없다고."

"어머나—? 그럼 실디나는 용사의 사명을 달성할 때까지 이 세계에 있어야 한다는 이야기네. 잘해 보렴, 실디나."

"어라……."

나와 사디나의 말에, 실디나는 험악하게 미간을 찌푸리면서 부적이 든 상자를 내팽개치려고 손을 휘둘렀다. 하지만 부적은 손에서 떨어지지 않은 채 끈덕지게 달라붙어 있었다.

뭔가 귀여워 보이는 동작이군.

싫다고 떼를 쓰는 몸짓이 꼭 필로 같다. 바보털에 기겁하던 필로의 모습을 연상케 했다.

"안 떨어져! 안 떨어져! 난 필요 없는데!"

"고작 그 정도로 떨어진다면 고생할 일도 없었겠지……."

처음에는 나도 항상 생각하곤 했었다. 공격력도 없는 방패만 갖고 어떻게 살아가라는 거냐고.

한 번은 방패가 타쿠토의 손에 넘어가서 나와 맞서 싸운 적도 있었지만.

지팡이는 참 편리했는데……. 그다음은 거울이었던가?

왜 지팡이 때는 특례 무기였는데, 거울 때는 당연하다는 듯 방패를 변환한 것 정도로 취급되는 것인가.

"어라—! 싫어—! 돌아갈래—!"

"으음……. 실디나 씨가 혼란에 빠졌는데, 어떻게 하죠?"

라프타리아가 곤혹스러운 표정으로 물었다.

"그건 성무기와 의논해 봐."

"돌아갈래—!"

실디나가 처절하게 부적을 향해 호소했다.

그러자 부적의 성무기가 번쩍 빛났다.

"어라? 예외 처리?"

"어째 너무 순순히 허가가 떨어지는데……."

하긴, 방패와 활도 사정을 알고 있으니 허가해 줬겠지.

부적의 경우에는 실디나에게 미안한 감정이 있어서 허가해 준 것이리라.

"가끔 용사로서 이쪽의 파도와 싸워 주기만 하면 나머지는 자유롭게 풀어 주지 않을까?"

"나오후미는?"

"글쎄."

나는 거울의 부탁을 받아서 쓰고 있는 입장이니, 방패를 쓸 수 있게 되면 떨어져 나갈 가능성이 높았다.

그렇게 되면 이 세계 칠성용사로서의 역할은 끝나는 셈이다.

이후에는 충분한 자질을 가진 사람에게 거울을 맡기고, 키즈나 세력 밑에서 교육시키면 되겠지.

방패의 영향을 받아서인지, 사용하는 스킬 같은 게 원래와 좀 다른 것 같고 말이다.

"어라—!"

기겁하듯이 붕붕 손을 휘둘렀지만 부적은 끝끝내 떨어지지 않았고, 실디나는 체념한 듯 부적을 섞기 시작했다.

결국 넌 부적을 좋아하는 놈이란 말이지.

"안심하렴, 실디나. 이 언니도 작살을 갖고 있으니까."

"뭘 안심하라는 거야?"

"어머나—?"

이 자매들의 관계는 정말 알다가도 모르겠다니까.

"나도 나오후미네 세계에 갈 수 있을까?"

키즈나가 수렵구를 향해 말을 걸었지만…… 수렵구는 아무런 반응도 보이지 않았다.

"키즈나한테는 허가를 안 내려 줄 모양이군."

"나랑 실디나랑 뭐가 다른데?!"

"사성용사들이 다 같이 담당 세계를 비울 수는 없어서 아냐?"

힘들게 여기까지 회복시켜 놨는데, 실디나가 자리를 비운 사이에 키즈나가 파도에 의해 죽기라도 하면 이 세계는 사라져 버리고 만다. 그런 의미에서 키즈나는 이 세계의 기둥이라 할 수 있었다.

"실디나는 우연히 후보자로서 나타난 거고, 부적 입장에서도 빚을 진 게 있으니까 허가했을 거야. 하지만 키즈나는 이 세계의 기둥이니까 허가해 줄 수 없는 거겠지."

"우우우…… 미지의 어장이 나를 기다리고 있는데도 갈 수 없다니……."

그게 아쉬운 거였냐.

하긴…… 한창 파도가 오는 중에도 위치가 바닷가라면 낚싯대를 드리우고 있을 것 같은 녀석이니까.

낚시광을 얕봐서는 안 된다.

"그리고 라르크는…… 권속기니까 허락은 필요 없겠지."

"그렇고말고!"

대체 왜 이렇게 신이 나 있는 거야?

"우리는 나오후미 꼬마 세력에게 받은 은혜가 많고, 동맹 관계이기도 해. 그러니까, 비록 세계는 다르더라도, 나오후미 꼬마가 있는 나라의 왕과 한 번쯤은 이야기를 해 보는 게 도리 아니겠어?"

"그런 거야?"

내가 나라의 대표 같은 입장으로 상대하고 있으니 별문제는 없을 것 같은데.

그런 생각을 갖고 있었다면, 지난번에 우리 세계와 연결된 파도가 발생했을 때 메르티와 쓰레기를 만났으면 될 것 아닌가.

라르크는 최근 들어 국가의 대표 자격으로 여기저기서 국가 간의 회의에 참석하고 있다.

전생자들이 마구 설쳐 댄 덕분에, 국가 간의 질서가 제법 잡혀가고 있었다.

공통의 적이 있기에 단결력이 강해지고 있는 느낌이었다.

"걱정 말라고! 어쨌거나 통솔력 면에서는 글래스 아가씨가 더 뛰어나니까, 내가 어느 정도 자리를 비워도 별문제 없다니까!"

"자기가 그렇게 말하면 맥 빠지지 않아?"

글래스 쪽으로 시선을 돌려 보니, 그녀는 땅이 꺼질 듯 한숨을 짓고 있었다.

"키즈나가 없을 때는 저도 자주 대행했으니까……. 신용 면에서는 문제가 없을 거예요."

아, 라르크의 대행을 맡을 때도 많은 모양이군.

생각해 보면 라르크와 처음 만났던 건 우리 쪽 세계에서였다.

그동안 이쪽에서는 왕이 자리를 비운 상태였던 셈이고……. 뭐, 용사쯤 되면 국가의 대표도 대행할 수 있겠지.

라르크가 자리를 비운 동안에는 글래스가 공적인 일을 맡아 하고 있었던 것이리라.

"인사 정도는 괜찮지 않을까? 키즈나도 이쪽에 남아 있고, 이쪽 세계와 연결된 파도가 일어나면 금방 돌아올 수 있을 테니까."

"그렇고말고! 일단 어느 세계에서 사건이 일어나는지를 봐야겠지만 말이지."

하아……. 어째 과도하게 신이 나 보이는 라르크가 마음에 걸리기는 하지만, 일일이 지적하는 것도 귀찮았다.

동맹 관계인 메르티나 쓰레기와 이야기를 하고 싶다는 라르크의 구실도, 일단 이치에 들어맞기는 했다.

"그럼 글래스는 키즈나랑 같이 여기 남겠다는 거지?"

"그래야겠죠. 너무 많은 전력이 유출되는 것도 문제가 있을 것 같으니……. 여러분도 한 번 본래 세계로 돌아가시겠다면, 저는 여기 남는 게 좋겠죠."

"라르크가 왜 그렇게 나오후미 쪽 세계에 가고 싶어 안달하는 건지, 좀 이해가 안 가지만 말이야."

키즈나의 그런 의견에는 나도 동감이었다.

"에스노바르트는 어쩔 거지?"

새로이 책의 권속기 용사로 임명된 전직 배의 권속기 용사인, 도서토(圖書兎) 에스노바르트에게 물었다.

책의 강화는 무기 자체의 레어도에 따라 위력이 달라진다.

검과 부적의 강화에 있는 레어도 상승과 비슷하지만, 활의 강화에 있던 무기 자체의 희소가치 등도 영향을 주는 것 같았다.

보잘것없어 보이는 효과지만, 이걸 인식하는 것만으로도 무기의 성능을 끌어올릴 수 있었다.

차이점은 웨폰 카피 등을 했을 때 시리얼 넘버 같은 게 붙는다는 정도였다.

품질이 좋을수록 성능 향상 폭이 컸다.

더 좋은 무기를 웨폰 카피하면 종전 무기에 덮어쓸 수도 있다고 한다.

바탕이 책이니만큼, 초판본 등의 레어 요소가 존재하는 건지도 모른다.

마물이나 소재에서 나오는 무기의 경우는 소재 자체의 품질 등이 큰 영향을 미친다.

어째 검의 강화 방법과 활의 강화 방법을 섞어 놓은 느낌이군.

용사의 무기를 직접 건드려서 강화할 수 없는 부분이 귀찮다.

수수해서 잊기 쉽지만, 무시할 수 없는 강화 방법이다.

"저는 키즈나 일행과 같이 이 세계를 지킬게요."

에스노바르트는 그렇게 말할 줄 알았다. 기를 습득한 데다, 잠재 능력까지 개화해서 많이 강해졌으니까.

리시아도 그렇고, 왜 내 주위에 있는 마법 직업들은 점점 열혈로 변해 가는 걸까.

그나저나, 결국 이쪽 방어는 어떻게 되는 거지?

성무기와 권속기 소지자만 따지자면…… 키즈나, 글래스, 에스노바르트.

그 외에는 나, 이츠키, 라프타리아, 사디나, 실디나, 리시아, 그리고 라르크까지.

으음.

"라르크, 얼굴 보이러 오는 건 좋지만 일찌감치 돌아가야 해."

"재미없게 왜 그래, 나오후미 꼬마."

"시끄러."

"마룡도 있으니 별문제 없을 거야. 안 그래? 나오후미 꼬마의 부탁인데 설마 안 들어주진 않겠지?"

"그래. 방패 용사의 부탁이라면 나도 거절할 수는 없지. 하지만 왜 낮의 용사가 그런 소리를 하는 건지는 이해가 안 가는군."

마룡이 라르크의 말에 난색을 표했다.

하긴…… 활용하기에 따라서는 어설픈 용사보다 마룡이 더 강한 것도 사실이겠지.

어제의 싸움에서도 마룡 덕분에 적절하게 싸울 수 있었고 말이다.

"하지만 방패 용사가 원래 세계로 돌아가면 접속이 끊기니 말이지……. 어제와 같은 능력 향상은 기대하기 힘들 거다만?"

"그건 키즈나 아가씨가 여러모로 손을 쓰면 되지 않겠어? 같은 성무기의 용사이니, 비슷한 식으로 하면 되는 거 아냐?"

"후……. 낮의 용사이자 일국의 왕이여. 참으로 안이한 소리를 하는군."

아, 마룡의 머리에 울퉁불퉁 핏대가 솟았다.

"아니, 잠깐! 마룡이 나한테 뭘 하는 건데? 라르크는 나한테 뭘 시키려는 건데?!"

키즈나 역시 볼멘소리를 하고 있었다.

어이, 라르크, 아까부터 엄청 들떠 있는 것 같은데. 그렇게나 우리 세계에 가고 싶은 거냐?

"맞아요, 라르크! 키즈나에게 뭘 시키시려는 거예요?!"

"그야 나오후미 꼬마랑 똑같은 걸 할 수 없을까, 하고 생각한 건데."

"아, 어카운트 해킹 말이군."

"어카운트 해킹?! 싫어! 내 낚싯대에 무슨 짓을 하려고?"

낚싯대 취급이라니……. 수렵구라고 부르지 않는 것이 키즈나의 안타까운 점이리라.

"헛!"

마룡이 키즈나를 보고 코웃음을 쳤다.

"우와. 그렇게 웃으니까 되게 열 받는데……."

"키즈나의 분노는 별로 없어 보이니까 말이지. 그럼 『나태』라도 상관없겠지. 말 그대로 키즈나의 나태를 먹고 최강의 용제가 되라고."

예전에 키즈나는 나태의 커스에 침식당해 의욕을 완전히 잃고 추태를 보인 적이 있었다.

아마 본질적으로 놀기를 좋아하는 키즈나의 일면이 전면으로 나타났던 것이리라.

나태가 커지면 나의 분노와 가까운 힘을 끌어낼 수 있겠지.

마룡이 힘의 원천으로 삼기에 성무기의 용사가 지닌 저주의 힘만큼 적합한 것도 없을 테고.

"방패 용사여. 나에게 그런 잔혹한 명령을 내리다니!"

"나는 게으름뱅이가 아니라고!"

"그렇게 우기고 싶으면 뭔가 마룡이 좋아할 법한 저주의 무기라도 내놓던가."

"으음……."

그러자 키즈나는 무기를 0의 수렵구로 변화시켰다.

"끙……. 그건 치워라. 나도 그 무기의 힘은 다를 수 없어."

"하긴, 부정한 힘에 효과가 있는 무기니까."

"그것도 있지만, 그 힘의 밑바탕은…… 음? 기억이 안 나는 군. 하여튼 드래곤에 대해서도 효과가 있는 무기라서 말이지. 그러다 보니 내 힘으로는 간섭할 수 없어."

"애초에 그거 저주의 무기이긴 한 거야?"

"뭐, 아니긴 해. 하지만 말이지…… 이것 말고는 금지된 카드 인 그 무기밖에 없는데."

아, 키즈나가 쓸 수 있는 유일한 대인전 무기였던가.

대가는 경험치, 레벨이라고 한다.

될 수 있으면 쓰고 싶지 않은 무기라는 모양이었다. 나의 분노 와 비슷한 무기인 게 분명하다.

"그것도 내 동력으로 쓰기에 적합한 무기는 아냐. 만약에 그 걸 쓰면, 전투 중에 나와 수렵구 용사가 둘 다 전투 속행이 불가 능할 만큼 약해질 거다."

키즈나가 대인전에 쓸 수 있다는 게 유일한 장점인 무기라는 거군.

마롱은 황당하다는 듯 팔짱을 끼고 키즈나를 흘겨봤다.

"하는 수 없지. 드래곤에게는 잠을 탐하는 성질도 있다. 수렵 구의 용사에게서는 나태의 힘을 끌어내도록 해 보마. 마음껏 빈 둥거리도록 해라."

"우와…… 말투가 진짜 사람 열 받게 만드네."

"이것도 평소의 행실 탓일지도 모르겠네요."

글래스도 제법 신랄하게 말하는군.

일이 터질 때까지 키즈나가 아무것도 하지 않았던 게 원인이었던 것 같기도 하다.

키즈나는 기본적으로 게으름뱅이, 혹은 자기가 하고 싶은 일만 하는 스타일이니까.

"요, 요즘은 열심히 하고 있다고! 요리만 해도, 나오후미보다 더 잘하는 것도 있잖아."

"주로 생선 요리들이지."

키즈나는 낚시를 좋아해서 그런지, 생선 요리 실력이 전반적으로 늘었다.

원래부터 손질은 잘했고 요리도 그럭저럭 할 줄 알았기에, 가르쳤더니 제법 실력이 자리를 잡은 느낌이었다.

"나태를 넘어서는 방법을 지속적으로 연습하면 될 거야. 완전히 나태에 잡아먹히거든, 배에 태우고 바다에 내보내서 물의 사천왕이라도 낚게 하면 당분간은 괜찮아질 거고."

"으음! 역시나 방패 용사! 수렵구 용사의 나태도 숙지하고 있구나."

"내가 그렇게 단순하다고?!"

내 말이 맞잖아. 실제로 그런 식으로 나태를 극복했었고.

"키즈나의 본질이 게으름이라니……. 절로 탄식이 나오네요."

글래스의 탄식이 깊어질 만도 하다.

"하지만 방패 용사여, 안심해라. 수렵구 용사가 손쓸 수 없을 만큼 나태에 먹히면 흡수해서 힘의 원천으로 삼아 줄 테니."

나와 처음에 만났을 때 하려고 했던 그거 말이군.

"그렇게 하면 내 안에서 죽을 때까지 빈둥거릴 수 있다. 뭐, 나는 불로의 몸이니, 인간의 수명을 넘어서서…… 내가 죽을 때까지 말이지."

마룡 안에서 늙지도 않고 영원히 빨아 먹히며 사는 건가……. 지옥이군.

"전혀 안심이 안 되잖아요!"

"반드시 나태의 사용법을 익히고 말겠어!"

키즈나가 최선을 다해 나태에 임할 결의를 다졌다.

완전히 흡수되면 마룡에게 영원히 빨아 먹히다니…… 이건 무슨 에로 게임도 아니고.

뭐, 대인전이 불가능한 키즈나의 경우에는 그편이 싸움에 더 도움이 된다는 게 안타까운 점이라 할 수 있겠지.

"잘해 보라고—."

"잘해 보는 거다—."

나와 마룡의 의욕 없는 응원.

키즈나의 나태가 세계를 구하는 힘이 된다!

……허무해지는군.

그런 캐치프레이즈밖에 안 떠오르는 녀석들을 남기고 우리 세계로 가고 싶어 열을 올리는 라르크는 대체 뭐지?

"뭐, 어차피 용사의 자질을 강화하고 싶었기도 하니……. 시험적으로 라르크를 데려가는 것도 괜찮겠지. 우리한테는 레벨업에 특화된 범고래 자매도 있으니까."

"좋았어!"

좋아하지 좀 말라니까.

뭔가 마음에 걸리지만, 앞날에 대비한 선택이라고 생각하고 넘어가기로 하자.

"나오후미 꼬마의 세계가 나를 부른다!"

으음……. 라르크의 비정상적인 흥분이 심히 마음에 걸리는군.

"여기 남을 키즈나 세력에 대해서는 어느 정도 정해진 걸로 치고…… 이제 우리 쪽이 어떻게 할지를 정해야겠군."

라프타리아는 당연히 데려갈 것이다.

그리고 실다나는 돌아가기를 원하고 있고, 사디나도 라프타리아를 따라서 돌아가려 하겠지.

필로는 마룡이 있다는 이유로 이 회의에는 참석하지 않았지만, 여기 남겨지기는 싫어할 게 분명했다.

"붙잡힌 마르드에게서 더 많은 정보를 캐내야 하니까요. 아직 고문이 부족하기도 하고, 도망치지 못하게 데려가는 게 좋겠죠."

"후에에에…… 이츠키 님……."

이츠키는 활의 용사이니 당연히 돌아가야 할 테고, 리시아도 마찬가지다.

세인은 내가 있는 곳이면 어디든 따라오려 하고…….

"변환무쌍류의 스승님은 남으실 거예요. 글래스 씨의 사범 대리님과 의기투합하셨으니까요."

"아, 그러고 보니 그랬었지. 그 녀석은……."

하긴 제법 강하기도 하고, 자질 향상 실험에 가장 적합한 인재이기도 하겠지.

할망구가 용사에 필적하는 힘을 얻을 수 있을지도 흥미롭다.

어쨌거나 결국은 대부분이 일시 귀가하게 되는 셈이다.

생각해 보면 꽤 오랫동안 이쪽 세계에서 활동했으니, 다들 이제 슬슬 돌아가고 싶어질 때가 되기도 했다.

"그럼 다 정해진 셈이군."

이렇게 해서 우리는 원래 이세계로 돌아가기로 하고, 그때까지 이 세계에서 지내기로 했다.

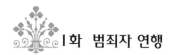 **1화 범죄자 연행**

· 그렇게 우리는 돌아가는 날까지 레벨업 등을 반복하며 지냈는데……

출발을 앞두고 모두가 집결해 있으려니, 얼굴에 부적이 붙여서 움직이지 못하는 남자가 끌려왔다. 이츠키의 부하이자, 내가 마음속으로 갑옷남이라 부르는 마르드다.

들자 하니 고문하자마자 순순히 비밀을 털어놓았다고 했다.

라이노도 고문 현장에 동석해 아직 우리가 모르고 있는 정보는 없는지, 거짓말하는 건 아닌지 확인했다는 모양이었다.

자칭 고문과 거짓말 간파의 스페셜리스트인 사디나도 그 자리에 입회했다고 했다.

뭐, 갑옷남은 대단한 정보를 가지고 있지 않아서, 기껏해야 일부 삼용교도들이 윗치의 패거리에 가담했다는 정도의 사실밖에 알아낼 수 없었다.

"이 녀석은 의외로 술술 정보를 토해냈는데, 이쪽에서 처형하지 않고 데려가는 거야?"

"네, 마르드는 저쪽 세계에서도 정보를 캐내고 나서 처분해야 하니까요."

갑옷남 녀석은 틈만 나면 "동료가 구하러 올 거다! 안 오는 건 말도 안 돼! 그 녀석들은 배신자다!"라는 식의 소리를 해 대며 현실 도피만 했다는 모양이었다.

이쪽 세계에서는 노예에게 부적을 붙인다고 했던가. 강시처럼 말이다.

그러고 보니 요모기도 예전에 부적이 붙어 있었다.

"우──! 끄으──?!"

말은 고사하고 움직임마저 금지돼 있는 건지, 갑옷남은 필사적으로 도움을 청하듯 주위로 시선을 돌렸지만, 우리는 알면서도 일부러 무시했다.

그 와중에도 이따금 저항하려 드는 걸 보면, 이걸 끈질기다고 해야 할지 뭐라고 할지…….

"마르드, 당신이 말하는 정의의 사도는 나타날 기색이 전혀 안 보이네요?"

이츠키가 나뒹굴고 있는 갑옷남을 있는 힘껏 걷어찼다.

그 행동, 네가 가진 정의의 사도 관점에서 문제없는 거냐?

시야가 넓어져서 고민도 늘어났다고 생각했는데, 실은 이츠키의 어둠이 상당히 깊어진 것인지도 모른다.

"후에에에……."

"나오후미 님."

라프타리아가 리시아와 같은 표정으로 내게 도움을 청했다.

이츠키가 이렇게까지 전직 동료에게 화풀이를 해 대는 성격으로 변한 건 내 책임일까?

"다크 히어로 노선에 눈떴다거나…… 하는 거라면 좋을 텐데."

"아무리 정의의 사도라고 해도, 이자는 용서할 수 있는 범위를 넘은 악인이에요. 적어도 저는 그렇게 생각해요."

"그렇군."

이츠키의 무자비한 면이 여전히 건재……해서는 아니겠지.

"나오후미 씨에게 책임을 떠넘긴 채 지금까지 침묵하고 있었던 것도 용서할 수 없는 일이고 말이죠."

갑옷남을 생포했을 때 이츠키가 다그쳤던 문제 말이군.

갑옷남 패거리는 원래 이츠키가 받았어야 하는 보상을 중간에 가로챘다고 한다.

이츠키의 정의를 완전히 나쁜 방향으로 짓밟아 버린 배신자들인 셈이니, 용서할 마음이 들지 않는 것도 당연했다.

"저는 지금까지 정의가 무엇인지에 대해 오랫동안 고민해 왔지만, 이것만큼은 확신을 갖고 말할 수 있어요. 마르드, 당신은 절대로 정의가 아니에요."

이츠키의 선고에 갑옷남은 결박을 풀고 이의를 제기하기 위해 애썼지만, 고통 때문에 아무것도 할 수 없는 모양이었다.

"실제로…… 그 정도 결박도 풀지 못하고 있잖아요. 나오후미 씨였다면 저를 물어뜯을 기세로 이의를 제기했을 거예요. 이게 바로 의지의 차이죠."

"나를 끌어들이지 마."

"고문을 시작하자마자 입을 열고, 우리에게 돌아오고 싶다는 얼토당토않은 소리를 지껄인 벌이에요. 당신의 정의와 저의 정의는 달라도 너무 달라요. 저는 당신을 받아들일 수 없어요."

"그러게 말이야~. 어찌나 안이한 소리를 하는지, 이 누나도 놀랄 지경이더라니까."

"구역질이 나네요. 이 사람은 강한 편에만 서려는 사람이에요. 그런 의미에서는 정의의 사도라고 할 수 있을지도 모르겠네요."

사디나의 말에 이어, 라이노도 구역질이 난다며 단호하게 말했다.

그런 소리까지 지껄였던 건가.

라이노의 말마따나, 어떤 의미에서는 정의의 사도일지도 모르겠군.

강한 자가 곧 정의라는 전생자 놈들의 논리와 딱 들어맞는다.

그 논리에 따르면, 더 강한 자가 나타날 때마다 계속 갈아타는 게 곧 정의의 사도인 것이다.

"무자비하다고 욕하셔도 상관없어요. 자비는 나오후미 씨에게나 어울리는 거니까요."

"나 좀 끌어들이지 말라니까. 나는 자비 같은 거 없어."

나에게 자비를 가르쳐 준 사람은 아트라였다. 그 외에 다른 사례는 없었다.

그나저나, 이 녀석까지 렌 같은 소리를 하기 시작했군…….

내 말에, 이츠키가 갑옷남을 걷어차면서 이쪽을 쳐다봤다.

"그런가요? 길을 잘못 들었던 우리 용사들을 전부 받아들여 주신 나오후미 씨에게 자비가 없다고요?"

"너희가 죽으면 곤란하니까 설득해서 끌어들였을 뿐이야."

"그런 식으로 생각할 수도 있겠네요……. 이번에는 그렇게 치고 넘어가도록 하죠."

"그 말투, 어째 좀 찜찜한데."

"아뇨아뇨……. 다른 뜻은 없어요. 받아들이는 태도나 사고방식은 사람마다 다른 법이니까요."

아까부터 사람 열 받게 만드는 소리를 해 대는군.

이 자식, 입에서도 '명중' 이능력이 발동하는 거 아닐까?

정상적으로 상대했다가는 수렁에 빠질 것 같으니, 이츠키가 떠들고 싶은 대로 말하게 두자.

"제가 그렇게 받아들였을 뿐이에요……."

"알았어, 알았어."

"저, 저기…… 시간이 다 됐어요."

리시아가 곤혹스러운 표정으로 우리에게 알렸다.

"그렇군."

"아…… 출발 전에 뭔가 엄청난 상황을 보게 되긴 했지만, 이번에는 나오후미 일행에게 신세를 많이 졌네."

키즈나가 이츠키와 갑옷남의 모습에 미간을 찌푸리며 말을 걸었다.

어차피 우리 세계 출신의 범죄자를 연행하는 거지만 말이지.

"키즈나 아가씨, 그럼 우리도 같이 다녀오지!"

라르크가 테리스와 함께 신이 나서 말했다.

네가 왜 따라오느냐는 내 생각을 아는 건지 모르는 건지.

그나저나 테리스는 당연하다는 듯 동행하고 있군.

너무나도 자연스러워서 키즈나 쪽 사람들조차 의문을 품지 못하는 기색이었다.

일단은 라르크의 보호자 격일까.

"흐음……. 방패 용사여, 참으로 아쉽구나."

마룡이 뭔가 버림받은 강아지 같은 눈으로 아양을 떨고 있지만 무시했다.

사천왕 중 세 마리가 미묘하기 그지없는 표정으로 그런 마룡을 쳐다보고 있었다.

내가 있으면 마룡이 엄청나게 강해진다는 원리를 아는 그들의 복잡한 심경이 손에 잡힐 듯했다. 마룡이 강해진다는 것은 곧 사천왕의 능력도 향상된다는 뜻이니 말이다.

"새로운 바람의 사천왕 필로. 마룡님의 명에 따라 이계의 용사를 잘 지켜라."

"필로는 본의 아니게 사천왕이 됐는걸! 부~!"

사천왕들에게 내 호위를 명령받은 필로가 투덜거렸다.

하긴, 필로는 강제로 사천왕이 됐으니 그럴 만도 하다.

지난번 싸움 때는 그것 때문에 표적이 되기도 했으니, 넌덜머리를 내는 것도 이해가 갔다.

그래도 이 세계에서 자유자재로 날 수 있다는 것 하나는 제법 마음에 드는지, 필로는 틈만 나면 날아다니면서 노래를 부르곤 했다.

"그리고 도의 권속기 소지자여. 마법에 대한 그대의 고민도 내가 해결해 두었다. 차근차근 배우면 용사 수준의 마법을 쓸 수 있을 거다. 내 마법의 가호도 쓸 수 있으니 같이 배우도록."

마룡이 라프타리아를 보며 말했다. 그러고 보니 라프타리아는 용맥법(龍脈法)을 제대로 쓸 수 없었지.

"아…… 고맙습니다. 습득할 수 있도록 노력할게요."

"라프~."

"아, 깜박할 뻔했구나. 이걸 그쪽 용제에게 갖다 줘라."

마룡이 퉷 하고, 뭔가 용제의 조각 같은 것을 뱉어 내서 내게 던졌다.

이걸 가져가야 하는 건가……. 더럽게스리.

"그쪽 용제가 현명하다면, 나와 마찬가지로 분노의 힘을 끌어낼 수 있을 거다."

"웬만하면 이 힘은 빌리기 싫지만…… 일단 받아 두기는 하는 편이 좋겠지."

적어도 분노와 자비의 힘을 동시에 전개하면 강해질 수 있는 건 확실하니까.

일단 대가 없이 힘을 끌어낼 수 있으니, 하지 않는 게 손해다.

『그리고…… 후후. 방패 안에는 내 복제 인격이 들어 있다. 마법을 영창할 때면 내가 어디서든 힘을 빌려줄 수 있어.』

머릿속에 울려 퍼지는 기분 나쁜 말에 등골이 오싹해졌다.

이 녀석을 부활시킨 게 진심으로 후회되기 시작했다.

마법 영창을 보조해 주겠다는 이야기겠지만…… 어쩐지 찜찜했다.

『그게 내 장점이지.』

닥쳐!

『여기서 은혜를 베푸는 나! 싸움이 끝나면 꼭 만나러 오너라!』

"아, 그래 그래."

"우~! 필로가 못 가게 할 거야!"

마룡과 오래 이야기하느라 인내심의 한계를 넘었는지 필로가 대화에 끼어들었다.

"그건 방패 용사의 자유 아니더냐?"

"안 보낼 거야! 우~!"

마룡에 대한 필로의 혐오는 모토야스에 대한 혐오감에 버금가는 수준이군.

어쨌거나 남은 시간이 얼마 없으니, 키즈나에게 하고 싶었던 말을 간결하게 해 둬야겠다.

"키즈나……."

"왜 그래?"

내가 진지한 표정으로 키즈나를 부르자, 키즈나는 감회에 젖은 표정으로 내 말을 기다렸다.

그러니까, 꼭 말해야겠다.

"다음에 또 적에게 붙잡히면, 네 별명은 공주가 될 줄 알아."

"왜 뜬금없이 그런 선고를 하는 건데?"

"그야 넌 사사건건 적에게 붙잡히는 신세가 되니까. 세 번이나 붙잡히면 나로서도 간과할 수 없어."

"나도 잡히고 싶어서 잡히는 게 아니라고!"

"결과적으로 그렇게 된 것뿐이지, 키즈나에게 잘못이 있는 건 아니잖아요!"

글래스가 옹호하고 있지만, 눈을 마주치지 못하고 이리저리 돌리고 있잖아.

공주 속성에 대해서는 글래스도 뭔가 짚이는 점이 있는 게 틀림없다.

"흐음……. 공주라면 붙들리는 것도 어쩔 수 없는가. 나도 앞으로는 수렵구 용사를 용사가 아닌 공주로 인식하기로 하지."

"뭐가 어째?! 그런 상황은 절대로 안 만들 거야!"

마룡이 기다렸다는 듯 부채질을 해댔다.

이 정도 주의를 줬으면, 내가 자리를 비운 사이에 붙잡히는 일은 없……으리라고 믿고 싶다.

"이런 상황에서도 참 와자지껄하네요."

에스노바르트가 훈훈한 표정으로 부하 도서토들, 할망구와 함께 손을 흔들고 있었다.

"성인님! 여기는 저희에게 맡기십시오! 저도 이들에게 변환무쌍류를 완벽하게 전수하고 돌아가겠습니다."

"그래, 그래. 잘해 봐."

"이런저런 우여곡절이 있었지만, 드디어 원래 세계로 돌아갈 수 있게 됐네요."

돌이켜 보면 참 오랜 시간이었다.

처음엔 그저 타쿠토 소동의 와중에 이쪽 세계로 넘어 온 라프타리아를 데리러 왔을 뿐이었는데, 이야기가 이렇게까지 틀어진 건…… 전부 윗치 패거리 탓이라고 해 두자.

"그럼 다들 가자. 낙오되지 않도록, 제대로 파티 등록이 돼 있는지 꼼꼼히 확인해 봐."

여기서 누군가를 두고 가기라도 한다면, 그건 결코 웃어넘길 수 없는 사태였다.

"문제없는 것 같아요."

이츠키와 라프타리아, 리시아 등이 각자 접호한 후 보고했다.

"그럼 다녀올게."

"또 만나자고 해야 하나?"

키즈나의 물음에, 나는 앞으로 일어날 일들을 예상해 보며 대답했다.

"아마 그럴 거야. 지난번과는 여러모로 사정이 달라졌으니까. 이쪽의 결전을 빨리 마무리하고 싶기도 하고. 그날이 올 때까지 최대한 열심히 단련해 두라고."

"당연하지. 나오후미처럼, 할 수 있는 건 다 해 둘 거야."

"그래, 너라면 할 수 있어. 그리고…… 너만이 할 수 있는 일을 찾으면 돼."

성격에도 없는 그럴싸한 소리를 했더니, 키즈나는 기쁜 표정으로 대답했다.

"응! 나오후미도 힘내!"

"당연하지."

자신만이 할 수 있는 일이라.

내가 생각해도 참 구린 소리를 했군.

"그럼 출발할게요. 한창 파도가 일어나고 있는 상황일 테니, 모두 조심하셔야 해요."

우리는 리시아의 말에 맞춰 키즈나 일행에게 손을 흔들었고…… 우리가 있던 세계로 전송되었다.


**관할 세계로 돌아왔습니다.**

**거울에서 방패로 변경됩니다.**

그런 문자가 나타나더니, 거울이었던 무기가 방패로 돌아왔다.

갈 때는 빛의 터널을 통과했는데 돌아올 때는 순식간이란 말이지…… 그런 생각을 하다 보니, 내 시선은 절로 눈에 익은 파도의 균열 쪽으로 향했다.

여기는…… 아마, 제르토블 인근의 황야일까?

"후오오오오오오오오오오──! 장인어른이십니까─!"

내가 출현한 것을 본 모토야스가 말을 걸었다.

밑도 끝도 없이 뭐냐.

"어떻게 된 겁니까? 저쪽에서의 싸움은 끝난 겁니까?"

"이런저런 이유가 있어서 말이지. 아직 문제가 남아 있긴 하지만 잠시 귀환하기로 했어."

"그렇습니까?"

"어쨌든…… 이야기는 파도가 끝나고 해도 되겠지. 모두……
간다!"

""" 오오─!"""

내 호령에 따라, 우리는 이야기를 나눌 틈도 없이 파도를 향해 덤벼들었다.

"오오! 필로땅! 드디어 만났습니다아아아아아!"

"싫어~! 오지 마아아아아아아아아아아아!"

모토야스와 필로 쪽은 그냥 무시하기로 하자.

일단 파도를 잠재우는 게 먼저니까.

"이 정도 인원이 있으니 파도도 식은 죽 먹기군."

파도의 균열을 공격해서 손쉽게 파도를 잠재웠다.

이제 남은 일은 피해 확인과 뒷정리를 하면서, 합류한 녀석들과 대화하는 정도였다.

"이와타니 공, 귀환을 환영하오. 경과는 좀 어떻소?"

메르티와 함께 온 쓰레기가 내게 말을 걸었다.

"아, 경과 자체는 순조로워. 불길한 이야기를 좀 들어서 확인해 보려고 일시 귀환하기로 한 거야."

"호오…… 그게 무슨 이야기요?"

"그 전에 말이야, 우선 통성명부터 하자고."

나와 쓰레기가 이야기를 나누려는데, 라르크가 끼어들었다.

"내 이름은 라르크베르크. 저쪽 세계에서 낫의 용사를 맡고 있지. 이쪽은 테리스고. 나오후미 꼬마에게는 여러모로 신세를 졌거든. 그래서 이렇게 만나러 온 거야."

"흐음……. 그리고 보니 예전에 이와타니 공 일행이 이계의 용사와 교전했다는 이야기를 아내에게서 들은 적이 있었지. 내 이름은 쓰레기 메르로마르크 32세. 지팡이의 용사로 이 세계에서 파도를 상대로 싸우고 있소."

그리고 보니 쓰레기의 성은 메르로마르크인데, 32세라니 참 오래도 대를 이어 왔군.

왕위가 여계로 이어지는 메르로마르크에서는, 사위에게도 세습된 성씨를 붙인다는 모양이었다.

어쩌면 쓰레기는 메르로마르크 왕족에 장가 든 32번째 남자라는 뜻인지도 모르겠다.

……딱히 중요한 정보는 아니지만.

그 이전에 쓰레기 메르로마르크 32세라고 말할 때의 그 득의양양한 태도에 태클을 걸고 싶었다.

"당신이 대표란 말이지? 그 이름에 관한 이야기는 나오후미 꼬마한테 들어서 알고 있어."

"그렇군."

쓰레기는 뭔가 의기양양해 하고 있는데, 그러지 좀 말아 줬으면 좋겠다.

어쩌면 이것도 지혜의 현왕으로서 펼치는 계략의 일종일까?

라르크와 쓰레기가 악수를 나누어 인사했다.

"아까 이름에 관한 이야기에 내가 고개를 끄덕이긴 했지만, 그건 어디까지나 용사로서 이와타니 공에게 뒷일을 위임받았다는 뜻일 뿐, 국가의 대표는 내가 아니오."

쓰레기는 그렇게 말하고, 메르티의 등에 손을 둘러서 라르크에게 소개했다.

"우리 나라 메르로마르크의 여왕. 메르티.Q.메르로마르크 여왕 폐하시오."

"이세계에서 오신 용사님, 참 잘 오셨습니다. 여러모로 바쁘신 것 같은데, 지금은 이렇게 인사밖에 할 수 없는 걸 용서해 주십시오."

"그, 그래……."

하긴, 메르티의 나이를 생각하면 라르크가 당황할 만도 했다.

예전에 이야기는 해 두었으니 이쪽 사정은 알고 있겠지만.

"잠깐 인사만 한 게 전부지만, 엄청 똑 부러진 녀석인데."

라르크가 메르티를 보며 내 귀에 대고 속삭였다.

"이쪽에서는 젊은 나이에 왕좌에 앉은 녀석들도 제법 있으니까 말이지."

메르티는 물론, 루프트도 왕년에는 임금님이었던 몸이고. 봉황이 봉인돼 있던 나라의 왕도 어린애였던 걸로 기억한다. 뭐, 다들 사정이 있어서 즉위한 거였지만.

이쪽 세계에서는 오히려 라르크 같은 녀석이 더 희귀하겠지.

"다녀왔어, 메르! 살려줘~!"

"필로따—앙!"

그때 필로가 메르티에게 달려들다시피 해서, 모토야스를 막는 방패로 삼았다.

'다녀왔어!' 에서 '살려줘!' 로의 전환이 놀랍도록 빨랐다. 메르티도 고생이 많다.

"모토야스, 진정해. 회의에 방해되니까 물러나 있어."

"하지만 장인어른! 드디어 필로땅을 만났단 말입니다! 오—! 필로땅, 주뗌므!"

"싫어—!"

모토야스 녀석, 아주 망가질 대로 망가져 버렸다!

"메르티 여왕 폐하. 창의 용사를 좀 진정시켜 줄 수 있겠소? 그러는 동안에 내가 낫의 용사님과 이야기해 둘 테니."

"네, 아버지. 필로, 빨리 가자."

"응!"

필로는 재빨리 필로리알 형태로 변해서 메르티를 등에 태우고…… 오오, 날아가잖아.

"와아아…… 필로, 날 수 있어—!"

"굉장해! 필로!"

어째서인지 필로가 이쪽 세계에서도 날 수 있게 됐는데…….
마룡이 필로에게 심어 놓은 바람의 사천왕의 힘이 작용하고 있
는 것 아닐까?

굉장한데. 날아다니는 필로리알이라니.

"오오, 필로땅이 하늘 저편으로 날아가 버리고 있습니다! 기
필코 따라잡고 말겠습니다! 우오오오오오오오오오오!"

필로는 메르티를 데리고 하늘로 날아갔고, 모토야스는 그런
필로를 쫓아 달려갔다.

"""잠깐~!"""

덩달아서 모토야스의 3색 필로리알들도 그 뒤를 쫓아갔다.

너희도 있었냐. 옛날 생각이 나는군.

"어이, 나오후미 꼬마. 아까 그 창 든 놈, 카르밀라 섬의 온천
에서 나랑 같이 여탕을 훔쳐보려던 그 녀석 맞지?"

그런 광경에 눈길을 빼앗겼던 라르크가 팔꿈치로 내 옆구리를
찌르며 물었다.

"그래."

"무슨 일이 있었던 거야? 완전히 나사가 빠져 버렸잖아."

"제대로 봤어. 저 녀석도 윗치 때문에 맛이 가 버려서 말이지."

"이츠키 꼬마와 같은 신세란 말이군. 전에 이쪽에 왔을 때도
정보를 교환하는 와중에 소동이 벌어졌었다는 이야기를 들었는
데…… 그렇게 된 거였군."

뭘 제멋대로 납득하는 건지는 모르겠지만, 사실이니 어쩌겠

는가.

모든 건 다 윗치 잘못이다.

"이야기가 샜군. 통성명도 끝났으니 묻겠는데, 이와타니 공, 낮의 용사님…… 대체 무슨 일이 있었던 거요?"

쓰레기의 질문에, 나는 라르크와 시선을 마주하고 나서 입을 열었다.

키즈나 쪽 이세계에서는 성무기의 주인이 된 전생자들 태반을 제거하는 데 성공했지만, 세인의 언니가 남기고 간 불길한 선고가 마음에 걸려서 돌아왔다는 이야기. 윗치의 행방에 대한 이야기. 라르크가 동맹의 사자로서 인사하러 왔다는 이야기 등을 쓰레기에게 했다.

그러자 쓰레기의 표정이 굳어진 것처럼 보였다.

자기 딸이 이 세계에서 또 악행을 저지르려 하고 있다는 이야기를 들었으니, 불길한 생각이 들 만도 하겠지.

지혜의 현왕도 상대가 딸일 때는 무의식중에 봐주는 일이 벌어질지도 모른다고, 자기 자신의 안이함을 경계하는 것이리라.

"그렇구려……. 그렇다면 확인을 위해 잠시 귀환하는 게 당연한 선택이겠지."

"그렇게 된 거야. 그나저나 이쪽 경과는 좀 어때? 불온한 기척은?"

"현재로서는 평온하다고 볼 수밖에 없는 상황……. 폭풍 전의 고요가 아니기를 기도할 따름이오."

"그러게 말이야."

세인의 언니가 한 말이 거짓말이라면 제일 좋을 텐데 말이지.

쓰레기는 조금의 말만으로도 상황을 정확히 파악하는 뛰어난 능력을 갖고 있다.

짤막한 설명이었지만 어느 정도는 이해했겠지.

"그리고 지난번에 들었던, 여왕이 보냈다는 스파이가 바로 여기 있는 라이노야."

나는 라이노를 쓰레기에게 소개했다.

당사자인 라이노는 약간 미심쩍은 표정으로 쓰레기를 쳐다보고 있었다.

하긴⋯⋯ 솔직히 라이노는 우리 일행을 통해 들은 게 전부이니 말이지.

마음이 바뀌기 전의 쓰레기가 워낙 우스운 녀석이었으니까.

다만⋯⋯ 그래도 쓰레기에게서 풍기는 분위기가 달라졌다는 것 정도는 알아본 모양이었다.

"돌아가신 여왕님의 명령과 개인적인 원한에 따라 첩보원으로 일하고 있던 라이노라고 합니다."

"그래⋯⋯. 내 어리석은 딸인 윗치의 마수로부터 이와타니 공 일행을 구해 줘서 고맙다. 이번 활약에 대해서는 나 개인적으로도 감사를 표하도록 하지. 뭔가 상으로 받고 싶은 건 없나?"

"무례를 무릅쓰고 말씀드리겠습니다. 제가, 아니, 저와 같이 첩보부대에 있는 자들이 원하는 건⋯⋯ 녀석에게 징벌을 내리는 것뿐. 이것이 바로 돌아가신 여왕께서 만드신 부대 모두의 뜻입니다."

라이노도 쓰레기가 윗치의 아버지이자 권력자라는 걸 알고 있었지만, 그럼에도 주눅 들지 않고 거침없이 말했다.

"……알았다. 보상은 윗치의 징벌……. 그 말, 똑똑히 명심하 겠다. 나는 아무래도 정 때문에 마음이 약해질 수도 있어. 윗치 에 관한 일은 그대에게 나보다 큰 권한을 주겠다. 앞으로도 활 동을 계속해 주길 바란다."

"네!"

쓰레기도 라이노의 말이 이해된다는 듯 그 청을 들어주었다.

바로 그때쯤, 라이노가 임시로 맡고 있던 채찍의 칠성무기가 빛 의 구슬로 변해서 우리 주위를 날아다니다가 모습을 감추었다.

"다시는 적의 손에 떨어지지 마."

사라진 채찍의 칠성무기에게 말하자, 채찍의 칠성무기는 걱 정 말라는 듯 잠시 한 번 나타났다가 다시 사라졌다.

거울이나 책처럼 어딘가에 숨어 있었던 건가……?

"자…… 그럼 간단한 정보 정리는 끝난 셈이군. 이런 곳에서 오래 이야기하는 것도 좀 그렇지 않소? 빨리 이동하는 게 어떨 까 싶소만."

"그건 그래."

그렇게 해서 우리는 그곳으로부터 철수하고 메르로마르크 성 으로 돌아오게 됐는데…… 문득 주위를 둘러보던 나는, 중요 인물 하나가 없다는 걸 깨달았다.

"렌이 안 보이잖아. 다른 곳에서도 파도 같은 게 발생해서 거 기로 간 거야?"

소위 다중 작전 같은 식으로 말이다.

그래서 나는 쓰레기의 호위를 맡고 있던 에클레르에게 물어본 것이었다.

"아니…… 렌은……."

어찌 말하기를 엄청나게 껄끄러워 하는 태도군.

쓰레기 쪽을 쳐다보니, 그는 뭐라 설명해야 좋을지 모르겠다는 듯 쓴웃음을 짓고 있었다.

"창의 용사와 가엘리온, 그 밖에 갖가지 중임을 견디지 못하고 쓰러져 버려서 말이오……. 마을에서 쉬고 있소."

"바보 아냐?"

책임감이 남들보다 강하다는 건 알고 있었지만, 그걸 못 이기고 쓰러지면 어쩌자는 거냐!

모토야스 같은 놈은 제대로 상대해 줄 필요도 없는데 말이다.

뭐, 처음부터 좀 불안하긴 했지만, 설마 고작 이 정도도 못 견디고 쓰러질 줄이야…….

"나오후미 님이 없는 상태에서의 대리 통치……. 그 중압감을 생각하면 이해가 가네요."

어째선지 라프타리아가 동정하고 있었다.

이게 그렇게 힘든 일인가? 그냥 쓰레기에게 떠맡기면…… 아니, 그럴 수 있는 조건도 아니긴 하군.

쓰레기는 쓰레기대로, 메르티와 함께 바쁘게 보내고 있을 테니까.

그리고 모토야스는 도움이 되기는커녕, 말썽의 원인 중 하나일 테고.

유일하게 남아 있던 사성용사인 렌에게 중압이 가해지는 건 어쩔 수 없는 일인지도 모른다.

포울의 도움이라도 받을 것이지……. 조금 까다로운 녀석이긴 하지만.

가까이서 말없이 지켜보고 있던 포울 쪽으로 눈길을 돌리자 겸연쩍은 듯 고개를 돌려 시선을 외면했다.

너…… 요령 없는 건 변함이 없는 모양이군.

"나, 나는 할 일을 했다고!"

렌이 안고 있던 중압감은 포울의 지원과 별개의 문제였다는 건가.

"하아……. 뭐, 됐어. 일단 성으로 돌아가기나 하자."

그렇게 해서 우리는 서둘러 현장에서 철수했다.

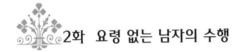 ## 2화 요령 없는 남자의 수행

성으로 돌아온 우리는 추가적인 정보 교환을 위해, 키즈나 쪽 세계에서 일어난 일들을 쓰레기 등에게 설명했다.

나와 쓰레기, 라이노…… 그리고 라르크와 테리스가 회의실에 모여 있었다.

라프타리아도 일단 동석하고 있지만, 발언하려는 기색은 없었다.

아, 물론 다른 멤버들은 각자의 마을로 돌려보내서 휴식을 취하도록 했다.

사디나와 실디나는 아예 기다렸다는 듯 냉큼 돌아가 버렸다.

사전에 했던 정보 교환 덕분에 사정에 대해 어느 정도는 이해한 상황이니, 그리 오랜 시간이 걸리진 않으리라.

"흐음……."

라이노가 빼낸 정보와 적의 내부 사정을 들은 쓰레기는 깊은 생각에 잠겼다.

아, 이츠키가 포박해 온 갑옷남은 이쪽에서도 취조할 예정인 듯 그대로 연행돼 갔다.

연행하기 전에 용각의 모래시계에서 레벨을 리셋해 도주의 여지를 완전히 봉쇄했다고 했다. 정보를 다 캐내고 나면 처형할 예정이라고 한다.

제르토블 녀석들은 놋쇠 황소에 넣어 구워 처형하는 방법을 제안하던데, 어떻게 될지 모르겠다.

라르크도 건너편 세계에서 벌어진 싸움에 대해 쓰레기에게 차근차근 설명했다.

"이와타니 공이 이야기한 바 있던, 전생자라 불리는 자들의 암약……. 적의 정체, 신을 참칭하는 자……. 아직 완전하게 파악할 수 있는 단계는 아니지만, 상당히 성가신 상황인 건 확실한 듯하군."

"그래. 뭐 좀 짚이는 거 있어?"

"원래 파도의 첨병으로 인식하고 있던 자들의 정체가 밝혀진 것에 불과하지만……. 적의 내부 사정을 들으니 어느 정도는 정보를 보완할 수 있을 것 같군."

"그래."

라이노에게서 들은 정보 등을 취합하는 것 같았으니까.

"아무래도…… 공세로 전환하기에는 힘들다는 점이 문제요.

방어만이 능사는 아니지만…… 이번에 판별된 무기 강화 정보로 보아, 일단 전력 증강에 힘쓰는 게 좋을 것 같소. 안 그러면 아무리 작전을 짜 봐야 결과를 뒤집을 수는 없을 테니까."

"역시 그런 건가."

"그렇소. 그러니 일이 벌어지건 안 벌어지건, 이와타니 공 일행은 자신들의 자질을 끌어올리는 데 힘쓰는 게 좋을 것 같소. 그리고 나처럼 수련이 부족한 자들은 기술 향상을 위해 더 노력하는 수밖에 없겠지."

작전보다 실력 향상이 먼저라는 건가…….

당연한 판단이고, 부정할 근거도 없군.

쓰레기도 그렇게 판단했다고 하면, 그게 최선의 결론이라고 생각해도 되리라.

"그럼 나와 라이노가 입수한 액세서리 정보도 해석을 빨리 시작하는 게 좋겠군."

"우리 나라를 비롯한 각국의 연구팀에는 이미 연락을 해 두었소만……."

쓰레기가 나에게 넌지시 눈짓을 보내서, 나보다 더 깊은 이해를 가진 기술자에게 참여를 제안해 달라고 부탁했다.

"녀석은 아직 관여 안 하고 있는 거야?"

"액세서리에 관련된 일에는 어지간하면 다 알고 있을 만큼의 인재지만, 내가 판단하기에는 이와타니 공이 제안하는 편이 그 자의 관심을 끌기에 더 좋을 것 같아서 말이오."

상인과 용병의 나라 제르토블.

돈만 있으면 어지간한 건 다 해결할 수 있다고 알려진 나라이며, 나는 그 나라의 권력자와 인맥이 있다.

이번에 쓰레기가 나와 만나게 하려는…… 참여 제안을 부탁한 자는 액세서리 제작의 장인 같은 녀석이다. 나는 마음속으로 액세서리 상인이라고 부르고 있다.

녀석이 전수해 준 방법으로 액세서리를 만들기만 해도 품질이 향상된다.

그리고 그 방법은 일반적인 액세서리 제작과는 다른, 비장의 제작법이라는 모양이라, 은근히 주위로부터 높은 평가를 받았다.

그 액세서리 상인…… 그렇게 어려운 걸 가르쳐 준 거였나?

마력을 부여하는 방법을 알려 준 것 정도가 고작인데 말이지.

뭐, 이런저런 걸 만들어 본 덕분에 액세서리에 대해서는 어느 정도 알 수 있게 되긴 했지만.

방패의 기능도 있고 말이다.

키즈나 쪽 세계에서 가져온 물건들에 대한 해석을 액세서리 상인에게 맡긴 결과, 파도가 발생했을 때 저쪽 세계로 건너갈 수 있는 액세서리를 이 세계에서도 제작할 수 있게 되었다.

그 외에도 귀로의 사본이나 번역 기능이 담긴 액세서리에 대한 분석도 맡겼지만, 그쪽은 순조롭게 풀리지 않았다.

그리고 성무기와 칠성무기…… 즉 권속기에 흡수시킨 마물의 드롭 기능을 재현하는 액세서리에 대한 해석도 맡겼었다.

어느 정도 해석할 수 있었지만 샘플이 너무 부족하다고 했기에, 이번에는 넉넉하게 가져왔다.

거기에 라이노가 가져온 자료도 있었다.

해석이 진척돼서, 양산이나 대응책 마련에 성공하기를 기도하는 수밖에 없다.

흐음, 어차피 이제 슬슬 만나러 갈 때가 된 건 사실이다.

이러니저러니 해도 녀석은 결국 상인.

함부로 빈틈을 보였다가는 아무리 신뢰하는 상대라 해도 돈을 위해 잡아먹으려 들지도 모르는 녀석이니까.

신용이 제일이라고는 해도, 방해밖에 안 되는 상대라면 때로는 베는 것도 필요한 게 장사의 세계. 배신할 수 없는 상황을 구축하는 것이 중요하니 충분히 신중을 기해야 한다.

"오? 나오후미 꼬마. 바로 가는 거야?"

생각에 잠겨 있는 나에게, 라르크가 몸을 쑥 들이대듯 하며 물었다.

아니, 액세서리 상인 일은 너랑은 아무 관련도 없잖아.

"뭐, 쓰레기에게 보고하는 건 대충 끝났으니까, 마을로 돌아가거나 액세서리 상인을 만나러 가거나 해야겠지."

"그래서 나오후미 꼬마는 결국 어떻게 할 건데?"

"으음……. 마을로 돌아간다고 해도 쉴 수 있으려나."

일단 마을에 돌아간다 해도, 그건 그것대로 시끄러워질 것 같은 예감이 들었다.

드디어 돌아온 우리에 대한 환영식까지는 아니더라도, 왁자지껄하게 마을 녀석들과 인사를 나누는 식으로 말이다.

갑자기 돌아온 거니까 마을에 없는 녀석들도 있을 것이다.

사디나와 실디나가 먼저 돌아간 건 그런 연락을 위한 측면도 있었고 말이지…….

녀석들이 준비를 갖출 때까지는 내 쪽에서도 어느 정도 시간을 주는 게 좋을 것 같다.

"먼저 귀찮은 안건부터 처리하러 가지."

"좋았어!"

어째선지 의욕이 넘치는 라르크의 반응에, 나는 저도 모르게 고개를 갸우뚱거렸다.

다른 사람들의 생각도 마찬가지인지, 뭔가 묘한 분위기가 감돌고 있었다.

"그럼 이와타니 공, 나는 앞으로 벌어질 상황에 대비한 조사와 단련을 계속해 가면서, 공무로 복귀하도록 하겠소."

"알았어."

그렇게 해서 쓰레기와의 회담이 끝나고, 각자 해산하게 되었다.

"그럼 저는 이만……."

라이노는 윗치에게 내린 징벌에 대해 부대원들에게 보고하러 간다는 모양이었다.

윗치를 한 번 죽였다는 소식을 들으면 속이 시원해지는 녀석들이 있겠지.

"아, 다음에 네 부대 사람들과도 한번 이야기해 보고 싶은데. 할 이야기도 많을 것 같고."

"그럼 가까운 시일 내에 소개하겠습니다. 방패 용사님의 이야기를 들으면 모두 든든하게 생각할 겁니다. 그럼 이만."

그렇게 말한 라이노는 고개를 꾸벅 숙이고 떠나갔다.

"그때는 렌이나 이츠키도 같이 데려가는 게 좋겠군."

대화의 분위기도 달아오를 테고, 그 둘도 기뻐할 게 분명하다. 벌써부터 기대된다.

"썩 얽히고 싶은 분은 아니지만 말이죠……."

라프타리아가 하고자 하는 말도 이해는 간다.

하지만 그 정도는 괜찮지 않겠는가.

윗치 피해자 모임과 이야기를 해 보면, 녀석에게 징벌을 가하고자 하는 결의도 한층 결연해질 테고, 같은 목적으로 움직이는 동료가 있다는 걸 알면 든든하기도 할 테니까.

그렇게 해서 우리는 포털을 통해 제르토블로 이동, 자료를 들고 액세서리 상인이 있을 법한 가게를 찾아갔다.

녀석은 본점을 여기에 두고, 내 영지 마을 이웃 도시에 지점을 내고 있는 걸로 알고 있었다.

나를 바탕으로 한 관련 상품 판매로 상당한 수익을 거두고 있다고 했다.

출발 전에 감시의 눈을 번뜩여 두긴 했는데, 현재 상황이 어떤지는 모른다.

"왁자지껄한 도시네!"

라르크가 주위를 두리번두리번 둘러보며 내게 말을 건넸다.

뭐랄까…… 이 나라는 라르크와 잘 맞을 것 같다는 느낌이 들었다. 그 놀기 좋아하고 사람 좋은 성격에 말이다.

처음에 만났을 때는 용병이나 모험가라고 오해했을 정도였으니, 그런 자들의 총본산과도 같은 나라와 어울리는 것도 이상할 건 없었다.

"그래, 여긴 상인과 용병의 나라, 제르토블이라는 곳이야."

캐릭터 면에서는 사디나와도 잘 어울리는 나라이기도 했다.

신분을 은폐하기도 쉽고, 꼼꼼한 조사 같은 것도 안 하는 장점이 있는 나라인 것이다.

참고로 나는 예전에 키르를 콜로세움에 보내서 한바탕 휘저어 놓은 탓에, 콜로세움 업계에서는 경계의 대상이 된 상태였다.

지난번에 메르티가 나를 격려하기 위해 이웃 도시에서 축제를 열었을 때 필로리알 경주 같은 걸 하던 모토야스도 그 업계에서 경계의 대상이 되었었다.

"이야기를 하고 올 테니까, 라르크 너는 테리스랑 같이 근처 술집에서 술이라도 마시고 있어."

까놓고 말해서 쓰레기와 인사한다는 목적은 이미 완수된 상태니까.

볼일 끝났으니 그만 돌아가란 말이다.

보나 마나 그냥 노는 게 목적인 것쯤은 나도 다 알고 있다고.

"아니아니, 나도 같이 갈 거라고, 나오후미 꼬마."

예상외의 반응이었다.

어째 은근히 마음에 걸리는데……. 은근슬쩍 내 주위를 계속 기웃거리는 것 같고 말이지.

"알았어, 알았어. 그럼 얼른 다녀오자고."

우리는 액세서리 상인이 경영하고 있는 상점으로 향했다.

여기 없으면, 어디 갔는지 점원에게 물어볼 생각이었는데…….

"으음? 방패 용사님 아니십니까."

지난번에 만났을 때와 마찬가지로, 액세서리 상인은 카운터에 앉아 있었다.

"전에도 느꼈지만, 왜 윗사람 주제에 접객을 하는 거야?"

"모르시겠습니까?"

"아니. 아마 여유가 있을 때 접객의 최전선에 서지 않으면 감이 무뎌진다거나 하는 이유겠지. 비즈니스 기회를 놓칠지도 모른다는 식으로. 기회가 언제 어디서 굴러들어올지는 아무도 모르는 일이니까."

"역시 방패 용사님. 감이 녹슬지 않으셨군요."

기분 나쁘게 눈 번뜩거리지 좀 마.

그 '역시 방패 용사님.'이라는 대사를 들으면 기분이 영 찜찜하다고.

너한테는 기와는 다른 사악한 기운이 깃들어 있단 말이다.

아마 기에 민감한 할망구라도 알아채지 못하는, 상인만이 가진 정체불명의 개념 같은 거겠지.

"그래서? 이번에는 무슨 일로 오셨는지?"

"아아, 널 만나러 온 거야."

"호오……. 해석을 맡기셨던 액세서리 일 때문에 오신 겁니까? 애석하지만 자료가 너무 부족해서 더 진전시키려면…… 자금 지원이 좀 있어야 할 것 같습니다만?"

"흥, 자금 지원 좋아하시네. 너한테 그런 돈을 줘서 어쩌자는 거야. 너한테 돈을 내겠다는 놈이 있으면 내가 뜯어말릴 거야."

"이런…… 후후후."

나 참, 황당한 녀석이라니까.

여왕 시절부터 돈을 받았던 건가? 꼼꼼하게 조사해 볼 필요가 있겠군.

쓰레기는 전쟁 같은 싸움에는 강하지만, 상인을 상대로는 몇 발짝 뒤처져 있을지도 모르겠다.

찬찬히 상대하면 정체를 간파할 수 있겠지만, 굳이 녀석에게 그런 수고를 끼칠 필요는 없다.

아니, 어쩌면 이런 것까지 예상하고 나에게 교섭을 맡겼을지도 모른다.

"역시 방패 용사님, 오랜만에 뵈었는데도 변함없으시군요."

"흥. 마음에도 없는 칭찬은 집어치우고 이거나 봐."

라이노에게서 받아 온 자료와 적들에게서 빼앗아 온 액세서리류 샘플을 액세서리 상인에게 보여 주었다.

가볍게 자료를 훑어본 액세서리 상인의 눈빛이 달라졌다.

"호오…… 미지의 언어로 적혀 있긴 합니다만……. 흐음흐음, 이거 제법 재미있군요."

"참고로 이건 이세계의 자료야. 여기에는 적의 기술이 적혀 있어. 국가의 연구소에서도 해독에 임할 계획이긴 한데── 어때? 추가 지원이 필요하다고?"

"하하하, 농담도 잘하십니다. 그 조사에는 저도 꼭 참여하고 싶군요. 후후후."

"그래서? 네가 내는 자금 지원은 어느 정도지?"

스폰서적 의미에서 자금 지원을 요구했다.

이미 연구비를 받아 챙긴 모양이지만, 원래는 네가 내야 할 입장이란 말이다.

새로운 돈벌이와 직결될 가능성이 높은 연구니까.

"만약 거부하면 어떻게 되는 거죠?"

"모르겠어?"

네가 협조하지 않는다고 해도 우리에게 딱히 문제가 생기는 건 아니고, 다른 부자 상인에게 제안하면 그만이다.

그래도 기술이 확립되고 나면 이 녀석도 다시 덤벼들겠지.

더욱 강대해진 메르로마르크에서 쓰레기나 메르티가 연구비를 대 준다고는 해도 그것만으로는 부족할 가능성도 있다. 그리고 연구 후에 기술이 곧바로 전 세계에 퍼져 나가면 오히려 곤란하니, 이런 상인을 끌어들이는 게 오히려 안전한 법이다.

뭐, 그랬다가 오히려 뒤통수를 맞을 위험도 있지만.

"후후, 후후후하하하하하하하! 좋습니다. 금액은 얼마든지 제시하십시오. 그 대신, 그만큼 생산 권리를 받도록 하겠지만 말입니다."

"누구 멋대로? 뭐, 어쨌든 이제 대충 이야기가 정리된 셈이군. 나중에 메르로마르크의 쓰레기를 찾아가 봐. 계약 내용을 갱신해."

사전에 준비해 온 소개장을 액세서리 상인에게 건넸다.

이러면 쓰레기도 어느 정도는 교섭하기가 편해지겠지.

그나저나…… 타쿠토를 토벌했을 때 유출된 기술이 있는 건지 제르토블 근처에 비행장이 생겼다는 모양인데, 액세서리 상인은 어느새 그 권리를 손에 넣은 상태였다.

노예상도 한몫 거들었다는 모양인데, 여러모로 위험한 녀석이군.

"저, 나오후미 님, 너무 달아오르신 것 같은데, 정도껏 하시는 편이……."

걱정 어린 라프타리아의 말에 주위를 둘러보니, 근처에 있던 자들이 경계심 가득한 시선으로 우리를 쳐다보고 있었다.

뭐, 유명 인사인 방패 용사가 이런 곳에 있어서 그럴 수도 있겠지만…… 실은 액세서리 상인이 뭔가 좋은 장사 아이템을 얻을까 경계하는 것이리라.

"그런데……."

그때 액세서리 상인이 라르크 뒤에 선 테리스의 액세서리──사성수의 수호인 「성염(星炎)」과 마룡 사천왕의 방울을 발견했다.

물건이 물건이니만큼 글자가 깨져 보일 줄 알았는데, 의외로 기능 자체는 정상적으로 작동하고 있었다.

"방패 용사님. 저것에는 불만이 없습니다만, 이쪽은 너무 대충 만드신 게 아닙니까?"

액세서리 상인은 방울을 가리키며 불쾌감을 드러냈다.

"소재의 특성을 파악하기 위해 만든 시제품이니까 관대하게 넘어가."

"아무리 그래도……."

하는 수 없이 테리스를 손짓해 부르자, 그녀는 말없이 방울을 액세서리 상인에게 건넸다.

액세서리 상인은 확대경으로 방울을 들여다보아 확인했다.

"역시 연결이 허술하군……. 이런 물건을 사람들 눈에 띄도록 달고 다니다니……."

"이 정도는 아무나 만들 수 있다는 거지?"

"그야……."

액세서리 상인은 철컥철컥 재빨리 방울을 분해해서, 눈 깜짝할 사이에 부품으로 바꾸었다.

이어서 줄질을 하고, 쪽매붙임 세공을 하듯이 재구축했다.

"상당히 특이한 마물 소재로 만든 물건이라는 건 알겠지만, 그래도 최소한 이 정도는 해야지 않겠습니까."

### 마룡사천왕의 방울
### (마룡사천왕의 가호, 4속성 마법 위력 상승[대], 어둠과 혼의 힘, 충의의 연대)
### 품질 최고 품질

부여 효과에 충의의 연대라는 게 추가되었다.

어떤 효과가 깃들어 있는 건지…….

"하지만…… 함부로 부여했다가는 품질 문제뿐만이 아니라, 밸런스까지 무너져 버릴 것 같군요……. 덧붙이자면, 강한 어둠을 깨부술 수 있는 마음이 없으면 힘들 겁니다."

"못 할 건 없지만, 저쪽 세계에서는 품질이 높은 편이 무기로서 더 강한 모양이라서 말이지."

"흐음……. 이건 이것대로 재미있는 물건이긴 하군요."

액세서리 상인은 분해할 때 나온 부품들을 가리키며 말했다.

"아마, 이상하게 글자가 깨져 나오던 그 정체불명의 소재와 비슷한 것 같지만, 여기에 깃들어 있는 마력이 다른 걸로 강제 변질시키고 있는 것 같군요."

"그것까지 알아내다니 역시 대단하군. 맞아. 이건 이곳이 아니라 다른 세계에 있는 강력한 마물 소재를 조합한 거야. 이 세계에 있는 한은 진짜 성능을 이끌어 내기 힘들겠지."

이 정도면 꽤 많은 정보를 제시한 셈이다.

이 녀석 정도의 장사꾼이라면 내가 아무 대가 없이 이런 정보를 흘렸다고 생각하진 않겠지.

"후……. 이번에는 이 정도 선에서 물러나도록 하죠. 방패 용사님, 이세계에서 보신 미지의 소재를 정리한 자료를 제공해 주신다면, 돈을 더 쓰도록 하겠습니다."

"자료야 줄 수 있지만, 그 자료를 통한 추측만 가지고 얼마나 우수한 물건을 만들 수 있을지 구경해 봐야겠군."

"후후후."

이렇게 상인들끼리 서로의 속내를 떠보고 있으려니…….

"네가 나오후미 꼬마에게 액세서리 제작 기술을 가르쳐 준 상인인가 보지?"

뜬금없이 라르크가 중간에 끼어들었다.

또 너냐. 대체 뭐 하자는 꿍꿍이냐.

"나는 라르크베르크라는 사람이야. 다들 편하게 라르크라고 부르니까 그렇게 불러 주면 고맙겠어."

"아, 아아……."

액세서리 상인이 노골적으로 들이대는 라르크에게서 시선을 외면하며 내 쪽을 쳐다봤다.

예상치 못한 난입자의 등장에 곤혹스러워하는 표정이군.

왜 라르크가 이 대화에 끼어드는 거야?

우리가 의심 어린 눈길로 라르크를 쳐다보자, 당사자는 평소와 다름없는 태도──로 보이려고 노력하고 있는 모양이지만, 실제로는 다소 어색한 초조감이 엿보이는 표정으로 액세서리 상인에게 악수를 요구했다.

"방패 용사님의 동료 분이신 것 같습니다만…… 저, 아니, 저희 가게에는 무슨 용건이신지?"

"이 가게, 엄청 휘황찬란하네. 테리스도 그렇게 생각하지 않아? 끝내주네!"

어째 태도가 너무 경박한 거 아냐?

뭐랄까…… 라르크가 현대 일본의 껄떡남 같은 태도로 변해 있잖아.

"네, 보석들의 광채가 강하네요. 상당히 실력이 뛰어나다는 증거겠죠."

테리스가 가게 안을 확인하며 감상을 말했다.

"제가 느끼기에…… 이 가게에 있는 건 전시품일 뿐, 가장 좋은 물건은 아닌 것 같네요."

"호오…….."

액세서리 상인이 라르크보다 테리스 쪽에 관심을 보였다.

"보기 좋게 만들려고 노력하시는 건 높이 평가할 만한 일이에요. 다만, 저는 명공님이 만드신 작품이 더 좋아요."

테리스는 나를 가리키며 말했다. 내가 만든 물건과 액세서리 상인이 만든 물건의 차이라…….

성능을 원하는 나와 매상을 원하는 액세서리 상인 간에는 차이가 있는 건지도 모르겠다.

뭐, 나도 예전에는 희귀한 형태의 액세서리를 이것저것 만들어서 귀족들에게 팔아치운 적이 있긴 하지만.

이 부분은 센스가 모든 것을 말해 주는 법이니, 취향이 갈리는 건 당연한 일이겠지.

내 경우는, 애니메이션이나 게임의 영향 때문에 약간 어린애 취향의 세공을 하곤 한다.

허름한 선물 가게에 있을 법한 디자인 같은 것들 말이다.

나비 디자인이 들어간 액세서리나 필로의 깃털을 모티브로 디자인한 액세서리 같은 것도 어느 정도 만들긴 했지만…… 이런 건 자주 만들어서 감을 키워야 하는 법이겠지.

애초에 이건 본업이 아니기도 하고.

그와는 달리, 액세서리 상인이 가게에 진열해 놓고 있는 건 세상 사람들의 인기에 좌우되는 디자인이 많았다.

인기 있는 디자인으로 판매하고 있는 것이다.

"보아하니, 눈썰미가 뛰어난 저 여성분이 좋아하실 법한 물건을 원하시는 것 같군요?"

액세서리 상인이 영업용 미소를 지으며 라르크에게 물었다.

라르크를 껄끄러워하는 게 얼굴에 훤히 다 보인다고.

아니, 정확히 말하자면 평소에는 이런 얼굴로 사람들을 상대하는 거겠지.

나와 처음 만났을 때도 연기를 하고 있었으니까.

"아니."

긍정의 대답을 예상하고, 카운터 밑에 간직해 두고 있던 액세서리를 꺼내려던 액세서리 상인이 고개를 갸우뚱거렸다.

아닌 거냐.

"라르크, 너 대체 왜 그래?"

나와 액세서리 상인의 대화에 끼어드는가 싶더니 갑자기 테리스한테 말을 걸고, 용건을 물었더니 아니라고 하고, 대체 뭘 어쩌자는 거냐.

"네, 방패 용사님의 동료분이시라면, 솔직하게 용건을 말씀해 주시는 편이 제 입장에서도 반갑겠군요. 시간에는 한도가 있으니까요."

액세서리 상인은 제르토블 전체를 통틀어서도 손에 꼽히는 상인으로, 쓸데없는 이야기 같은 걸 싫어하는 스타일인 모양이었다. 시간은 금이라는 정신으로, 나를 제외한 다른 녀석들에게는 제법 엄하게 대한다나 뭐라나.

"원래는 좀 더 이야기하다가 말을 꺼낼 생각이었지만, 하는 수 없지."

라르크는 그렇게 말하더니…… 액세서리 상인을 향해 양손을 모으고 애원했다.

"나한테도 액세서리 제작 기술을 전수해 주면 안 될까?"

"하아……?"

이건 또 무슨 헛소리야? 액세서리 제작 기술은 내가 저쪽 세계에서 넌더리가 나도록 가르쳐 줬잖아.

그런데도 액세서리 상인에게까지 부탁하다니 대체 뭐 하자는 거지? 내 실력을 의심하기라도 하는 거냐?

"……."

액세서리 상인은 라르크를 위아래로 훑어보고는, 관심 없다는 듯 시선을 돌렸다.

"죄송하지만, 당신께 가르쳐 드릴 기술은 없습니다. 당신은 장인 일에는 소질이 없어요."

라르크의 손재주가 어설프다는 걸 한눈에 간파했군.

뭐, 그 정도는 척 보면 알 법도 하지만.

저쪽 세계에서는 일국의 왕으로서 타국과의 교섭 같은 걸 하고 있는데, 그건 전국시대 무장 같은 느낌이라 제법 그럴싸해 보인다.

세계통일을 위하여! 같은 소리를 할 것 같은 분위기를 가진 녀석이, 액세서리 제작의 패왕이 되겠다! 따위의 소리를 지껄이면 어색하기만 할 뿐 아니겠는가.

취미가 세공이라는 식의 반전 매력을 뽐내는 건 괜찮을지도 모르지만…….

"그래도 제발!"

라르크는 거부당하고도 물러설 줄 몰랐다. 가게 앞에서 민폐를 끼치는 것도 개의치 않고 고개를 숙이고 있었다.

"당신 같은 분은 돈을 모아서, 눈 높은 여자 친구에게 걸맞은 액세서리를 사 드리는 게 더 유익할 거라고 생각합니다만."

액세서리 상인도 싸늘한 눈매로 라르크를 쳐다보면서, 카운터 밑에 있던 찬란한 액세서리를 꺼내다가 테리스에게 보여 주었다.

눈 높은 여자 친구라는 표현 말고 다른 건 없었던 건가…….

"오오……. 굉장하네요. 최소한의 연마로 최대한의 매력을 끌어냈어요. 명공님의 스승을 자처하실 만큼의 실력이 있다는 건 확실한 것 같네요……. 하지만, 이건 당신이 만드신 게 아니죠?"

“역시 참으로 눈이 높으신 손님이군요.”

액세서리 상인도 테리스의 뛰어난 안목을 높이 평가했지만, 그러면서도 약간 언짢은 기색이었다.

하긴 상인 입장에서 이런 손님은 귀찮을 법도 하다.

이윽고 테리스를 상대로 대충 얼버무리는 건 불가능하다고 판단했는지, 액세서리 상인은 비장의 물건이라는 듯 품속에 있던 목걸이를 꺼내 보였다.

“대단하네요……. 확실히 명공님보다 뛰어난 숙련도가 느껴지는 기술을 갖고 계시네요. 다만…….”

테리스는 가만히 액세서리 상인에게 목걸이를 돌려주었다.

“아까도 말씀드렸다시피, 제 취향과는 조금 달라요. 하지만 이 물건에 매료되는 분들도 많겠죠. 높은 가격에 거래되겠어요.”

액세서리 상인은 그 짧막한 말만 듣고도 테리스가 말하고자 하는 바를 알아챈 모양이었다.

“이것 역시, 보석의 매력을 끌어올려서 착용하는 사람을 매료시키는 장식 수단인 것도 사실이긴 하죠.”

“그건 저도 알아요. 그래서 어쨌다는 거죠? 저답잖아요?”

“네, 저도 더 이상 무의미한 소리는 안 하겠습니다. 오직 타오르는 감정으로만 매료시킬 수 있는 사람도 있으니까요.”

이거…… 액세서리 상인의 상인혼을 간파하고 한 발언이 분명하다.

액세서리 제작은 어디까지나 돈벌이 수단.

그 밑바탕에 있는 무언가가 액세서리에 깃들어 있다는 걸, 테리스는 이해한 것이다.

하지만 그 점을 지적한다고 해서 액세서리 상인의 마음이 바뀌는 전개는 일어나지 않았다.

"이 여성분이 좋아하실 만한 물건을 얻고 싶으시다면, 방패 용사님께 주문 제작을 의뢰하는 게 나을 겁니다. 알겠습니까?"

넌지시 포기를 권하는 액세서리 상인.

"그건 안 돼! 내가, 내가 직접 나오후미 꼬마 수준의 기술을 얻어야만 한다고!"

라르크는 한 발짝도 물러설 수 없다는 듯 액세서리 상인을 향해 연신 고개를 숙였다.

엄청나게 경박한 분위기의 젊은이가 제자로 받아 달라고 부탁하면서, 아무리 거절해도 물러가질 않는 상황이라고나 할까.

이 경박한 느낌으로 보아, 이 자리에서 승낙해 봤자 사흘이면 질려서 도망갈 게 뻔해 보였다. 액세서리 상인 역시 같은 느낌이겠지.

"나는 그것 때문에 여기에 온 거라고!"

"어…… 라르크 씨, 그게 목적이었단 말이에요?"

묵묵히 상황을 지켜보던 라프타리아가 저도 모르게 물었다.

굳이 알고 싶지 않았던, 라르크의 분위기가 이상했던 이유.

그것 말고 뭔가 다른 속내가 있었더라면 차라리 나았겠다는 생각까지 들 지경이었다.

이를테면 라르크가 실은 전생자고, 내 뒤통수를 칠 꿍꿍이를 꾸미고 있었다던가 하는 식으로.

말도 안 되는 이야기긴 하지만, 만에 하나 그런 일이 일어난다면 끔찍하겠지.

그런데 이세계에 건너와서 하고 싶었던 일이 액세서리 상인의 제자 입문이었다니…….

돌이켜 보면 이쪽 세계로 돌아오기 전에 라르크의 방에 들렀을 때…… 어째 마석 같은 게 나뒹굴고 있었다. 로미나의 공방에 자주 들른다는 이야기도 들은 적이 있었고, 내 조언도 열심히 듣곤 했었다.

기술 향상은 전혀 없었지만.

"나오후미 꼬마 일행을 통해서 전해 듣기만 하는 게 아니라, 당신한테 직접 배우고 싶어서 온 거야!"

라르크는 그렇게 말하고, 품속에서 우락부락한 오레이칼 스타 파이어 브레이슬릿을 꺼냈다.

품질은 별로였다. 게다가 내가 만든 물건의 모조품.

이게 현재의 라르크가 할 수 있는 최대한이리라.

"제발 나한테 액세서리 기술을 전수해 줘! 나오후미 꼬마한테 가르쳐 준 것보다 알기 쉽게! 나는 솜씨가 어설프니까, 이렇게라도 안 하면 알아먹을 수가 없으니까!"

우리는 그런 라르크의 모습에 말문이 막힐 수밖에 없었다.

대체 뭐가 라르크를 이렇게까지 자극한 거지?

다만…… 뭐랄까.

나한테 배워도 실력이 늘지 않으니, 더 급이 높은 녀석에게 배우겠다는 생각.

자기 힘으로 배워서 실력을 끌어올려야 할 기술이건만, 남에게 배우기만 해도 좋은 걸 만들 수 있을 거라는 식으로 착각하고 학교에 다니는 학생 같은 느낌이었다.

오타쿠 동료들 중에도 그런 녀석이 있었지.

전문학교에 다니면 그쪽 직업을 가질 수 있을 거라고 믿었다가…… 아무런 기술도 익히지 못한 녀석이.

어디에 가건, 제대로 배우고자 하는 의지가 없으면 아무 효과도 얻지 못한다.

오히려 전문학교에 다니는 바람에 쓸데없는 프로 의식이 생겨서 다루기만 힘들어진다는 이야기도 있을 정도였다.

"애석하지만 가르쳐 드릴 수는 없겠네요."

오오, 그래도 물러서지 않는 액세서리 상인.

역시 상인답게 정에 휩쓸리지 않는다.

물어보지도 않은 나한테는 우격다짐으로 기술을 주입했던 주제에.

"그렇게 궁금하시다면 방패 용사님께 배우시거나…… 소개료만 주시면 찬찬히 체험해 보실 수 있도록 제자를 소개해 드리죠."

은근슬쩍 돈을 요구하는 점에서 액세서리 상인의 악독함이 묻어났다.

게다가 소개해 주는 것도 고작 체험이었다. 취미 정도 수준으로만 하라고 은연중에 충고하고 있는 것이다.

"아니! 난 당신 아니면 안 돼!"

라르크도 참 끈질기군……. 그만 포기하라고.

이 녀석은 액세서리 기술을 돈벌이 수단으로밖에 여기지 않는 녀석이다. 장인이 아니라 상인이란 말이다.

이제 영업용 미소도 한계에 다다랐는지, 액세서리 상인은 최소한의 점잖은 척조차 포기하고, 귀찮은 듯 담뱃대를 꺼내 물었다.

"하아…… 방패 용사님 앞이니만큼 원만하게 끝내고 싶었는데 말이죠."

귀찮은 기색이 역력했지만, 딱 잘라 대답하지 않으면 상대도 물러서지 않으리라고 판단한 거겠지.

"솔직히 말씀드리자면…… 라르크 씨라고 했던가요? 당신한테는 가르치고 싶지 않아요. 왜냐? 당신에게서 티끌만큼의 상인 정신도 느껴지지 않으니까요. 장사에 재능이 있느냐 없느냐 하는 것과는 별개로 말이죠."

하긴, 이렇게 단호하게 말해 두지 않으면 라르크는 어찌어찌 잘 우겨서 허락을 받아 내려 들 테니까.

라르크도 일국의 왕 노릇을 하고 있는 만큼, 대화 능력 자체는 제법 뛰어난 편이었다.

능력 있는 사람들끼리 장사를 할 때라면, 라르크를 사장으로 앉혀야겠지.

카리스마가 있으니까.

대표가 라르크라는 것만으로도 사람이 모여들고, 그 사람들이 라르크의 목소리에 따라 순탄하게 장사를 성공시킬 것이다.

그런 의미에서는 장사에 재능이 있다고 할 수도 있으리라.

다만, 액세서리 상인이 원하는 상인 정신은 그런 게 아니다.

액세서리 상인이 좋아하는 건, 동화(銅貨) 한 닢도 소홀히 하지 않는, 장삿속이 뼛속까지 밴 사람인 것이다.

투자한 돈보다 많은 돈을 손에 넣는다. 돈만 벌 수 있으면 불법적인 짓도 거리낌 없이 저지른다.

언제 체포돼도 상관없다는 식의, 범죄도 두려워하지 않는 상인 정신이 액세서리 상인의 신념이었다.

그러다가 어딘가에서 누군가의 손에 죽는다 해도 후회는……
아마 하지 않으리라.

……종합해 보면 완전 인간 말종이잖아, 이 자식.

정체를 드러냈을 때의 눈매를 보면 제법 무섭다. 어둠 속에서
도 수상쩍게 번뜩이기까지 하고.

그런 의미에서 보면, 무기상 아저씨의 스승인 모토야스 2호가
그나마 나았다.

무기 제작을 놀기 위한 돈벌이 수단으로만 여기는 건 그 녀석
도 마찬가지지만.

여자로 낚으면 두말없이 가르쳐 주니, 이보다 편할 수가 없다.

"그러니까 단념하고, 능력 있는 사람에게 액세서리 제작을 맡
기세요. 여기는 체험 교실이 아니니까요."

신랄한 지적이었다.

뭐, 라르크에겐 좋은 약이 되겠지. 너는 세계를 위해 싸워 줘
야 하는 몸이란 말이다.

액세서리 제작은 쉴 때 짬짬이 하는 취미 정도가 딱 좋다.

"싫어! 나는! 절대 단념 못 해!"

라르크는 정체불명의 아우라를 내뿜으며 고개를 들었다.

이건 또 뭐야……. 라르크 녀석, 나도 모르는 사이에 커스에
침식당하기라도 한 건가?

그건 곤란한데.

이런 상황에서 커스…… 테리스와의 관계로 미루어 보아 질
투 같은 커스에 침식당한 라르크와 싸워야 하다니.

"당신은 나오후미 꼬마보다 더 잘 알잖아? 모르는 게 있으면 뭐든 다 대답해 주잖아? 나는 뉘앙스만 갖고는 이해 못 한다고!"

라르크는 물어뜯기라도 할 것 같은 기세로 액세서리 상인에게 애원했다.

액세서리 상인도 라르크의 살벌함에 기가 질린 기색이었다.

라르크가 하고자 하는 말도 이해가 가긴 했다.

눈치껏 배우는 것만으로는 액세서리 제작을 제대로 익힐 수 없는 것이리라.

내가 만든 견본을 바탕으로 공부해 봐도, 구조를 제대로 파악할 수 없었겠지.

요령은 없지만, 테리스의 마음에 들 만한 물건을 만들고 싶다는 한결같은 애정에는 호감이 느껴졌다.

다만…… 까놓고 말해서, 액세서리에 그렇게까지 열중하는 이유를 알 수가 없었다.

"라르크, 그만 포기해. 나는 딱히 당신이 싫어진 것도 아니고, 명공님 쪽으로 갈아타려는 것도 아니니까."

"위로하는 말은 됐어! 나는 테리스가 당당히 가슴을 펴고 자랑할 수 있는 남자가 되고 싶어! 마지못해 고르는 남자가 되기는 싫다고!"

경박해 보이는 남자의 일편단심에 흔들리는 여자가 있는 것도 이해가 갔다.

예를 들어 이런 거다. 더 괜찮은 남자가 있지만 이미 사귀던 사람이 있으니까~ 라는 식으로 계속 사귀기는 싫다는 뜻이겠지.

나 역시 라프타리아가 더 좋은 사람이 있지만 관성으로 나를 선택했다는 식의 태도를 취하면 평정을 유지할 자신이 없다.

내 경우는 꽤 제멋대로 굴고 있지만 말이지!

"나는! 기술을 배우고 싶어(내 여자를 빼앗기고 싶지 않아)!"

이렇게 마음의 목소리가 노골적으로 엿보이는 절규만 없었다면……

"라르크 씨의 눈매가 나오후미 님과 비슷해졌잖아요?!"

라프타리아가 전율이 이는 표정으로 말했다.

음? 내 평소 눈빛이 이랬다고?

"그, 그래요……. 알았습니다. 제자로, 받아 주도록 하죠."

"뭐라고?!"

이게 뭐야. 액세서리 상인이 라르크의 기세에 밀려서 제자로 받아들이겠다고 허락했잖아.

"좋았어!"

라르크가 전례가 없을 만큼 희열에 찬 표정으로 승리의 포즈를 취했다.

아마 머릿속에 감동의 BGM이라도 흐르고 있겠지.

통곡까지 하고 있잖아……. 그렇게까지 기쁜 건가? 오버가 심한 녀석이군.

그래도…… 액세서리 상인의 제자가 되기 위해 일부러 이세계에까지 온 그 행동력 하나는 인정해야겠다. 그런 짓을 할 시간이 있거든 싸움에 대비해서 레벨업이라도 하라고 따지고 싶긴 하지만.

"어이."

길 가던 사람들이 박수를 치는 가운데, 나는 이마에 손을 짚고 탄식하는 액세서리 상인을 쿡쿡 찔렀다.

"왜 허가한 거야?"

"저도 후회하고 있어요. 하지만 영혼 밑바닥에서부터 용솟음치는, 기필코 해내고야 말겠다는 의지가 깃든 그 눈빛을 앞에 두니, 도저히 거절할 수가 있어야지요."

수전노인 액세서리 상인마저도 고개를 끄덕이게 만드는 라르크의 눈빛…… 내 눈빛과 비슷하다는 그 눈빛이 액세서리 상인의 고집스러운 마음을 깨부쉈다고 보면 되는 걸까.

"뭔가 일이 잘못 돌아가는 느낌이에요."

"그래, 그 점은 틀림없어."

라프타리아의 말에 동의하지 않을 수 없었다.

"일단 하기로 한 이상, 철저하게 교육하도록 하죠……. 참 못 말리는 분이네요. 적당히 타협해 주면 좋을 텐데."

테리스는 그런 라르크를 황당하다는 듯 쳐다보고 있었다.

"하아……. 하는 수 없지. 수업료는 아까 한 교섭 내역에 추가해 둬."

"저에게도 잘못이 있으니…… 저렴하게 해 드리죠."

나와 액세서리 상인의 무정한 교섭은, 이렇게 예상외로 허무하게 끝났다.

이제 남은 건, 앞으로는 라르크 같은 녀석과 함께 있을 때는 이런 교섭을 하지 않기로 협의하는 일 정도이리라.

하아…….

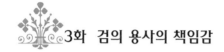

## 3화 검의 용사의 책임감

이런저런 우여곡절 때문에 예정보다 시간이 걸렸지만, 드디어 마을로 돌아왔다. 라르크와 테리스는 두고 왔다.

예상대로 마을 녀석들이 모두 나와 우리를 맞이해 주었다.

축제 분위기까지는 아니었지만…….

"형, 어서 와! 오늘은 맛있는 밥을 먹을 수 있겠네."

"어서 오세요."

"어떤 밥이 나올지 기대돼!"

"밥이다―!"

이렇게 다들 하나같이 내가 만든 밥을 원했다.

준비도 미리 해 둬서, 돌아오자마자 요리를 해야 하는 신세가 되었다.

어딜 가든 내가 하는 일은 썩 달라지는 게 없군.

"아, 맞아, 이미아. 네 액세서리, 저쪽 세계에서 유용하게 써먹었어."

"아, 네…… 감사합니다."

"좀 있으면 이 액세서리를 보고 감동한 녀석이 마을에 올 테니까, 그 녀석을 상대해 줘."

"네."

이렇게 마을 사람들에게 각각 말을 걸었다.

"형, 누님…… 마을에 돌아왔군."

식당에서 조리를 하고 있을 때, 포울이 찾아왔다.

파도와 싸울 때도 얼굴을 보긴 했지만, 쓰레기와의 대화를 우선시하느라 제대로 된 인사를 미뤄두었었다.

"그래, 언제 다시 저쪽으로 돌아가게 될지 모르지만, 당분간은 이쪽에서 상황을 살필 예정이야."

"그렇군."

"이쪽 상황은 어떻지?"

"포울 형은 마을에만 있느라, 임금님…… 지팡이 용사 쓰레기 씨랑 이야기도 거의 안 했어."

"키르!"

포울이 거북한 듯 키르를 꾸짖었다.

하긴 쓰레기는 포울의 큰아버지에 해당하니, 메르티뿐만 아니라 포울에 대해서도 육친의 정을 느낄 것이다. 포울이 그런 대우를 받는 걸 불편하게 여기는 건 충분히 이해가 갔다.

"하긴 포울은 아트라에게 마을을 부탁받았으니까. 마을에 별문제 없다면 상관없겠지."

"그래! 마을 사람들을 단련시키고 있다고! 다들 열심히 훈련하고 있어."

포울의 말을 들은 나는 마을 사람들의 레벨을 하나하나 확인해 봤다.

흐음……. 확실히 하나같이 레벨이 올라 있군.

이제부터 채찍의 강화 방법을 통해서…… 파도에 맞서기 위한 무적의 군단을 만들어 가야겠지.

"나, 나오후미…… 어서 와……."

렌이 상당히 초췌한 얼굴로 식당에 나타나서 인사를 건넸다.

원래는 한 사발쯤 질타를 퍼부어 주고 싶은 심정이었지만, 정말로 중증처럼 보였다.

이렇게 되니 화를 낼 수도 없었다. 얼마나 책임감이 강한 거냐.

"미안……. 뒷일을 부탁받아 놓고 이 지경이 되다니."

"그렇게까지 책임감을 갖고 임하라는 말은 안 했잖아."

참고로 치료원의 진단 결과에 따르면, 위궤양과 극도의 정신적 피로라는 모양이었다.

스트레스로 인한 수면 부족도 있었다고 한다.

잠도 안 자고 훈련을 했다는 보고도 들어와 있었다.

세계를 짊어지고 싸우는 중압감에 짓눌리기라도 해서인가?

바보 아닌가? 너무 고지식해서 고생하는 성격이 한층 더 증폭됐잖아.

내가 있어서 부담이 경감됐던 때보다 힘들어지긴 했겠지만, 이 정도로 야윌 줄이야.

모토야스의 폭주 때문일까…… 아니면 렌의 책임감이 너무 강해서 이렇게 된 걸까.

"뀨아아아아아아아아아아아아!"

그때, 렌을 힘들게 만드는 두 번째 원흉, 가엘리온이 말 그대로 날아왔다.

"기다려, 가엘리온!"

"뀨아아아아!"

"유성방패!"

만약에 대비해서 결계로 방어막을 쳐 두었다.

철퍽 하고 가엘리온이 내 유성방패에 부딪쳤다.

"뀨아아아! 뀨아!"

가엘리온이 이 벽 좀 치우라는 듯 울부짖었다.

"마룡한테 마음껏 농락당해서 엄청 날뛰었다더군."

"뀨아아아아!"

"응! 도무지 진정이 안 돼서 검의 용사를 고생시켰다니까. 나까지 얼마나 민망하던지⋯⋯."

"부채질한 그 녀석 잘못도 있지만⋯⋯."

마룡 녀석은 도대체 가엘리온에게 무슨 소리를 한 건지⋯⋯. 추가로 받아 온 조각에 뭐가 들어 있을지 무서워서, 쥐야 할지 말아야 할지 고민되는데.

"그래도 너는 드래곤의 왕이잖아? 왕이 왕답게 행동하지 않으면 어쩌자는 거야?"

아버지 가엘리온이 억제하면 될 테지만, 새끼 가엘리온의 자아도 강하니까 말이지.

"뀨아아아⋯⋯."

"으음, 가엘리온은 말이지, 방패 용사가 저쪽 마룡과 관계를 갖지 않았는지 묻고 있는데?"

"내가 그런 관계를 가질 것 같아?"

내가 그렇게 지조가 없어 보이냐?!

그 적극적인 대시는 아트라 같아서 싫지는 않았지만, 그렇게까지 빠져들 정도는 아니었다고!

"그러게 말이에요. 나 참⋯⋯."

"라프~."

뭘 어떤 식으로 생각하면 내가 마룡과 관계를 가질 거라는 추측이 나오는 거냐.

인간 미소녀처럼 변하기라도 했을 거라고 생각하나 보군.

우리의 반응에 가엘리온의 표정이 밝아졌는데, 벌을 받아야 한다는 걸 잊어버린 거 아냐?

"하여튼, 윈디아와 렌을 힘들게 만든 너를 상대할 생각은 없어. 마룡이 어떤 못된 메시지를 보냈는지는 모르지만, 마룡이 보낸 물건이나 받고 대기하고 있어!"

마룡에게 받은 조각을 휙 하고 던져 주며 그런 명령을 내려 두었다.

"뀨아……."

가엘리온은 내 말에 풀이 죽어서 윈디아에게 안겼다.

"이제야 얌전해졌네……. 그러게 내가 뭐랬어? 방패 용사가 그런 드래곤에게 함락될 리가 없다고 했잖아."

"재수없는 녀석이긴 했지만, 적어도 가엘리온보다는 유능하더군."

"뀨아?!"

"억울하면 더 열심히 단련해."

"뀨아아아아아……."

아, 울면서 윈디아에게 매달리잖아.

집도 잘 못 보는 철부지 드래곤에게 베풀 자비는 없다. 그 울분을 발판 삼아 열심히 노력해 보라고.

상황이 상황이니만큼, 아버지 가엘리온은 잠자코 있기로 한 모양이다.

"그래, 착하지. 방패 용사에게 더 미움받기 전에 마물 우리로 돌아가자."

그렇게 말하고, 윈디아는 가엘리온을 안고 떠나갔다.

"방패 형, 어서 와."

윈디아와 교대하듯, 라프짱 2호를 안은 루프트가 사디나와 실디나를 데리고 나타났다.

지금은 아인 형태였다. 어째 다른 녀석들보다 살짝 키가 커진 것 같은데?

비교해 보니 그 차이가 더 노골적으로 드러났다.

역시 라프타리아와 마찬가지로 다른 녀석들보다 성장 속도가 빠른 걸까?

이렇게 사디나와 실디나를 데리고 다니니까, 분위기가 라프타리아와 비슷하게 느껴지는군.

어찌 됐거나 왕년에 쿠텐로의 왕 노릇까지 한 녀석답다고 해야 할까.

메르티나 쓰레기를 가까이서 지켜본 영향이 나타난 건지도 모른다.

라프타리아도 아인 모습의 루프트를 보고 느끼는 게 있었는지, 표정이 심란해 보였다.

친척이니만큼…… 고인이 된 아버지의 흔적이 얼핏 보여서 그런 걸까.

"라프~."

"다프~."

라프짱과 라프짱 2호가 나란히 인사를 나누는 광경을 흔훈하게 쳐다보면서, 루프트에게 말을 걸었다.

"루프트 군. 상황은 좀 어때?"

그러자 루프트가 들뜬 표정으로 퐁 하고 수인 모습으로 변신했다.

수인 형태에서야 나이에 맞게 활달한 모습이 나오는 것도 뭔가 좀 안타까워 보이긴 했지만, 신경 쓰지 말고 넘어가기로 했다.

따지고 보면 수인 라프짱 같은 모습이니까.

"외교에 관한 건 메르티 여왕님 쪽이 더 잘 알 거야. 그리고 라트 씨가 내 변화에 대한 연구를 하고 있어."

"그렇군. 그래서? 라프타리아한테도 그 연구 내용을 적용할 수 있게 된 거야?"

그러자 라프타리아가 내 어깨를 척 붙잡고 커스에 필적하는 정체불명의 강렬한 아우라를 내뿜으면서 딱딱하게 굳은 미소를 지어 보였다.

"지금껏 못 본 척하고 있었는데, 이제는 좀 그만둬 주셨으면 좋겠는데요?"

"에……."

루프트가, 라프짱도 안 할 법한 애교 섞인 포즈로 조심스럽게 라프타리아를 올려다봤다.

"어머나―."

"어라―. 루프트, 예전에 비해 뻔뻔해졌어."

"그런 눈으로 쳐다봐도 허락 못 해요. 제가 자리를 비운 사이에 나오후미 님과 무슨 터무니없는 꿍꿍이를……. 루프트 군,

루프트 군은 실험체가 되고 불쾌하지도 않으세요?"

"전혀."

하긴, 이건 루프트가 원해서 한 클래스 업 실험이었으니까.

그 결과는 근사한 라프 종 수인의 탄생으로 이어졌고 말이지.

귀여움을 유지하고 있으니 괜찮다는 생각도 들지만…… 어쩐지 위험한 짓을 저지른 것 같은 기분도 들기는 했다.

참고로 라쿤 수인인 워 라쿤 종이라는 것과도 모습이 다르다는 모양이다.

"이 모습으로 있으면 라프 종들이랑 친하게 지낼 수 있는걸. 무슨 말을 하는 건지도 다 알아들을 수 있고, 합창 마법을 쓸 때도 머릿속에 글자가 떠올라서 쉽게 영창할 수 있고 말이야! 게다가 메르로마르크 말도 알아듣기 쉬워진다니까."

번역 기능 포함…… 은 아니겠지. 이 점에 대해서는 라트에게 경과를 물어봐야겠다.

"라프타리아. 노예들이 클래스 업을 할 때마다 내가 항상 이야기하고 있잖아? 나에게 맡기지 말고 스스로 결단하라고. 루프트는 스스로 원해서 라프짱식 클래스 업을 한 거야."

"음…… 제가 보기에는 나오후미 님이 그 선택으로 몰고 간 것처럼만 보이는데요? 필로리알보다 라프짱이 더 귀엽다느니 하는 소리를 하면서."

"그건 사실이니까."

물론, 루프트를 만났을 때의 반응을 보고 느낀 거지만.

결과적으로 루프트는 라프짱을 마음에 들어 해서, 라프 종과 즐겁게 같이 놀게 되었다.

"다~프~."

라프짱 2호는 그 모습을 보며 못 말리겠다는 듯 한탄했고, 라프짱이 그런 라프짱 2호의 머리를 톡톡 다독여서 위로하고 있었다.

"이미 일어난 일은 되돌릴 수 없는 건지도 모르지만, 나오후미 님, 이 문제는 저도 물러나지 않을 거예요."

라프타리아도 참 끈질기군.

"형, 누님, 예전 모습 그대로라 다행이야."

포울이 뭔가 납득한 듯 고개를 끄덕이고 있지만, 정말 괜찮은 거냐?

"이제야 나도 짐을 좀 덜 수 있겠군⋯⋯."

"렌, 너는 어깨에서 힘 빼는 법을 좀 배워. 포울도 보조 정도는 해 주고."

"나는 나름대로 할 일은 한다고! 검의 용사가 멋대로 쓰러진 것뿐이야!"

뭐, 포울은 어쨌거나 오랫동안 아트라의 뒤치다꺼리를 해 왔으니, 마을에서 일어나는 귀찮은 일에도 어느 정도 대처할 수 있을 것이다.

굳이 문제점을 따지자면 렌의 멘탈적인 약점, 혹은 스트레스 해소 방법의 문제이리라.

"당분간은 내가 상황을 살펴볼 테니까, 렌은 회복에 전념해."

"그, 그래⋯⋯."

"나오후미, 식사 준비는 아직 안 됐니?"

"요즘은 매일 축제 같아서 재미있어."

사디나와 실디나가 밥을 요구했다.

"조금만 더 있으면 끝나."

"주인님, 다녀왔어—! 살려줘—!"

아, 필로가 착지와 동시에 식당으로 달려와서 숨었다.

메르티는 어디 갔지? 어딘가 다른 곳에 배웅해 주고 온 건가?

어찌 됐건…… 이건 모토야스 패거리가 나타날 흐름이군.

"얘들아! 모토야스와 필로리알들이 못 오게 막아! 녀석들 밥
은 나중에 줘도 돼!"

"""오—!"""

"나, 나오후미! 그런 명령을 해도 되는 거야?!"

"당연히 되지. 이 녀석들은 기운이 남아돌아서 탈인 놈들이
야. 렌도 똑똑히 기억해 둬. 마을 녀석들은 이렇게 다뤄야 한다
는 걸."

그 이후로 일어난 대소동을 무시하고, 나는 조리를 재개했다.

왁자지껄한 저녁 시간이었다.

역시 이쪽은 키즈나 쪽 세계와 다르단 말이지.

인원이 많다 보니, 만들고 또 만들어도 작업이 끝날 줄 몰랐다.

결국 귀찮아져서, 다른 녀석들에게는 바이오플랜트에서 난
채소나 먹으라고 명령해 놓고, 나도 밥을 먹었다.

그런 식으로 저마다 음식을 먹어치우고, 각자 해산하게 되었다.


"아, 맞아, 필로, 혹시 피트리아랑 연락 돼?"

"으~응?"

식사를 마친 모토야스와 필로리알들을 쫓아낸 후, 나는 식당

에 가져온 바이오플랜트 열매를 먹고 있던 필로에게 물었다.

그렇게 많이 먹고도 아직 배가 덜 찬 거냐.

그러자 필로의 바보털이 쫑긋쫑긋 움직이기 시작했다.

"응. 목소리가 들려. '무슨 일인데?' 라고 했어."

"아아, 너도 우리의 싸움에 대해 어느 정도는 알고 있겠지? 타쿠토나, 파도의 첨병이라고 불리는 녀석들에 대해서 말이야."

나는 필로를 경유해서 피트리아에게 파도의 첨병과 그 배후에 있는 자들에 대해 설명했다.

"너 정도면 어느 정도 알고 있는 거 아냐?"

아주 오래 전부터 살아왔다는 모양이니, 사정을 아예 모를 리는 없을 텐데.

"으~음……. 피트리아 말로는 너무 오래된 일이라 희미하게만 기억나는 정도래. 그래도 파도에 의해 들어온 자들이라는 건 알고 있대."

"좀 더 자세하게 설명해 줄 수 없어?"

"그러니까, 기억이 너무 희미해서, 파도가 이런저런 술수를 부린다는 것밖에 모른대."

뭐, 아무리 똑똑해도 필로리알은 필로리알이라는 건지도 모르겠다.

필로리알들은 하나같이 태평한 성격이니까.

"뭐, 됐어. 그건 그렇고, 저쪽 세계에서 이것저것 알아낸 게 있는데, 에스노바르트에 대한 건 필로를 통해 알고 있겠지?"

필로가 바보털 통신을 하는 걸 확인하고 나서 말을 이었다.

"그 녀석은 저쪽 세계로 따지면 필로리알과 비슷한 입지를 가진 마물이야. 듣자 하니 너와 비슷한 전설의 도서토라는 것도 있었다는 모양이지만 예전에 살해당했다고 하더군."

신을 참칭하는 존재는, 파도에 위협이 될 존재를 제거하기 위해 암약하는 경향이 있었다.

그 점을 고려해 보면…… 피트리아 역시 이미 제거당했다 해도 이상할 게 없었다.

나는 에스노바르트의 고향인 고대 미궁 도서관에서 겪은 일을 피트리아에게 설명했다.

"그리고 나와 싸웠던 자들이 이쪽 세계에서 암약하고 있다나 봐. 너도 표적이 될 지도 모르니까 최대한 조심해."

무슨 일이 일어날지 짐작할 수 없다.

세인의 언니 세력이 피트리아를 생포해서 허튼짓을 하지 않으리라는 보장도 없고 말이다.

"알았대. 그리고, 뭔가 피트리아도 주인님한테 확인하고 싶은 게 이것저것 있으니까 가까운 시일 내에 만나러 와 달래."

"뭐라고? 또 이상한 의뢰를 들이대서 난감하게 만들려는 꿍꿍이는 아니겠지?"

설마 모토야스 일을 잊었다는 소리는 못 하겠지.

"에스노바르트 일 때문에 빠른 시일 내에 이야기를 하고 싶대. 오늘은 날이 저물었으니까 내일 시간을 좀 내줄 수 없냐고 피트리아가 물어봤어."

"흐음……. 알았어."

내가 고개를 끄덕이는 동시에 필로의 바보털이 움직임을 멈추었다.

"피트리아 씨라……. 참 오랜만에 뵙네요."

"그러게 말이야……. 그러고 보면 영귀 소동 때 만나고 못 만났었지."

그때는 괴수 대결전 같은 양상이어서 찬찬히 이야기를 나눌 틈도 없었다.

그 뒤로는 의뢰가 왔을 때 이야기를 해 본 것 정도가 고작이었는데, 그때는 원망하느라 제대로 상대하지도 않았었다.

뭐…… 별일 없으면 좋을 텐데.

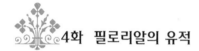

## 4화  필로리알의 유적

이튿날…… 우리는 피트리아의 인도를 받아 필로리알의 성지를 찾아갔다.

지난번에 갔던 곳과는 다른 곳인 모양이었다.

"그나저나……."

"왜?"

"너희는 정돈이라는 습관이 없는 거냐?!"

마을에 온 피트리아가, 같이 갈 녀석들을 한 번에 전송시켰다.

굳이 말하지 않았지만, 피트리아의 마차…… 전송을 쓸 수 있다는 점에서 수상쩍기 그지없었다.

키즈나 쪽 세계의 무기가 8개에, 우리 세계의 무기가 7개. 그리고 피트리아는 오랫동안 살고 있다.

이 점들을 종합해 볼 때 상상할 수 있는 가능성은…….

"피트리아, 네 마차에 대해서 물어보고 싶은 것들이 산더미처럼 많은데, 그거 혹시 권속기…… 여덟 번째 칠성무기 아니야?"

"……."

물어봐도 입을 다물고만 있을 뿐…… 아무런 대답도 하지 않았다.

뭔가 이유라도 있는 것이리라. 숨겨 두는 게 자기한테 유리하다거나…… 과거의 용사에게 부탁을 받았다거나.

지금은 그보다 필로리알의 성지에 대한 조사가 먼저다.

아까 피트리아가 마을에 왔을 때 과거의 용사들이 보유하고 있던 성무기나 칠성무기 말고, 그 동료들이 사용하던 무기들을 여럿 가져다주었다. 다만 그중에는 잡동사니 같은 것들도 있었다.

그래서 용사와 마을 사람들이 같이 피트리아의 성역에 가서 필요한 물건들을 선별하기로 한 것이다.

쓰레기는 참가하지 않았다. 국가 간의 관계 조정 때문에 여러모로 바쁜 모양이었다.

라르크는 말할 것도 없이 제르토블에서 액세서리 수행 중. 테리스도 그와 같이 있었다.

가엘리온과 윈디아도 결석이었다.

그런데…… 우리가 도착한 곳은 유적인가?

주위는 숲이고, 폐허 같은 마을 터가 있고, 그 근처에 신전 같은 유적이 있는 탁 트인 공간이었다.

그러고 보니 메르티가 이야기한 적이 있었지.

필로리알의 전설에는, 안에 들어가면 길을 잃게 되는 방황의 숲이라는 게 있다고.

아마 이곳은 그 방황의 숲 안일 것이다.

삼용교 소동 때 왔던 곳과는 다른 곳이었다.

다음에는 메르티도 데려와 줘야겠다.

"후오오오오! 이 성역을 낙원으로 만들겠습니다!"

"……왜 창의 용사까지 데려온 거야?!"

"당연히 너에 대한 심술이지."

포털에 위치를 등록하고서 은근슬쩍 마을로 돌아가 모토야스에게 동행을 제안하고 돌아왔다.

피트리아 녀석, 모토야스를 보자마자 눈에 보이지도 않는 속도로 거리를 벌리는군.

그럼에도 접근해서 달려들던 모토야스가 피트리아에게 걷어차여 나가떨어졌다.

"푸헥! 이 정도쯤!"

하지만 이렇다 할 대미지는 들어가지 않았는지, 모토야스는 곧바로 일어나서 술래잡기를 벌이기 시작했다.

이건 벌이다. 피트리아의 태도 때문에 화가 난 적이 몇 번 있었으니까.

그리고 우리는 모토야스와 피트리아를 무시한 채 유적 조사를 시작했다.

내가 아까 정돈에 관해 볼멘소리를 했던 건, 유적 안에 쓰레기 같은 무언가가 빼곡하게 나뒹굴고 있어서였다.

반짝이는 게 많은 건 새이기 때문이겠지.

예전에 필로가 보물이라면서 모으던 것들이 떠올랐다.

"와~, 반짝반짝~, 예쁘다~."

응. 지금도 썩 달라진 건 없군.

여기는 피트리아의 둥지다. 나뒹구는 반짝이들도 진귀한 보석부터 싸구려 수정까지 각양각색이었다.

"일단 정리부터 하자."

그나저나…… 대체 얼마나 모아 놓은 거야?

상당히 큰 규모의 유적 혹은 신전이건만, 이건 뭐…… 이렇게 말하면 좀 그렇지만, 정취가 없었다.

던전 속 보물 같은 걸 연상할지도 모르지만, 그런 느낌과는 거리가 멀었다.

갖가지 물건들이 마치 쓰레기처럼 뒹굴고 있는 것이다.

게다가 새털이 잔뜩 떨어져 있어서 지저분하기까지 했다.

"이렇게 된 김에, 새털들을 태워 버릴까?"

"타면 곤란한 게 있으면 어쩌려고 그러세요?"

라프타리아의 의견도 일리가 있군. 이 제안은 기각이다.

하여튼, 피트리아의 둥지 안은 오랜 세월에 걸친 수집 때문에 쓰레기장이 되어 버린 것이다.

여기에 레어 아이템이 잠들어 있다고 생각하니 슬퍼지는군.

좋은 물건이 있으면 회수해서 분해할 예정이니, 일일이 선별해 나가는 수밖에 없다.

쓰레기의 종착점은 용사들의 무기 안이지만.

"그럼 구역을 나눠서 청소 시작!"

이렇게 해서 피트리아의 둥지 청소가 시작되었다.

괴상한 규칙이 살아 숨 쉬는 정체불명의 던전에서 서식하는 토끼와 던전 같은 위험한 요소는 없지만 관리 따위는 전혀 하지 않는 새 중에서 어느 쪽이 나은 걸까?

"이건 뭐야—? 뭔가 반짝거리고 예쁜데? 수정인가—?"

"쓰레기! 아무 가치도 없는 그냥 돌이잖아."

"저기, 이건 진귀한 광석이었던 걸로 기억하는데. 나오후미, 어쩔 거지?"

"보류. 나중에 징발하도록 하지."

"왜 검이 나뒹굴고 있는 거죠? 녹도 안 슬었네요. 렌 씨, 이건 어때 보여요?"

이츠키와 리시아도 청소를 거들어 주고 있었다.

"응? 아니…… 이건 아직 내가 못 얻은 검인데. 으음…… 아스칼론? 뭐야, 이건? 용 특화 효과가 붙어 있군."

뭔가 귀에 익은 검의 이름이 들린 것 같은 느낌이 들었지만, 작업을 속행했다.

그나저나 가엘리온이 오지 않아서 다행이군.

"왜 창이 천으로 묶인 채 매달려 있는 거죠? 모토야스 씨, 따주세요. 깃털 집어서 냄새 맡는 건 나중에 하고요."

"알았습니다! 흐음! 못 따겠습니다."

"다프~."

라프짱 2호가…… 공중에 매달린 창 같은 것 위에 올라타서 울고 있었다.

저 창…… 아마 어딘가의 용사가 재현한 거겠지.

요괴 퇴치로 유명한 만화 속에 등장하는 창 같은 것이 빨간 천으로 묶여 있었다.

"그럼 카피하면 되지 않을까요?"

"그렇군요! 비스트 스피어? 이런, 자동으로 움직이는군요. 편리한 창입니다."

우리 쪽에는 요괴 같은 녀석들도 제법 있다. 특히 라프 종에게 특별한 효과를 가진 창이거나 하지는 않기를 기도할 따름이었다.

"다프."

모토야스가 창 복제를 마친 것을 확인한 라프짱 2호, 즉 과거의 천명이 창끝을 툭 찌르자, 촤르륵 천이 떨어져서 라프짱 2호의 손에 감겼다.

게다가 라프짱 2호의 몸에 맞추어 크기가 작아지기까지 했다.

여러모로 문제 있는 물건을 발견한 기분이 든다. 하지만 나중에 생각하기로 하자.

"우……."

파워업한 라프짱 2호의 모습에, 실디나가 나를 방패 삼아 상황을 훔쳐보고 있었다.

껄끄럽게 여기는 상대니까.

"그렇게 겁먹을 것 없어, 실디나. 지금은 네가 더 강하잖아?"

"그래도……."

같이 온 루프트의 격려에, 실디나가 부적으로 방어를 다지고 있었다.

제대로 강화하라고. 그렇게만 하면…… 아마, 녀석이 폭주하더라도 질 일은 없을 테니까.

이런 식으로 레어 아이템과 쓰레기가 뒤섞인 유적을 청소했다.

"드래곤의 뼈 같은 것도 굴러다니고 있군…… 일단 징발해 두지."

뭔가의 뼈가 산더미처럼 쌓여 있잖아……. 얼마나 오랜 역사가 여기 굴러다니고 있는 거냐.

게다가 부서지지 않았다면 그나마 나은 편이고, 태반은 오랜 세월 비바람을 맞아 풍화된 상태였다.

유적의 한 방에는, 삼용교 교황이 쓰던 무기까지 몇 종류 굴러다니고 있었다.

이거…… 모조품이지? 왜 이런 것까지 굴러다니는 거야?

재이용할까 하는 생각도 해 봤지만…… 마력 비축이 필요하다는 모양이니, 아마 힘들겠지.

성이나 마을로 가져가 무기상 아저씨에게 해석을 맡겨 볼까.

참고로 카피해 본 결과, 다른 방패가 나왔다.

고대의 방패라는 물건이었다.

효과는…… 썩 뛰어나지 않았다. 마법 방어가 상승하는 해방 효과 정도가 고작이었다.

그건 다른 용사들도 마찬가지여서, 하나같이 고대 시리즈의 무기가 나왔다.

무기의 경우는 마법 방해라는 상태 이상을 걸 수 있는 무기라는 모양이었다.

편리하다면 편리하다고 할 수도 있지만, 대인 전투에만 쓸 수 있겠군.

"커다란 필로리알 님―!"

"싫어―!"

오오, 피트리아도 필로와 같은 거부 대사를 쓰기 시작했잖아.

그나저나, 어떤 경위가 있었던 건지 자세히 물어본 적은 없지만, 모토야스를 싫어하는 건 피트리아도 마찬가지군.

"……."

세인이 모토야스를 가리키고 있었다.

아아, 제압하지 않아도 되는 거냐고 묻고 있는 건가 보다.

신경 쓸 것 없다고 손을 젓다가, 나는 세인과 피트리아를 번갈아 쳐다봤다.

복장도 다르고 깃털의 유무라는 차이도 있지만…… 어쩌 좀 비슷하지 않아?

키는 세인이 더 크지만, 분위기가 닮아 있었다.

근본적으로 마물인 피트리아와 멸망한 세계의 주민이었던 세인…… 접점이 없는데.

그냥 비슷하게 생긴 거라고 생각하고 납득할 수도 있겠지만…… 으음.

"아! 필로땅!"

"싫어―! 오지 마―!"

그리고 필로는 모토야스가 다가오자 재빨리 도약해서 하늘로 도망쳤다.

"좋겠다~, 하늘을 날고 있어~."

"좋겠다~."

"어떻게 하면 날 수 있는 거지~?"

피트리아의 부하 필로리알들 중에 말을 할 수 있는 녀석들이 부러워하는 눈으로 필로를 쳐다보고 있었다.

"웅? 마법으로 재주껏 날려 주는 사람이 있는 거야?"

"그럼 그 사람한테 부탁하자~."

어디서 이야기를 들은 건지, 필로리알들의 시선이 실디나에게 집중되었다.

"도와줘."

실디나가 라프짱 2호를 안고 루프트와 함께 방어 태세에 들어갔다.

"……다프~."

라프짱 2호는 기가 막힌다는 듯 한숨을 쉬면서, 필로리알들의 이목을 교란하기 위해 마법으로 실디나를 은폐했다.

"작업 진도가 안 나가잖아! 놀러 온 놈들은 돌아가!"

"HAHAHA! 장인어른! 이 모토야스, 필로리알 님의 성역을 낙원으로 만들기 위해 온 힘을 다하겠습니다."

"잔말 말고 청소나 해!"

하나같이 태평한 놈들이라 넌덜머리가 나는군.

키즈나 쪽 세력은 와자지껄하긴 해도 목적 의식은 확고했던 것 같은데.

"나 참…… 쓰레기가 너무 많아서 환장하겠네. 안쪽은 어떻게 돼 있는 거야?"

우리는 유적 안쪽 깊숙이 들어갔다.

이윽고 커다란 제단 같은 곳에 도착했다.

이쯤 들어오니 쓰레기는 찾아볼 수 없었다.

바닥은 돌로 포장돼 있고, 시계를 본뜬 장식이 새겨져 있었다.

"뭔가 답답한 느낌이 드는 곳이네요."

"그러게 말이야."

"이것 참, 필로리알 님의 집은 신비가 가득합니다."

"모토야스, 혼자 앞으로 나가지 마."

모토야스 녀석이 시계 한가운데 서서 창을 바닥에 꽂았다.

그러자 딸각 하는 소리가 났다.

쿠쿠쿠쿠쿠쿠쿵 하는 불길한 땅울림이…….

"모토야스!"

"무, 무슨 일이 일어난 겁니까?!"

"난들 알아?! 유성벽!"

만전을 기해서 유성벽을 영창, 모토야스와 그 떨거지 필로리알들을 제외한 나머지를 결계로 둘러싸서 보호했다.

"피트리아, 뭐 좀 아는 거 없어?"

"모르는데?"

고개 갸우뚱거리지 마. 진짜 도움 안 되는 녀석이네!

"오? 오? 오오오……."

모토야스가 창 자루를 꽂은 구멍에서 빛이 쏟아져 나왔다.

그리고…… 그 빛은 잔해를 남긴 채 창 속으로 빨려 들어갔다.

"후, 후에에…… 무슨 일이 벌어진 거예요?"

"글쎄."

더 이상의 변화는 없어 보였다.

"모토야스, 뭐 좀 달라진 거라도 있어?"

"어디 보자…… 용각의 장침(長針)이라는 창이 출현했습니다."

모토야스가 창의 형태를 바꾸었다.

가느다란 창이었다.

좋게 표현하자면 심플하다고 할 수도 있겠지만······ 무기의 이름처럼 오래된 시계의 시곗바늘 같은 모양이군.

"그럼, 여기에 무기를 꽂으면 효과를 얻을 수 있는 건가?"

나는 시험 삼아, 모토야스가 창을 꽂았던 구멍 주변을 살피며 방패를 쑤셔 넣어 봤다.

하지만 아무 일도 일어나지 않았다.

"설마 선착순 한 명이라든가?"

렌도 시험해 보고, 나와 똑같이 말했다.

"모토야스!"

"나, 나는 모르는 일입니다!"

하긴, 보통은 그런 구멍에 무기를 꽂을 리 없을 테니, 알 도리가 없긴 하겠지······.

"하아······ 그만 됐어. 일단 계속 들어가 보자."

마물은 없는 것 같았다.

애초에 여기는 피트리아의 영역이니, 그 영역의 두목인 피트리아가 있으면 마물과 맞닥뜨리더라도 별 탈은 없겠지.

함정은 있는 것 같지만.

굴러오는 바위나 바늘이 박힌 천장 같은 고전적인 함정들이 있었지만, 용사 앞에서는 아무런 힘도 쓰지 못했다.

굴러 오던 바위가 일행에게 건 유성방패에 막혀서 멈췄을 때는, 웃음까지 나올 지경이었다.

퍼즐 같은 것도 있을까 했는데, 그런 장치는 없었다.

공간적인 형태는 사디나와 실디나의 음파를 통해 파악한 상태였다.

비밀 통로 같은 곳을 간파해 낼 수 있는 그런 능력은 참 편리하단 말이지.

유적 가장 끝에는, 뭔가…… 마법에 의해 떠 있는 석실 같은 게 있었다.

떠 있는 돌…… 글라웨이크 광석이라고 했던가? 그런 돌로 만들어진 계단을 오른 우리는, 그 너머에 있는 방에 도착해서 내부를 확인했다.

석실 안은 답답하게 짓눌리는 느낌이었다.

여기서부터 마력이 흘러나오는 듯했다.

"나오후미 님, 여기는……."

"그래, 맞아."

에스노바르트의 고향에 있는 고대 미궁 도서관의 관장실에 있던 석실과 판박이였다.

"방패 용사의 이야기를 들으니까 여기로 안내해 줘야 할 것 같아서……."

피트리아가 그렇게 설명했다.

"이쪽에도 있었군."

피트리아의 집, 혹은 유적 안쪽 깊은 곳에는…… 작은 병이 떠 있었다.

그 뒤 쪽에는…… 에스노바르트 쪽 고대 미궁 도서관에 있던, 날개 달린 고양이 같은 생물을 그린 벽화가 있었다.

성무기를 그린 그림도 있는 것 같고…… 아, 권속기 그림도 있군. 빛나는 그림도 있었다.

다만…… 얼핏 보면 같은 그림 같지만 여러모로 다르군.

고양이말고도, 고래 같은 생물 두 마리가 더 그려져 있는 것 같았다.

내 시선을 알아챈 리시아가 벽화에 대한 조사를 시작했다.

"에스노바르트 씨 쪽에 있던 것과 같지만…… 이쪽 벽화에는 벽에 글자가 있는 것 같아요."

"그래?"

그 말을 들은 나는 리시아가 가리킨 곳을 쳐다봤다.

얼핏 보면 단순한 문양 같았지만, 문자들이 빼곡하게 적혀 있었다.

멀리서 보면 그림, 가까이서 보면 글자라니, 어떤 의미에서는 예술이라고 할 수도 있겠군.

공 들인 건 알겠지만, 읽을 수 있는 글자로 쓰라고.

"해석은 네가 맡아서 해."

이럴 때는 주인공이자 두뇌 담당인 리시아에게 맡겨야지.

"해석이나 번역에 실수가 많이 생길 것 같아요."

"나는 네 해석 능력을 높이 평가하고 있어. 정신 바짝 차리고 잘해 봐."

"들으셨죠, 리시아 씨? 같이 최선을 다해 봐요."

"후에에에에."

그리고 나는, 에스노바르트 쪽에 있던 것과 같은, 빨간 액체가 든 병을 집어 들었다.

이쪽은 아무런 방해 없이 집을 수 있었다.

키즈나 쪽 세계보다 남은 액체의 양이 많군.

왜 많은 거지?

생각해 볼 수 있는 가능성은…… 피트리아가 살아 있는 것과 관계가 있을 것 같군.

키즈나 쪽 세계에서는 정기적으로 소비하고 있었다거나…… 그런 걸까?

"이세계의 수호자가 마시는 약이라는 게 그거지?"

피트리아가 지적했다.

"이건 뭐지? 뭘 위해 존재하는 거지?"

"잘 모르는 독. 예전에 피트리아가 마셨어."

"그렇군. 그런데 그건 사람이 마셔도 괜찮은 거야?"

"안 된다고 들은 기억이 있어."

흐음……. 마물 전용인 모양이지만, 듣자 하니 수명을 늘려 주는 효과가 있다는 모양이었다.

불로장수의 약 같은 걸까?

"내가 기억하고 있는 건, 한 모금 마시면 영원한 고통, 두 모금 마시면 영겁의 고독, 세 모금 마시면…… 끔찍한 말로가 기다리고 있다는 거야."

에스노바르트도 비슷한 이야기를 했었지.

"어쨌거나 이걸 통해서 얻은 무기로 파도의 균열을 공격하자 다음 균열이 열리기까지의 시간이 대폭 증가했어. 키즈나 쪽 세계보다 많이 남아 있는 것 같으니까, 용사들 전원에게 나눠줄 수도 있겠군."

과거의 용사가 남긴 신비로운 액체.

이건 유익하게 활용하긴 하겠지만……. 각기 다른 세계에 동일하게 존재하는 이 벽화에는 뭔가 의미가 있는 걸까?

……고민해 봤자 해답은 안 나오겠지.

나는 액체 한 방울을 방패에 떨어뜨렸다.

**0의 방패의 조건이 해방되었습니다!**

**0의 방패(각성) 0/0**
**능력 미해방……장비 보너스, 스킬 『0의 방패』**
**전용효과 「이치의 심판자」 「세계의 수호자」**

흐음, 전부 0이라. 스몰 실드보다도 못한 방패군.

키즈나도 입수했던 무기였는데, 이건 대체 뭐지?

시험 삼아 0의 방패로 바꿔 보니, 생김새는 스몰 실드와 똑같았다.

"0의 방패."

스킬을 사용한 순간, 빛이 발생해서 방패가 번쩍였다.

오오…… 모양새는 폼 나는데. 나중에 시험해 봐야겠다.

딱히 이상한 효과는 없었던 것 같으니까, 문제 될 것도 없겠지.

이 방패 자체는 너무 약해서 쓸모가 없지만, 효과가 우수할지도 모른다.

게임을 하다 보면 그런 무기나 방어구가 등장하곤 하니까.

"앞으로의 역경을 이겨내려면 용사 전원이 보유하는 게 좋을 거야."

"뭐, 피트리아가 전원에게 필요하다고 한다면, 모두의 무기에 먹이는 게 좋겠지."

그렇게 해서 우리는 각자의 무기에 병의 내용물을 한 방울씩 먹었다.

모두 같은 0 시리즈가 나타났고, 그 효과 역시 모두 동일했다.

"필로, 마셔 볼래?"

"또 물어보는 거야? 싫어~."

하긴 에스노바르트가 의식을 할 때도 물어봤으니까.

싫어하는 것 같긴 하지만, 결과적으로는 마시게 될 것 같다는 생각이 든다.

피트리아의 후계자라는 신분으로 말이지.

"필로는 차기 여왕이니까, 머지않아 저걸 마시게 될 거야."

"싫어~."

독인 걸 알면서도 피트리아에게 마시게 한 과거의 용사는 대체 뭐 하는 놈일까.

실은 피트리아를 싫어했던 것 아닐까?

필로에게 마셔 보라고 권한 내가 할 소리는 아닌지도 모르지만.

그나저나…… 고양이 같은 게 그려진 이 벽화의 수수께끼는 언젠가 풀리는 날이 오긴 할까?

파도에 관련된 게 기록된 자료 근처에 반드시 있다……. 파도의 흑막이란 느낌도 아닌데.

아니면 이게 파도의 흑막, 신을 참칭하는 자인가?

그럼 리시아가 해독한 고문서에도 이 삽화가 있었겠지?

"피트리아."

"왜?"

"이 녀석 만나 본 적 있어?"

나는 벽화 속 고양이를 가리키며 물었다.

"있을 거야…… 아마."

"항상 자신 있는 대답만 하던 너치고는 확신이 없어 보이는데."

"움직이는 모습을 본 기억이 있어. 나쁜 생물은 아니었던 것 같아……."

"그거, 신을 참칭하는 자였어?"

이 녀석이 신을 참칭하는 자라면 그 자리에서 처치해 버리면 된다.

"아니었을 거야. 하지만 용사들과 이야기하던 건 기억나."

다시 말해, 이 벽화를 그린 녀석은 이 고양이에 대한 무언가를 전달하고 싶었던 게 분명하단 말이지?

하지만 적은 아니라니, 그럼 대체 정체가 뭐란 말인가.

"……모르."

피트리아가 벽화에 손을 대고…… 뭔가를 조그맣게 중얼거리는 것 같았다.

"어쨌거나 피트리아, 파도의 흑막은 너 같은 녀석을 역사에 드러나지 않게 죽이려는 것 같으니까 조심하도록 해."

"그 정도는 알아. 왜 피트리아가 모습을 드러내지 않는지 모르는 거야?"

아아, 그러고 보니 에스노바르트는 도서관에서 근무하고 있지만, 피트리아는 어디에 출몰할지 알 수 없긴 하지.

게다가 둥지는 방황의 숲 안에 두고 있다. 아무리 전생자라도 피트리아를 찾아내긴 힘들겠지.

마룡이 그랬던 것처럼, 오랜 세월 동안 살다 보니 인간을 경멸하게 되어 거리를 둔 건지도 모른다.

"피트리아를 죽이려고 드는 자들은 이미 여러 번 만났어. 아마 그게 파도의 흑막에게 매수당한 자들일 거야. 사람들을 선동하면서 피트리아의 신뢰를 져버린 게 한두 번이 아냐."

아아, 피트리아도 이미 몇 번 위험한 상황에 처했던 경험이 있다는 이야기군.

그러다가 결과적으로 인간들과는 부하를 통해서만 접촉하게 된 것이리라.

"아, 여기…… 읽을 수 있는 글자가 있어요."

리시아가 글자를 손가락으로 짚으며 말했다.

"이 무기는 영원을 가진 자에게 큰 효과를 발휘한다……. 신을 자칭하는 자에게서 스스로를 보호하기 위한……."

"그 내용만 보자면 0 시리즈 무기들은 파도의 흑막, 즉 신을 참칭하는 자에게 효과가 있다는 설명인가 보군."

키즈나 쪽 이세계에서 0 시리즈 무기로 파도의 균열을 공격했더니, 다음 파도가 오기까지의 간격이 늘어났다.

아마 신을 참칭하는 자에 대해 특별한 효과를 가진 무기라는 뜻이겠지.

어디까지나 추측일 뿐이지만, 이미 실적이 있었다.

"용사는…… 구원자가 올 때까지 견디기 위한 버팀목이며——아직은 여기까지밖에 못 읽겠어요."

"거기까지만 읽으면 충분해. 키즈나 쪽 이세계에서 본 것과 겹치는 내용이니까."

아마 파도를 상대로 벌이는 용사의 싸움은, 다른 누군가가 오는 걸 전제로 하는 모양이었다.

그게 아니라면 이런 글이 나올 리가 없을 테니까.

뭐 하는 녀석인지는 모르지만, 남의 힘에 기대야만 하다니……. 불안을 지울 수가 없군.

정말 도움이 되긴 하는 걸까.

설마 이 그림 속에 나오는 생물이 신을 참칭하는 자에 대항하는 녀석이라는 소린가?


그 후에 우리는 청소를 중단하고 돌아왔는데, 가엘리온은 작은 병을 가진 내 주위에 다가오기를 꺼렸다.

"뀨아!"

"왜 그래?"

내가 다가가자 그만큼 물러났다.

『다, 다가오지 마라! 그대에게서 꺼림칙한, 등골이 오싹한 무언가가 느껴진단 말이다!』

나는 작은 병을 라프타리아에게 건네주고 나서 가엘리온에게 다가갔다.

그러자 가엘리온은 더 이상 물러서지 않았다. 보아하니 이 액체에는 용을 쫓는 독의 효과도 있는 모양이었다.

마룡에게는 실험해 보지 않았었던가?

어쩌면 효과가 있었을지도 모르겠다.

"아아, 그런 거였군."

리시아가 해독한 기록을 대입해 보면, 비록 형태는 다를지언정, 용제도 불로불사에 가까운 존재다.

죽어도 되살아나고, 수명은 사실상 없는 거나 마찬가지인 것이다.

그런 자들에게 효과가 있다는 건가.

마룡을 위협하는 데 써먹을 수 있을 것 같군. 사실 이미 키즈나가 쓰고 있는 거나 다름없긴 하지만.

"뀨아아아아아!"

아, 내가 가까이 다가가자 새끼 가엘리온이 기회를 놓치지 않고 나에게 달려들어서 장난을 치기 시작했다.

본능을 감정으로 억누르다니 대단하군.

왜 그렇게까지 나를 따르는 건지 도무지 이해가 안 간다.

내가 딱히 너한테 해 준 것도 없잖아?

"그래, 알았어, 알았어. 실험은 여기서 끝내지."

용사 전원의 무기를 해방하고 나면 다시 돌려달라고 피트리아가 부탁했기에 반납했다.

덤으로 라르크에게도 전달해 두었다.

키즈나 쪽 세계는 재고가 충분치 않았지만, 이쪽은 아직 많이 남아 있으니까.

그리고 이 0의 방패라는 스킬…… 아니, 시리즈에 대해 보고해 둬야겠군.

해방시킨 후에 스킬을 발동해서 마물의 공격을 막아 봤는데, 역시 아무 일도 일어나지 않았고, 공격을 버티지도 못했다.

단번에 깨져 나갔다.

다른 녀석들 역시 마찬가지여서, 겉보기만 화려할 뿐이지 마물에게 흠집 하나 내지 못했다.

힘 조절 같은 건 아무 효과도 없고, 대미지도 0인 스킬인 모양이었다.

쿨타임도 0이고, 소비 SP도 0.

어쨌거나 피트리아의 둥지 청소, 혹은 오랜 역사 속에 잠들어 있는 고대 무기 발굴 작업은 그렇게 끝을 맺었다.

결과적으로 제법 뛰어난 장비들을 찾아냈으니, 만족할 만한 성과라 할 수 있을 것이다.

## 5화  마을을 덮치는 이변

필로리알의 성역에 다녀온 다음 날.

무기상 아저씨에게 경과보고를 하고 집으로 돌아왔을 때……

"아, 나오후미. 어서 와."

나와 라프타리아, 그리고 필로가 살고 있는 집의 거실에 마치 자기 집처럼 편안하게 쉬고 있는 메르티가 있었다.

메르티는 소파에 드러누워서 시선으로 우리를 맞이했다.

다리를 달랑달랑 흔들고 있는 걸 보니…… 완전히 긴장이 풀어진 게 틀림없었다.

"메르티, 뭘 믿고 그렇게 거만하게 있는 거야?"

"난 세계 최고 강대국의 여왕님이니까."

하긴…… 메르티가 세계 최강의 자리에 올라선 나라의 여왕인 건 사실이었다.

사실이긴 하지만, 그게 문제가 아니었다.

"직함이 그런 건 사실이지만……."

"그랬었지. 그럼 가서 공무 수행이나 해."

"오늘은 쉬는 날이야."

"웬일인가요? 메르티답지 않아요."

"요즘 여왕 업무를 보느라 힘들었을 거라면서, 아버지가 나오후미네 집에 가서 쉬고 오라고 그러셨어. 그리고 여기가 아니면 마음 편히 쉴 수 없는걸."

내가 자리를 비운 사이에도 메르티는 세계 각지에서 회의에 참석하거나 정보를 대조하거나 했을 테니, 그녀가 하려는 말도 이해가 안 가는 건 아니었다.

하지만 그렇다고 해서, 내 집에서 이렇게까지 빈둥거리는 게 정당화될 수는 없었다.

"덤으로 세계에서 손꼽히는 용사인 나오후미의 영지 시찰이라는 명목도 있어."

"쓰레기가 생각해 낼 법한 명목이군."

격무에 지친 메르티의 휴식 겸, 나와 메르티를 이어 주기 위한 노골적인 공작, 게다가 자국과 방패 용사의 친밀한 관계를 각국에 홍보하는 효과까지 겸한 계책이었다.

게다가 공식적으로는 업무의 일환이니까……. 빈틈없는 계획이군.

각성한 뒤의 쓰레기는 여러모로 무섭다니까.

다급해진 실트벨트 녀석들 쪽에서 노골적인 결혼 상대 소개가 있을지도 모르니까 그러지 좀 않으면 좋겠는데…… 그런 문제는 포울을 데리고 있는 덕분에 해소된 셈이라고 봐도 될까?

"사정은 알겠는데…… 필로는 어디 갔지?"

그렇다. 메르티가 있는데 필로가 없다.

하긴…… 필로는 자기 방에 있는 경우가 더 적은 녀석이긴 하지만.

메르티를 두고 방에 있다고 보기에는 너무 조용했다.

"포울 형! 내 역작 좀 먹어 줘─!"

"왜 나한테 들이대는 건데! 그런 건 형한테나 부탁해!"

"형한테 먹이는 게 얼마나 부담스러운데! 그 전에 포울 형을 대상으로 연습부터 해 두고 싶어서 그래."

"너희, 그래서 이렇게 나한테 몰려드는 거냐?! 사디나 누님한테 부탁하면 될 거 아냐!"

"사디나 누나는 나가고 없단 말이야! 아마 형이 부를 때까지 섬에 가서 술이나 퍼마실 생각일걸?"

창밖을 내다보니, 그런 실랑이가 오가는 모습이 보였다.

……마을은 여전히 시끌벅적하군.

대체 뭘 하고 있는 건지는 신경 쓰지 말기로 해야겠다.

그렇게 실랑이를 부리는 무리에도 필로의 모습은 없었다. 메르티 곁에도 없고 저기 있는 것도 아니라니, 대체 무슨 상황이지?

"필로는 창의 용사에게 들켜서 도망쳤어. 나도 말리려고 해 봤지만……. 나중에 나오후미네 집에서 합류하자고 그러기에 이렇게 쉬고 있는 거야."

"아아, 그래서 없는 거였군."

모토야스도 참 끈질기다고 할까……. 스토커란 참 무섭군.

나도 마룡이나 아트라 같은 스토커에게 시달린 적이 있어서, 그 심정은 이해가 간다.

호감 자체가 싫은 건 아니지만.

모토야스의 경우는…… 그건 완전히 질병 수준이다.

"그래서 나는 필로가 돌아오기를 기다리면서 자유로운 시간을 만끽하고 있는 거야. 요즘에는 회의에 출석할 일이 많아서 피곤하기도 하고…… 암살자를 경계하느라 마음 놓고 행동할 수도 없는걸."

"하긴 세계 최대 국가의 여왕이니까. 그렇게 될 만도 하지."

이 마을에는 라프 종이 있으니 암살자는 들어올 수 없고.

라프 종은 라프타리아와 마찬가지로 환각계 마법을 쓸 수 있다.

외부인이 은폐 마법으로 모습을 감춘다 해도 단박에 알아챌 수 있다.

그러니 타국의 암살자가 여기에 쳐들어와서 메르티를 죽이기는 힘들다.

메르티 자신도 필로와 같이 수행한 데다, 피트리아의 강화…… 지금 돌이켜 보면 채찍의 강화법에 해당하는 수단으로 능력을 끌어올렸으니, 용사와 관계 없는 적쯤은 물리칠 수 있을 것이다.

그야말로 세인의 언니 세력이라도 쳐들어오지 않는 한은 별 탈 없을 것이다.

"아버지 덕분에 기반은 제법 단단히 다졌지만, 그래도 위험한 시기인 건 여전하니까."

일단 타쿠토 일족에 관련된 무리는 모조리 처형하긴 했지만 처형을 면한 그 잔당들이 아주 없으리라는 보증은 없기에 경계를 강화하고 있는 상황이었다.

그 외에도 메르티 암살을 통해 이익을 얻는 자들이 있다.

지혜의 현왕이 애지중지하는 딸에 대한 암살을 시도하느니, 차라리 죽는 편이 덜 괴로울 거라는 생각이 들긴 하지만.

또 다른 딸은 전 세계에 지명수배가 내려진 상태지만…… 아니, 이제 딸도 아니군.

"메르티도 고생이 많네요."

"고생이 많은 건 라프타리아 씨도 마찬가지 아냐? 이쯤 해서 한 번쯤 쿠텐로에 들르는 게 좋을 것 같은데."

"그, 그건 그렇겠지만…… 그 일은 루프트 군에게 맡기고 싶어요."

"애석하게도 루프트는 서류상으로는 이미 처형된 상태니까 말이지……. 다른 사람으로 위장한다고 해도 몇 년은 짬을 두는 게 좋을 거야."

"그 아이, 엄청 유능하던걸? 벌써 메르로마르크 공용어도 쓸 줄 알고……. 하나를 가르치면 열을 아는 애야. 라프타리아 씨의 친척은 역시 뭐가 달라도 다르다니까."

메르티는 우리가 없는 동안 루프트가 어떻게 지냈는지를 설명해 주었다.

측근으로서 메르티의 동향을 지켜보고 있었던 것에 불과하지만, 왕년에는 왕으로 행동했던 영향인지 메르티와 쓰레기가 원하는 걸 바로 알아채 준다고 했다.

필요한 서적을 슬쩍 쓰레기나 메르티에게 건네거나, 자연스러운 타이밍에 예비용 칠판을 가져다주거나 한다는 모양이다.

추가로 암살자 등의 접근에도 반응하는 만큼, 타국의 밀정도 간파해 낸다고 한다.

"루프트 군이 칭찬받으니 기쁘기는 하지만…… 어쩐지 좀 심란하기도 하네요."

"애교도 있고, 자기 수인 형태도 아주 마음에 든 모양이야. 틈만 나면 그 모습으로 털을 고르곤 해."

어쩐지 라프타리아를 보는 메르티의 눈빛에 동정이 어려 있는 느낌이 들었다.

그게 뭐 어때서 그래. 그것도 루프트의 성장이라고.

이렇게 짧은 시간에 그만큼 성장한 건, 라프타리아의 친척이기 때문이리라.

"요즘은 그 애의 질문에 내가 대답을 제대로 못 해서 아버지가 대신 대답해 주는 경우가 늘어나고 있어. 아버지도 인정하고 있고……. 나오후미가 그 애를 어떻게 하고 싶은지 나중에 물어봐야겠다고 아버지가 그러셨을 정도야."

"으음……. 루프트 본인의 선택에 맡기고 싶은데……."

쿠텐로는 원래 루프트가 대표를 맡아 다스리던 나라였다.

수하에 있는 자들이 하나같이 맛이 간 놈들이었지만, 지금은 달라졌을 것이다.

루프트 본인이 제대로 된 왕이 되기 위한 공부를 제대로 하기만 하면, 라프타리아가 형식적인 여왕 노릇을 하는 것보다 나을지도 모른다.

"뭐, 그건 라프타리아와 루프트가 잘 이야기해 보고 결정하도록 해."

"쿠텐로의 장래에 대해서 말이죠?"

"그래."

"하아……."

애초에 나는 파도가 끝나면 라프타리아와 함께 일본으로 돌아갈 생각이니, 될 수 있으면 루프트에게 맡기고 싶었다. 그걸 위한 포석이라 생각하면 될 것이다.

"그런데 메르티, 쓰레기한테 뭐 좀 들은 거 없어? 세인의 언니나 윗치 패거리가 이쪽 세계에 잠복하고 있을지도 모르는 상황이라서 말이야."

"일단 현재는 조용하다고밖에 표현할 길이 없어. 나오후미 일행이 떠나 있는 동안 내 여왕 즉위에 이의를 제기하는 세력이 작게 반항한 정도가 고작이었어."

굳이 우리에게 보고할 필요도 없을 만큼 사소한 사건이었나 보군.

"어제 포브레이 쪽에서 작은 분쟁이 벌어져서, 아버지가 좀 관심을 갖고 지켜보고 계시긴 하지만…… 나오후미에게 보고할 만한 일인지 어떤지는 잘 모르겠어."

세계에는 무수히 많은 사건이 일어나고 있고, 그중에 어떤 것이 적과 얽혀 있는지는 알 도리가 없다.

이야기 속이라면 '등장인물이 왜 못 알아채는 거야? 바보 아냐?' 라는 식으로 말하는 녀석도 있을 테고, 나 역시 그렇게 생각한 적이 있었다. 하지만 지금이라면 이렇게 말할 것이다.

너는 일상 속에 일어나는 아주 작은 변화를 한눈에 알아볼 수 있을 것 같냐? 라고.

집 현관 앞에 어제는 없던 돌멩이가 굴러다니고 있군. 좀 이상한데? 이런 식으로 알아챌 수 있다면, 그건 그야말로 명탐정이라 할 수 있으리라.

찾아보면 사건이야 얼마든지 널려 있을 것이다.

단, 메르로마르크의 현재 규모를 생각하면, 현재 진행 중인 사건만 해도 100개니 200개니 하는 단위로는 헤아리기 힘들 것이다. 천이나 만 단위는 될 게 틀림없었다.

그중에 어떤 것이 적과 관련되어 있는지 알아낼 도리가 어디 있겠는가.

"쓰레기가 관심을 갖고 있다면 조사해서 손해보진 않겠지."

그 녀석의 예상은 거의 예언에 가까운 면이 있으니까.

창작물 속에 등장하는 천재 군사 수준의 능력이었다.

"하지만 아버지는 나오후미 일행이 최대한 힘을 비축해 두었으면 좋겠다는 말씀도 하셨어."

"그렇겠지……."

뭐, 사실 적은 키즈나 쪽 이세계에서 활동하고 있었다! 라는 전개도 충분히 있을 수 있다.

혹시 속은 건가? 지금쯤 적이 키즈나 쪽 세계에 자기 세력들을 총동원한 것 아닐까?

……어찌 됐건 2주 정도는 상황을 지켜봐야겠다.

그 동안에 충분히 레벨업을 하고 자질을 끌어올려야 한다.

"맞아, 메르티. 어차피 오늘은 마을에서 묵고 갈 거지?"

"그래."

"그럼 나중에 사냥이라도 갈까?"

"하긴, 누워만 있는 것도 좀 그러니까. 필로는?"

"모토야스를 따돌리고 오거든 제안해 볼게."

"필로도 참 안됐네요."

"라프~."

이렇게 오늘의 일정을 결정하려던, 바로 그때.

"라프?!"

라프짱이 쭈뼛 털을 곤두세우고 경계하듯 주위를 두리번두리번 둘러봤다.

무슨 일인가 싶어 고개를 갸웃거리면서, 우리도 임전 태세에 들어가려 했을 때.

『이와타니, 지금 당장 거기서 피해!』

"뭐야?!"

별안간 어디선가 세인 언니의 목소리가 들려왔다.

동시에 쿵 하고…… 어쩐지 몸이 무거워지는 감각이 나를 지배했다.

"나오후미 님? 왜 그러세요?"

라프타리아와 다른 사람들 귀에는 안 들렸나?

"――!!"

우당탕 하고, 입구에서 대기하고 있던 세인이 내 집 문을 깨부술 기세로 뛰어들었다.

파직파직 주위에 번개가 몰아치는 걸로 보아, 밖에서 무슨 일이 벌어졌는지 짐작할 수 있었다.

고밀도의 마력적 자기장 같은 건가?

가엘리온이나 마롱 · 필로가 사용하는, 성역을 생성하는 마법의 강화판 같은 무언가가 주위를 가득 채우고 있었다.

"우와?! 뭐야?"

"무슨 일이 벌어진 거야?!"

마을 녀석들도 저마다 비명을 지르고 있었다.

"빨리 집에서 나가!"

"네!"

나는 집 밖으로 나가서 방패를 전투용으로 변화시키고 임전태세에 들어갔다.

정확한 상황은 알 수 없지만, 언제든지 라프타리아와 메르티를 보호할 수 있도록 대비했다.

"메르티, 언제든지 도망칠 수 있도록 준비해 둬."

"알았어!"

그렇게 말하면서 집 밖으로 뛰쳐나갔을 때, 마을 중심부에 번개가 모여들더니, 눈부신 섬광이 주위를 가득 채웠다.

다음 순간…… 몸이 둥실 떠오르는 느낌이 우리를 엄습했다.

무언가로부터 우리를 보호하고 있는 듯, 방패에서 파직파직 불똥이 튀고 충격이 몰아쳤다.

"대, 대체 무슨 일이……."

세인의 재봉 도구와 라프타리아의 도도 비슷한 반응을 보이고 있었다.

그리고…… 몇 번 눈을 깜박거리고 나서, 우리는 주위를 둘러봤다.

이렇다 할 변화는 찾아볼 수 없었다.

평소와 다를 바 없는 마을 풍경만이 펼쳐져 있었다.

"대체 무슨 일이 벌어졌던 거야? 엄청 눈부셨는데."

"그, 그러게 말이야."

포울이 키르와 이미아를 안아서 보호하고 있었고, 다른 녀석들도 하나같이 연신 눈을 깜박거리고 있었다.

나는 아무런 변화도 없는지 재차 확인했다.

그러나 마을 안에서는 아무런 변화도 찾아볼 수 없었다.

하지만…… 마을 밖은 그렇지 않았다.

"저기, 형, 마을 밖에 저런 산이 있었던가?"

그것은 노골적으로 우리에게 이상 사태가 발생했음을 알리고 있었다.

"어떻게 된 거지?"

그렇다. 항상 보아 왔던 풍경이 완전히 뒤바뀐 것이다.

처음 보는 산, 그리고 숲…….

반사적으로 포털 실드를 확인해 봤더니…… 전송 가능한 위치는 마을을 빼고 모조리 사라져 있었다.

대체 무슨 일이 일어난 것인지, 이때의 나는 조금도 모르고 있었다.

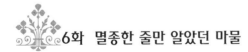

## 6화  멸종한 줄만 알았던 마물

"형…… 저 산, 어째 눈에 익지 않아?"

포울이 고개를 갸웃거리며 마을 밖에 있는 산을 가리켰다.

애석하게도 나는 전혀 본 적 없는 산이었다.

"몰라. 어디 있는 산과 비슷하다는 건데?"

"그것까지는 모르겠어……. 어쩐지 눈에 익은 것 같다는 느낌이 드는 정도야."

도움이 안 되는군.

어찌 됐건 정보 수집은 필요하겠지.

"정찰에 적합한 인재…… 필로와 가엘리온은……."

마물문 등록 자체는 유지되고 있으니 불러 올 수 있을 거라 생각하고, 항목을 확인했다.

……통신 두절인가.

키즈나 쪽 세계에 가서 가엘리온 등의 항목을 확인했을 때와 같은 상태였다.

"사디나와 실디나는……."

그 녀석들은 이제 용사로 분류되는 탓에 노예문으로 행방을 추적할 수 없단 말이지.

다만…… 이런 소동이 벌어진 걸 보면 금방 달려오려고 할 테니, 그 녀석들의 눈에 띄는 곳에 있어야만 한다.

"일단 마을 외부를 조사하기 전에…… 전원 집합! 빠짐없이 점호를 부르도록!"

필로와 가엘리온과는 연락이 되지 않는다.

라프짱은 있지만 정찰을 맡길지 어떨지는 나중에 결정하자.

현재 있는 인원을 정확하게 파악해 두지 않으면, 대처가 늦어질 우려가 있으니까.

"애들아, 순서대로 서야 해."

"맞아!"

루프트와 키르가 친한 녀석들에게 말을 걸어서 진정시키고 있었다.

라프타리아와 포울은 마을 녀석들을 지휘해서 점호를 하려는 것 같았다.

"뭐가 어떻게 된 거야~?"

"무서워~."

"라프……."

필로리알들과 라프 종들이 저마다 불안한 듯 주위를 두리번거리고 있었다.

보아하니 필로리알은 그렇게 많지 않은 것 같군. 라프 종도 전체의 반 정도였다.

"나오후미……."

메르티가 불안한 듯 내게 몸을 기댔다.

이럴 때는 그 또래 아이 같은 앳된 면모가 엿보였다.

"필로는 괜찮겠지?"

"말려든 건 우리 같으니까. 필로도 지금쯤 우리 걱정을 하고 있을 거야."

"……그렇겠지."

이제야 정신을 차렸는지, 메르티는 자기 뺨을 몇 번 때려서 마음을 다잡고, 평소의 표정으로 돌아왔다.

"이런 상황에서 불안을 겉으로 드러낸다면 여왕 자리에 있을 자격도 없어."

오오, 선대 여왕에게 제대로 교육받은 데다, 태생이 쓰레기의 딸인 만큼 뭐가 달라도 다르군.

메르티는 루프트 쪽으로 달려가서, 마을 녀석들에 대한 점호 작업에 가담했다.

"대, 대체 무슨 일이 일어난 거야?"

"이와타니 공, 이건 대체……? 렌을 문병하러 온 건데……."

몸 상태가 좋지 못한 렌과 에클레르가 같이 나타났다.

아아, 그러고 보니 메르티의 호위로서 에클레르도 같이 왔다고 했었지.

그랬다가 요양 중인 렌을 문병하러 갔었던 모양이다.

"나도 몰라. 조사에 앞서서 마을에 있는 인원을 파악하는 중이야."

나도 노예문 등록을 확인해서, 여기 있는 노예들과 없는 노예들을 확인하고 있는 중이다.

그나저나, 렌은 있었나 보군.

운이 좋다고 해야 할지 없다고 해야 할지.

"렌, 모토야스와 이츠키 어디 있는지 몰라?"

"미안, 못 봤어."

"그렇군."

이런 소동이 벌어진 마당에, 그렇게 자기주장이 격렬한 모토야스가 나타나지 않을 리는 없다.

이츠키 쪽은…… 아직 필로리알의 성역에서 해독 작업을 하고 있는 중이었고.

포털을 등록해 둔 곳으로 전이할 수 없게 된 원인을 찾아야만 한다.

마을로는 전이할 수 있는 걸 보면, 기능 자체에 방해가 걸린 건 아닐 것이다.

그렇다고 해서 내가 등록한 곳들을 일일이 다 저지했을 리도 없었다.

"대공~."

그때 라트가 윈디아를 데리고 나타났다.

나를 방패 용사나 이름이 아닌, 지위명으로 부르는 희귀한 녀석이다.

"대체 무슨 일이 일어난 거야?"

"몰라."

일단 키즈나 쪽 이세계에서 입수한 기술에 대한 해석을 맡겨 두고 있었지만, 자기 전문 분야가 아니라면서 투덜거렸지.

그래도 해석 실력은 제법이었다.

최근에는 라프 종과 필로리알 연구에 주안점을 두고 뭔가 만지작거리는 것 같던데……

애초에 마을 마물들의 건강 관리를 전적으로 일임하고 있었으니, 어떤 면에서든 틀림없이 도움이 되긴 하는 녀석이다.

뭐, 라프 종 쪽 일 때문에 약간 기가 질리긴 했지만.

"윈디아, 가엘리온은 어디 있지?"

보호자 역할을 맡아 가엘리온을 돌보고 있는 윈디아에게 물어봤다.

그러자 윈디아는 고개를 가로저었다.

"가엘리온은 방패 용사한테 혼나고 잠깐 가출한 상태였어. 방패 용사도 가엘리온이 어디 있는지 모르는 거야?"

잠깐 가출……. 이걸 어떻게 반응해야 하는 거지?

"그러니까 마을에는 없었다는 거군."

이건 가엘리온만이 아니라 필로도 해당되는 사항이었다.

그리고 내가 등록하고 있는 노예와 마물들 중 다수도 같은 상태였다.

"어쩜 좋아……. 그럼 가엘리온은 어떻게 된 거야?!"

"진정해. 필로나 가엘리온이 그렇게 쉽게 당할 녀석들이 아니라는 건 알고 있잖아? 오히려 가엘리온이 아닌 우리 쪽이 뭔가에 말려든 거라고 생각하는 게 더 자연스러워."

"맞아. 지금은 일단 진정하렴."

라트가 윈디아를 다독였다.

라트가 마물의 생태에 대해 더 잘 알기에, 일단 윈디아가 라트의 제자 비슷하게 된 모양이었다.

"가엘리온 녀석, 원래는 언제쯤 돌아올 예정이었지?"

"저녁 식사 때까지는 돌아올 생각이었을 거야. 항상 그런 식이었으니까."

"그걸 가출이라고 할 수 있는 건가요?"

"가엘리온은 워낙 응석받이니까 그 정도면 충분히 가출이야. 방패 용사가 아무리 험하게 대해도, 투덜거리면서도 결국 돌아오는 애야."

흐음……. 관심을 끌기 위한 가출이었다는 건가……. 내가 못 알아채면 아무런 의미도 없는 가출이군.

그 정도면 가출이 아니라 외출이라는 표현이 적합해 보였다.

그 드래곤이 하는 짓은 도무지 이해가 안 간다니까.

쓸데없이 강한 그 개성을 무슨 수로 알아채라는 건가.

최약의 드래곤을 자칭하는 팔불출, 아버지 가엘리온.

나에 대한 무의미한 애정 공세 하나만은 아트라에 필적하는, 마법 바보 마왕인 마룡.

어떤 의미에서는 마룡이나 아버지 가엘리온보다 해괴한 사고 방식을 가진 게 자식 가엘리온이라고 할 수도 있으리라.

"가엘리온은 무사할 거라고 믿고, 우리는 상황 확인에 전념해 야겠지. 라프짱."

"라프?"

나는 라프짱을 불렀다.

라프짱은 고개를 갸우뚱거리며 내 부름에 응했다.

"뭐 좀 알고 있는 거 없어?"

라프짱은 각종 상황에서 우리에게 많은 도움을 주곤 했다.

현재 상황을 파악하는 게 가장 빠른 해결책일지도 모르기에, 라프짱에게 물어봤다.

"라프……."

"다프~."

라프짱과 라프짱 2호가 나란히 모르겠다는 듯 고개를 가로저 었다.

마을에 심은 앵광수(櫻光樹) 앞에서 뭔가를 해 보는 것 같았지 만, 결국 알아내지 못한 모양이었다.

흐음……. 라프짱도 모른다는 건가.

그런 생각을 하고 있으려니, 라프짱이 메르티 뒤를 가리켰다.

"알겠소이다. 이런 때야말로 소인이 나서야 할 때겠군요."

스륵 하고 어디선가 그림자가 모습을 드러냈다.

게다가 그 어깨 위에는 닌자 차림의 라프 종까지 있잖아!

근사한데, 그 코스프레! 엄청 잘 어울려!

"너는……."

엄청 오랜만에 보는 것 같지만, 이 말투는…… 틀림없다.

여왕의 대역을 하고, 삼용교 소동 때 암약했던 녀석이다.

그 이후로 전혀 나타나지 않았었는데, 지금까지 뭘 하고 있었던 거지?

"메르티 여왕의 호위로서 만약의 사태에 대비해 숨어 있었소이다."

"어이, 라프짱, 암살자 포지션인 녀석이 있잖아."

"아, 물론 방패 용사님의 마물들은 이미 알아채고 있었소이다. 성심성의껏 사정을 설명해서 묵인을 받았던 것뿐이오이다."

"라풋!"

닌자 차림의 라프 종이 그 말에 맞추어 울었다.

뭐지? 마을의 경비가 엄청 허술하게 느껴지기 시작했다.

라프짱과 라프 종들, 제발 부탁이니까 그림자에게도 철저하게 대처해 달라고.

"어라? 방패 형, 왜 그래?"

힘이 빠져 있는 내게 루프트가 말을 걸었다.

"라프타리아도 알고 있었어?"

"그건…… 아, 메르티의 호위가 배치돼 있다는 이야기는 에클레르 씨에게 들어서 알고 있었어요."

"아, 밀정? 응. 형 일행도 아는 줄 알았는데. 다 보이니까."

은폐계 소질을 가진 두 사람이 나란히 대답했다.

맨눈으로 볼 수 있는 녀석들은 참 부럽다니까……. 내 눈에는 안 보인다고.

"만약에 창의 용사가 남몰래 필로 뒤에 숨어 있다면 끌어냈겠지만…… 면식이 있는 분이라서 묵인하고 있었어요."

상대가 모토야스였다면 틀림없이 그랬겠지.

모토야스가 필로가 지닌 야생의 감마저 속이고 몰카 촬영 따위를 하고 있다면 잡아내는 게 당연한 일이겠지만, 그림자라고 해서 묵인하다니……. 마을의 안전을 고려하면 좀 문제가 있는 것 아닐까?

"참고로 소인들은 쿠텐로와의 기술 교환을 통해 기술의 완성도를 한 차원 높였소이다. 그림자이자…… 쿠텐로의 기술을 습득한 닌자이기도 하오이다. 그런 소인마저 간파할 정도의 강자들이 모인 곳이 바로 방패 용사님의 마을인 셈이오이다."

"정작 방패 용사 본인은 간파하지 못한다는 점이 우습지만 말이지. 그리고 닌자라느니 하면서 폼 잡지 마."

앞으로는 항상 라프짱을 머리에 얹고 생활하는 게 좋을까.

……지금은 긴급 사태에 대한 대처를 우선시해야겠지.

"좋아! 일단 마을에 있던 녀석들은 전원 다 모인 거 맞지? 숨어 있는 녀석이 없는지 확인을 게을리하지 마."

"형, 아무리 장난을 좋아해도 이런 상황에서 숨어 있는 사람은 없을 것 같은데."

키르의 지적도 일리가 있군.

어쨌든 결국 다들 마을 광장에 줄줄이 모였다.

일단 순서와 무관하게 세어 볼까.

라프타리아와 메르티, 라프짱과 세인. 사태가 발생한 직후부터 같이 있던 멤버들이다.

포울, 키르, 이미아. 마을 녀석들의 대표다. 마을 녀석들은 그 외에도 제법 많이 있다.

주로 기술계인 르모 종들이 많군.

렌과 에클레르. 자택에서 요양 중이었던 게 오히려 다행이었다고 해야 할까? 에클레르는 렌을 문병하고 있었다.

라트, 윈디아, 루프트 등 마물 애호가들. 라프 종이며 필로리알, 마물들을 세어 보도록 지시했더니, 제법 줄어 있다는 보고가 들어왔다.

과거의 천명인 라프짱 2호. 대충 다프짱 정도의 이름으로 부르고 있는 녀석이다.

그리고…… 메르티의 호위를 맡아 잠복 중이던 그림자.

반대로 연락이 닿지 않는 멤버로는 필로, 가엘리온, 라르크 일행, 이츠키 일행과 모토야스 일행, 쓰레기 등이 있었다.

사디나와 실디나도 없었다.

노예문의 반응과 키르 등에게서 들은 증언으로 미루어 보아 행상 활동을 하느라 마을을 떠나 있던 걸로 추정되는 자들도 반응이 없었다.

"당연한 이야기지만, 여기 있는 녀석들의 공통점은 이 마을에 있었다는 점이군."

대체 무슨 일이 일어나고 있는 거지?

"모종의 기술로 마을을 통째로 다른 곳에 날려 버렸나?"

마을 밖의 풍경이 달라졌으니까.

그렇다 해도 부자연스러운 점이 남는다.

"가능성이 없는 건 아니지만…… 포털에서 마을밖에 지정할 수 없는 이유가 설명이 안 돼."

카르밀라 섬이 활성화됐을 때 일어나는 현상과도 달랐다.

"뭔가 결계가 쳐져 있다거나……."

"하긴, 그 정도일 가능성이 높겠지."

전송 방해 결계를 쳐 두고 우리를 어딘가로 전송한 건가.

우리가 모르는 장소나 공간이라고 가정하면 충분히 가능성 있는 이야기다.

이세계로 전송된 것 아닐까 하는 생각도 했지만, 레벨 등으로 미루어 추측해 보면, 미지의 세계로 전송된 건 아니라는 걸 알 수 있었다.

"파도가 오는 시각은……?"

뭐지? 숫자가 오락가락하잖아?

"라프타리아, 귀로의 사본은 못 써?"

"네, 못 쓰게 돼 있네요……."

라프타리아도 몇 번인가 전송 스킬을 사용한 이동을 시도해 본 모양이었지만, 실패한 것 같았다.

"정확히 말하자면 용각의 모래시계의 전송 범위를 벗어난 상태인 것 같아요."

전송범위 밖이라. 이유가 불명확해서 상황 파악이 안 되는군.

"세인, 너는?"

내 질문에 세인도 고개를 가로저었다.

보아하니 세인 역시 같은 증상에 빠진 모양이었다.

"결국 마을 밖으로 나가서 조사해 보는 수밖에 없겠군."

"좋아! 해 보자고!"

포울이 의욕을 보였다.

정보 수집은 그림자 쪽이 더 잘하겠지만, 포울도 날렵하니 도움이 될 터였다.

우선은 최대한 많은 정보를 모으는 게 선결 과제이리라.

"잠깐, 나오후미. 무슨 일인지 파악도 안 된 상황에서 다 같이 나가도 괜찮은 거야?"

메르티의 지적도 일리는 있었다.

"아무것도 안 하는 것보다는 나아. 일단 이동력이 좋은 녀석들을 필두로 해서 주위 조사부터 해 보자."

어느 정도 강하면서 공중을 날 수 있는 녀석이 없는 게 타격이 컸다.

구체적으로 꼽자면 필로와 가엘리온 말이다.

"뭐가 나올지 알 수 없는 상황이니까 용사도 동행하는 게 좋겠지. 그룹을 나눠서 탐색하자."

"소인에게도 맡겨 주셨으면 하오이다."

"그래, 철저히 조사해 줘."

이렇게 해서 우리는 그룹을 나누어 행동하게 되었다.

나는 라프타리아와 메르티, 라프짱과 세인을 데리고 북쪽으로.

포울은 키르를 필두로 하는 마을 녀석들 중 전투력이 뛰어난 자들을 중심으로 그룹을 지어서 동쪽으로.

렌은 에클레르와 윈디아를 데리고 서쪽으로 조사를 떠났다.

그림자는 라프 종을 데리고 홀로 남쪽으로 갈 예정이다.

루프트와 라트, 그리고 마을에 남은 자들은 마을 방어를 맡기로 했다.

조사 범위는 30분 이내 거리.

아무 일도 없으면 일단 마을로 돌아와서 정보를 정리한 후, 다시 범위를 확대한다.

지도가 있는 것도 아니니 최대한 경계하는 게 좋다.

만약의 사태가 발생하면 마법을 쏘아 올려 신호를 보내기로 정해 두었다.

마을에 남아 있던 필로리알들은 이동 수단으로 활용하기로 했다.

우리는 필로의 부하 1호이자, 마을의 필로리알들을 통괄하고 있는 히요짱이라는 녀석을 탔다.


그렇게 출발하기 전.

"아무래도 여기가 경계선인 모양인걸."

라트가 마을 밖의 땅을 가리켰다.

거기에는 말끔한 선 같은 자국 한 줄이 뻗어 있었다.

조사해 보니, 그 선은 마을을 빙 둘러싸고 있었다.

"모종의 힘이나 기술로 우리와 마을을 통째로 전송시킨 거라면, 그 범위의 경계선이 이 선이라는 거겠지."

"그런 것 같군."

상당히 넓은 범위를 지정해 뒀군.

마을을 통째로 둘러싸다니……. 아, 필로리알 우리는 포함되지 않았군.

마물 우리가 하나 남아 있을 뿐이니 미묘한 범위를 지정한 것 같다.

대체 무슨 기술로 이런 짓을 해낸 건지 원.

혹시 나는 세인의 언니가 판 함정에 빠진 걸까?

"그럼 대공, 조사를 부탁할게."

"알았어. 너희는 마을을 잘 지키고 있으라고."

그렇게 우리는 선을 넘어서, 예정대로 마을 외부에 대한 조사에 나섰다.

"자, 산개하자!"

내 지령에 따라서, 모두가 조사를 위해 마을을 떠났다.

하늘은…… 딱히 먹구름 같은 게 낀 것도 아닌, 평범하게 파란 하늘.

바닷가 마을이라면 바다 냄새가 날 테지만, 그런 냄새는 티끌만큼도 찾아볼 수 없었다.

"오?"

마을 밖으로 나가서 잠시 걸으니, 마물이 출현했다.

히요짱의 발길질로 걷어차 버릴까 하는 생각도 했지만, 찬찬히 확인해 보고 싶었기에 히요짱에서 내려 전투에 들어갔다.

## 레드 스네이크 벌룬

기다란 연필형 풍선처럼 생긴 벌룬이 공중에서 꿈틀거리며 이쪽으로 다가왔다.

풍선 아트 같은 데에 쓸 수 있을 것 같군.

"스네이크 벌룬? 메르로마르크에는 서식하지 않는 마물이야."

미간을 찌푸린 메르티가, 노골적인 적의를 드러내며 덮쳐드는 벌룬을 가리키며 말했다.

참고로 나는 이미 이 벌룬을 맨손으로 붙잡아서 움직임을 봉쇄한 상태였다.

머리 같은 곳으로 죽자 사자 나를 물어뜯었지만, 간지럽지도 않았다.

"원래는 어디에 서식하는 녀석이지?"

"실트벨트 같은 아인종의 나라에 사는 마물이야. 다만……."

"다만?"

"튜브로 쓰기 적합하게 생긴 데다, 풍선 아트 붐까지 이는 바람에 머릿수가 많이 줄어서 멸종 위기에 처했다고 들었어. 그 외에도 보통 벌룬들보다 쓸모가 많은 게 멸종 위기의 원인이 됐다나 봐."

"호오……."

그런 잡담을 나누고 있는 사이에, 스네이크 벌룬들이 우글우글 수없이 나타나서 우리를 향해 덤벼들었다.

뭐가 이렇게 많아? 멸종 위기라더니 어떻게 된 거야?

요즘 들어서는 잘 안 쓰던 헤이트 리액션이라는 스킬을 이용해서 마물들의 이목을 끌었더니, 점점 더 많이 몰려들었다.

나는 유성벽으로 메르티 등을 보호하면서 뱀 풍선들에게 둘러싸이는 신세가 되었다.

갑옷 틈새로 비집고 들어오려는 게, 여간 귀찮지 않았다.

"저기…… 나오후미 님? 이 정도는 문제없다는 건 알지만, 이제 슬슬 처치하시는 게 어때요?"

"알았어. 유성방패를 전개할 테니까, 타이밍을 맞춰서 처치해."

"네."

"유성방패!"

순식간에 펼친 나의 결계에 의해서, 수없이 많은 스네이크 벌룬들이 튕겨나갔다.

그 타이밍에 맞추어 라프타리아가 도를 휘두르고, 메르티가 마법을 내쏘고, 세인이 가위를 치켜들었다.

히요짱은 라프짱을 등에 태운 채, 발길질로 스네이크 벌룬들을 날려 버렸다.

스네이크 벌룬들은 순식간에 파멸……. 잡몹들이군.

희귀하다고 해서 꼭 강한 건 아닌 모양이었다.

"아직 살아남은 녀석이 있을 테니, 나중에 생포하도록 하지."

"나오후미. 혹시나 해서 물어보는 건데, 생포해서 뭘 하려는 거야?"

"팔아야지. 멸종 직전이면 수집가들에게 비싸게 팔릴 테니까."

"이런 마당에도 돈벌이를 하려는 거야? 이제 대공이잖아?"

"대공인 게 뭐 어쨌다는 거지?"

"어쩐지 액세서리 상인이 나오후미 님을 후계자로 삼고 싶어 하는 이유를 알 것 같아요."

"라프~."

어째 라프타리아가 한탄하고 있지만, 그래도 어쩔 수 없다.

희귀한 마물이란 말이다. 이용하지 않을 이유가 없다.

게다가 잔뜩 있는 것 같으니, 붙잡아서 돌아가도 문제가 되진 않겠지.

"어쨌든 그건 나중에 생각하기로 하지."

스네이크 벌룬을 방패에 넣어서 새로운 방패를 해방했다.

희귀한 마물 주제에 성능은 벌룬의 일종 정도 수준이었다. 자세히 이야기할 가치도 없었다.

뭐, 벌룬의 시체는 마을에 가지고 돌아가면 마을 꼬마들의 장난감으로 요긴하게 쓸 수는 있을 것 같았다.

그렇게 우리는 벌룬들을 처치하면서 나아갔다.

"그나저나 메르티. 이 스네이크 벌룬은 실트벨트 인근에 서식하는 녀석이라고 생각해도 된다는 거지?"

"그래."

서식하는 마물을 통해 전이된 위치를 알 수 있다니, 참 편리하군.

아까 포울이 낯이 익다고 했던 건, 그가 알고 있는 곳이기 때문이겠지.

"일단 실트벨트라고 가정하고 탐색 범위를 확대하자. 그리고 라프짱, 히요짱. 뭐 좀 알아낸 거 없어?"

"라프~?"

내 물음에 라프짱이 코를 찡긋거렸다.

"크에."

하지만 결국은 히요짱과 함께 잘 모르겠다는 듯 고개를 갸웃거릴 뿐이었다.

"으음……."

메르티가 주위를 둘러보며 끙끙거렸다.

"왜 그래?"

"어쩐지 전에 본 적이 있는 것 같기도 하고 아닌 것 같기도 하고. 이상한 풍경이라서 말이야."

"포울도 그런 소리를 했는데 말이지."

이곳이 실트벨트 근처라고 가정하면, 눈에 익은 풍경이라 해도 이상할 건 없었다.

"라프타리아는 뭐 좀 알아낸 것 없어?"

은근히 사람 이름을 잘 외우는 라프타리아의 기억력에 기대어 보기로 했다.

"으음…… 죄송해요."

라프타리아는 모르는 곳인 모양이었다.

포울도 메르티도, 우리와 만나기 전에 많은 곳을 돌아다녔으니까 말이지. 덕분에 뭔가 짚이는 게 있는 거겠지.

그러면서 약간 건조한 지역…… 그렇다고 아주 황야라고 할 정도까지는 아닌 곳을 똑바로 걸어가다 보니…….

"오? 가도가 있는 모양인데."

사람들의 통행으로 다져진 길이 나타났기에, 좌우를 확인해 봤다.

어느 쪽에 도시나 마을이 있건 상관없지만, 될 수 있으면 가까운 쪽으로 가고 싶었다.

만약에 대비해서 포털을 등록해 두었다.

"길을 따라가 보면 뭔가가 있을지도 몰라. 가자! 우선은 오른

쪽부터 가 보자."

그렇게 해서 우리는 가도를 따라 나아가 봤는데, 30분 정도의 탐색 범위 안에서는 도시나 마을을 발견할 수 없었다.

다만…… 분위기 같은 게 어쩐지 실트벨트와 비슷한 건 사실이었다.

뭐랄까, 비바람에 침식돼서 생겨난 모양인지 신선이라도 살 것 같은 중국풍 산 때문에 더더욱 그렇게 느껴지는 건지도 몰랐다.

하지만 썩 참고가 되는 정보는 아니라서 말이지.

내 기준에서 보면, 실트벨트의 자연은 잡다하게 혼합된 타입인 것이다.

밀림이 있는가 하면 황야도 있고, 높은 산이 있는가 하면 삼림으로 뒤덮인 평범한 산도 있었다.

메르로마르크 쪽이 그나마 통일성이 있는 거라고 느껴질 정도였다.

메르로마르크도 온천 도시는 일본풍 분위기가 감돌아서, 여기는 용사가 퍼뜨린 문화가 숨 쉬고 있구나, 하는 생각이 들긴 했었지만.

"이제 슬슬 귀환해야겠는데."

30분은 너무 짧았던 걸까?

뭐, 포털을 등록해 두면 일일이 돌아갈 필요도 없어지니까, 헛걸음이라 할 수는 없었다.

지금은 조금이라도 정보를 갱신해야만 했다.

그렇게 우리는 일단 마을로 귀환했다.

"대공! 굉장해!"

마을로 돌아오기가 무섭게, 라트가 사람들이 가져온 마물 시체를 들어 올리며 흥분한 얼굴로 말했다.

"멸종 직전이라는 스네이크 벌룬 이야기야?"

"그게 아냐! 멸종된 마물까지 발견됐다니까!"

멸종된 마물?

"이건 세기의 대발견이야! 마물학의 역사를 다시 써야 할 사태일지도 몰라!"

"하지만 말이지……. 타세계와의 융합 현상에 의해 파도가 일어나는 세계에서 그런 게 도움이 되긴 하는 거야?"

"대공도 참 김빠지는 소리만 한다니까."

"심정은 이해하지만, 내 입장에서 보면 일본에 없는 생물이 널려 있는 세상에서 뭘 더 어떻게 흥분하라는 건지 따지고 싶을 지경이라고."

이세계에 온 초기에는 흥분하기도 했다. 하지만 지금은 어떤 마물이 나타나건 녀석이 공격해 오거든 물리쳐야겠다는 생각과 어떻게든 팔아먹을 수 있는 방법이 없을까 하는 생각밖에 머릿속에 떠오르지 않았다.

대충 알 것 같다……. 라트의 감성을 일본인에게 대입해 보자면, 공룡을 발견한 것 같은 감동인지도 모른다.

공룡은 좀 오버일 수도 있겠군……. 이 경우는 도도새쯤 될까?

분명 멸종한 종일 것이다.

사실 렌이나 이츠키, 모토야스의 세계에서는 멸망하지 않았을 가능성도 있지만, 느낌으로 따지면 대충 그 정도겠지……

아니, 생각이 엉뚱한 데로 빠졌군.

"신종 마물이 발견되는 것도 학회 쪽의 주목은 받겠지만, 멸종한 걸로 알려진 마물이 재발견되는 게 더 놀랍지 않겠어?"

"아…… 뭐, 그건 그럴지도 모르지."

'신대륙 발견! 미지의 마물이 나타나다!'

이런 것보다는 '멸종된 것으로 알려진 마물을 확보!' 쪽이 더 큰 놀라움을 가져다줄 것 같기도 했다.

"형도 돌아왔군."

"형, 그쪽은 어땠어?"

우리가 돌아온 걸 발견한 포울과 키르가 이쪽으로 다가왔다.

"가도를 발견해서 길을 따라 달려 보고 왔어. 너희는 어떻지?"

"강을 발견했을 때쯤에 돌아왔어."

"흐음……. 강가를 따라 찾아보면 마을이나 도시가 나타날지도 모르겠군."

"그래."

"그리고 그 과정에서 처치한 마물을 라트한테 보여 준 거야?"

내 물음에 포울과 키르가 고개를 끄덕였다.

그 시체들 중에 멸종한 걸로 알려진 마물의 것도 섞여 있었다는 이야기다.

키르는 우리가 가져온 스네이크 벌룬 시체를 끈처럼 휘둘러 대며 놀고 있었다.

벌룬 시체 가지고 노는 건 자제하라고 주의를 줘야겠군. 마물의 생명을 장난감으로 삼아서는 안 되니까.

장난감으로 가공하면 이야기가 달라지겠지만.

"렌은……?"

녀석이 지각할 리는 없었다. 그런 렌이 예정 시각까지 돌아오지 않은 걸 보면 뭔가 일이라도 생긴 걸까?

그렇게 생각한 직후, 렌 일행이 간 방향에서 조명탄이 터졌다.

뭔가 이상 사태와 조우했다는 뜻이리라.

"칫!"

나는 저도 모르게 혀를 차면서 히요짱의 등에 올라탔다.

"나오후미!"

"위험하니까 메르티는 여기 남아 있어. 포울, 무슨 일이 생기거든 네가 메르티를 지켜 줘."

"알았어. 형도 몸조심하고."

포울은 고개를 끄덕이고 건틀릿을 앞으로 내밀어 보였다.

"하지만……."

"지금은 현황 파악도 중요하지만, 마을의 방어 강화도 그에 못지않게 중요해. 루프트도 라프 종과 같이 마을을 지키고 있어."

"응!"

"라프타리아, 세인, 라프짱! 가자!"

"네!"

"……."

"라프~!"

히요짱은 라프타리아와 세인을 뒤에 태우고, 라프짱을 머리에 얹은 채 내달렸다.

조명탄의 빛이 보인 쪽으로 가면 그리 오랜 시간은 걸리지 않을 터였다.

나는 신중하게 레벌레이션 아우라를 영창하기 시작했다.

『내가 나설 차례구나!』

……마룡의 가호라는 이름의 마법 지원은 항상 빠짐없이 해 준단 말이지.

"레벌레이션 아우라──?!"

영창하려던 나는, 갑자기 목소리가 막혀서 고개를 갸웃거렸다.

"나오후미 님?"

"이상한데……. 마법 강화가 안 돼."

완성된 것은 레벌레이션 아우라뿐이었다.

대체 어떻게 된 거지? 돌이켜 보면 아까 유성방패를 쓰려고 했을 때도 비슷한 느낌이었다.

요즘 들어서 마법이나 방패를 쓸 수 없게 되는 등의 환경에도 적응이 돼서 어느 정도 대처는 할 수 있게 됐지만, 이렇게 쓸 수 있는 것과 쓸 수 없는 것이 어중간하게 섞여 있으면 혼란에 빠질 수밖에 없었다.

"어찌 됐건, 한시라도 빨리 렌 일행과 합류해야겠지!"

히요짱에게 레벌레이션 아우라를 걸어서 속도를 높였다.

"크에에에에에에!"

히요짱이 몸을 앞으로 기울인 자세로 내달렸고, 우리는 렌 일행이 있는 걸로 추정되는 곳으로 서둘러 달려갔다.

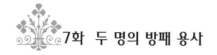

## 7화 두 명의 방패 용사

"멈춰! 얌전히 이야기 좀 들어 봐!"

"들을 필요가 있어? 본격적으로 쳐들어온 성무기 용사의 말을?"

"크윽……. 이렇게 까다로운 적은 처음이군."

"비슷하게 생겼지만 움직임이 전혀 달라!"

조명탄이 터진 곳으로 달려가 보니, 거기서는 렌 일행이 낯선 적과 교전하고 있었다.

그 인근은…… 낯선 마을 근처로 보였다.

에클레르와 윈디아는 거미줄 같은 것에 둘둘 말려 있었다.

베어낼 수 없는 건 아닌 것 같았지만, 수없이 많은 거미줄이 주위를 둘러치고 있어서 빠져나오기 힘들어 보였다.

렌도 에클레르와 윈디아를 보호하느라 상대의 공격을 막아내기에 급급한 것 같았다.

"저건……."

커다란 가위를 가진, 어딘지 세인과 비슷한 분위기를 풍기는 여자와, 방패를 들고 전신갑옷을 입은 남자.

뭐지, 저 녀석들은? 렌 일행을 고전시킬 정도의 강적인가?

그런 생각을 하고 있으려니, 내 의도를 알아챈 히요짱이 수많은 실이 둘러쳐진 곳으로 돌격했다.

"스타더스트 블레이드! ……나오후미 님, 저도 스킬 강화의 효과가 사라져 있어요."

젠장…… 도도 정상적으로 작동하지 않는 건가.

라프타리아가 내쏜 스타더스트 블레이드의 빛이 거미줄을 찢어발겨서 길을 열었다.

"어쨌거나 싸우는 수밖에 없어! 세인!"

"응."

짤막한 말이라 그런지 세인도 똑똑히 대답했다.

나는 에클레르와 윈디아를 지원하기 위해 히요짱의 등에서 뛰어내렸다.

그와 동시에 세인이 실을 내쏘았다. 상대가 재생시켜서 전개하려는 실에 그 실을 얽어 길을 열었다.

"나오후미!"

"다들 괜찮아?!"

"그래, 고맙다!"

다행히 다친 사람은 없는 것 같았다.

좋아, 어디서 굴러먹던 놈인지는 몰라도, 싸움이라면 응해 주지.

"지원군인가?"

"젠장, 끝도 없이 나타나네……."

가위를 가진 여자와 방패를 가진 전신갑옷남이, 새로 나타난 우리를 향해 살의를 내뿜었다.

녀석들 뒤에서는 아인들이 저마다 무기를 든 채 이쪽을 경계하고 있어서…… 썩 좋은 상황은 아닌 것 같았다.

하긴…… 아인이라고 해서 다 우리 편인 건 아니니까.

여기가 실트벨트라면 나에 대한 증오를 품고 있는 아인 세력도 있을 것이다.

"뭐지, 그 마물은……? 어찌 됐건 상대하는 수밖에 없어!"

방패를 든 전신갑옷남이 히요짱을 쳐다보면서 그렇게 중얼거렸다.

아인들과 같이 있으면서 필로리알을 모른다고?

아니, 지금은 렌 일행에게 상황을 물어보는 게 먼저다.

"대체 뭐가 어떻게 된 거야?"

"마을이 보이기에 거기 들러서 우리 신분을 설명하고 질문을 했더니, 주민들은 갑자기 도망쳐 버리고 이 녀석들이 공격해 왔어."

"우리 발언에 딱히 문제가 있는 건 아니었어. 여기가 어디인지는 모르겠지만, 우리가 검의 용사 일행이라는 걸 전하고 이야기하려고 했던 것뿐이니까."

에클레르의 답변을 듣고, 나도 그게 문제 될 발언은 아니었다고 판단했다.

용사라는 직책은 여러모로 편의를 제공받곤 한다. 은밀한 조사 같은 걸 할 때는 예외지만.

이제 렌이나 이츠키는 자신의 경력을 숨기는 짓은 하지 않았다.

비상 상태인 만큼 대화를 하려고 했는데 공격받았단 말이지?

"이게 대체 어떻게 된 걸까? 어찌 됐건 붙잡아서 캐물을 필요가 있겠는걸."

"그래. 얘들아, 몰아치자!"

""오오—!""

방패를 든 전신갑옷남의 목소리에 호응해서, 그 뒤에 있던 패거리들까지 일제히 덤벼들었다.

엄청 호전적인 놈들이군. 교전은 피할 수 없을 것 같다.

"라프타리아, 렌, 너희는 내가 저 녀석들의 움직임을 막는 동시에 스킬을 써! 세인은 너랑 비슷하게 실을 쓰는 녀석의 움직임을 방해해! 나머지는 다른 녀석들의 움직임을 봉쇄해!"

"알았어요!"

라프타리아가 언제든지 스킬을 쓸 수 있도록 자세를 낮추어 준비 태세를 취했다.

"나오후미! 조심해! 그 녀석은——"

방패 든 녀석이 나와 교전하고 싶은 듯 이쪽으로 덤벼들었기에, 나도 방패를 움켜쥐고 스킬을 영창했다.

""에어스트 실드! 세컨드 실드!""

어?! 그 스킬은?!

눈에 익은 방패가 내 앞뒤에 나타나서 나를 양쪽에서 찍어 누르려 했다.

동시에 내가 만들어 낸 방패도 전신갑옷 녀석을 양쪽에서 포위하려 했지만—— 녀석은 내 어깨를 붙잡아서 결박하려 들었다.

"이때다!"

내가 회피하는 것을 막기 위해 두 장의 방패가 더 나타나서 내 옆구리 쪽으로 날아왔기에, 나도 플로트 실드 두 장을 출현시켜서 막아 냈다.

기기긱 하고 방패끼리 충돌하는 소리가 울려 퍼졌다.

직후, 전신갑옷의 패거리 아인들이 검이며 창으로 공격해 왔다.

"하앗!"

기를 불어넣은 『벽』을 생성해서 움직임을 방해.

"하앗! 하일문자(霞一文字)!"

라프타리아가 재빨리 우회해서 전신갑옷의 목을 향해 스킬을 날렸지만, 퍽 하고 보이지 않는 벽에 부딪치는 소리와 함께 막히고 말았다.

"어, 이건 나오후미 님과 똑같은——"

"라프타리아, 라프짱, 물러서! 렌!"

"네!"

"라프!"

내 지시를 받은 라프타리아와 라프짱은 즉시 후방으로 물러섰다.

그리고 내 생각을 알아챈 렌이 괴로운 표정으로 말했다.

"크윽…… 나오후미!"

"네 생각은 이해해! 하지만 신경 쓰지 마! 내가 말려들건 말건 상관 말고 퍼부어 버려!"

"알았어! 헌드레드 소드 X!"

검을 퍼붓는 스킬을 사용하도록 렌에게 지시했다.

""유성방패!""

나와 같은 스킬을 쓰는 녀석과 동시에 유성방패를 전개해서, 퍽 하고 렌의 스킬을 막아냈으나…… 결국 버티지 못하고 쏟아지는 검의 비를 뒤집어쓰고 말았다.

렌이 의식적으로 나보다 적 쪽으로 더 거세게 검을 퍼부은 덕에 중상까지는 입지 않았지만, 나도 약간 관통상을 입고 말았다.

렌 녀석, 못 보는 동안 엄청나게 강해졌잖아.

스킬 강화 없이 막아내기는 무리가 있었다.

기를 순환시키고 있었던 덕분에 가까스로 버틸 수 있었지만, 이걸 몇 번씩 당하면 스태미나가 버텨내질 못할 것이다.

"나오후미 님!"

"나오후미! 대체 왜?"

그리 강하지도 않은 스킬을 왜 그대로 뒤집어썼느냐 하는 표정이었다.

"복잡한 사정이 있어. 하지만 지금은 일단 전투에 집중해."

"아군까지 공격하는 거냐?!"

오오, 나보다 더 많은 대미지를 받았을 텐데, 그런 것 치고 멀쩡해 보이잖아.

어쩐지 부아가 확 치밀어 오르는데!

"자기편을 그렇게 함부로 여기다니!"

"그, 그게 아……."

방패를 든 전신갑옷 녀석이 분개한 목소리로 렌에게 적의를 퍼부었다.

적에게 규탄 받은 렌은 당황해 어쩔 줄 모르는 표정이었다.

"오해가 있는 것 같으니 보충 설명을 해 주지."

나는 렌을 감싸듯이 말했다.

"렌은 자기 스킬 정도는 내가 충분히 버틸 수 있다고 생각해서 쓴 거야. 아군의 공격력보다 방어력이 높으면 견뎌낼 수 있잖아? 만약에 견뎌내지 못한다면 이렇게 하면 되지."

『나의 장점이지♪』

그래, 네 보조가 편리하긴 해.

그 점은 높이 평가해 주지. 다음에 만나거든 한동안 쓰다듬는 정도의 포상은 줘도 될 것 같군.

"레벌레이션 힐!"

내 주위에 빛이 발생하고, 고통이 순식간에 가셨다.

고통 때문에 제대로 영창하기가 힘들긴 했지만, 마왕의 보조가 있는 덕분에 어지간히 심각한 궁지에 내몰리지 않는 한은 버틸 수 있을 것 같다.

"이제 알겠지?"

"자기 자신까지 공격하게 하다니, 독종이군······."

하긴, 그건 그렇다. 그 생각에는 나도 동의한다.

게임 속처럼 자기편에게는 대미지가 들어가지 않는다면 아무 문제도 없겠지만, 실제로는 무사할 수 없는 법이다.

나도 할 수만 있으면 아군의 공격에 맞는 일 따위는 피하고 싶었지만, 그런 걸 따질 겨를이 없는 상황도 있기 마련이다.

"렌, 계속 몰아붙여! 이제 움직임은 대충 봉쇄했으니까!"

"순순히 당하고 있을 수는 없지!"

그때, 세인을 보내서 발을 묶어 두었던 가위 든 녀석의 등에서······ 빛나는 나비 날개 같은 것이 돋아나는 동시에, 수없이 많은 실들이 뻗어 나왔다.

"소드 와이어! 스파이더 포이즌웹!"

"어──!"

사삭 하고 세인의 뺨이 베이고, 피가 흘렀다.

가까스로 막기는 했지만 공격의 위력을 줄이지는 못한 건가?

"크에에에에에!"

"응! 마법이 완성됐어!"

"합성마법『회오리』!"

히요짱과 윈디아가 힘을 모아서 마법을 발동. 상공에서 우리를 향해 진공의 바람이 퍼부어졌다.

"그런 마법으로 저지할 수 있을 거라고 생각했다면 오산이야!"

파직파직 하고 마력과 실이 충돌하는 소리가 울려 퍼졌다.

"강도(剛刀)・하십자(霞十字)!"

라프타리아가 도로 실을 내리쳤지만, 불똥이 튈 뿐이었다.

젠장, 엄청 질긴 실이군.

"하아아아아아!"

"큭……."

렌이 양손에 각각 검을 움켜쥐고, 가위를 쓰는 녀석과 힘겨루기를 벌이기 시작했다.

방패를 든 전신갑옷도 성가시지만, 이 녀석도 만만치 않게 성가신 놈이었다.

"봉황열풍검 X!"

"헛!"

렌이 필살의 타이밍을 노려서 불새를 내쏘았지만, 가위 든 녀석은 렌의 어깨에 손을 짚고 제비를 넘다시피 해서 피해 버렸다.

움직임이 장난 아닌데! 사디나 수준의 괴물인가?!

"실드 배시!"

번쩍. 방패를 든 전신갑옷 인간이 나를 향해 스킬을 시전했다.

잠시 실신시키는 정도의 효과가 있는 것 같았지만, 어느 정도 강한 상대에게는 별 영향을 주지 못하는 기묘한 스킬이었다.

충격……. 내가 썼을 때보다 위력이 강하게 느껴졌다.

음? 보아하니 내부에 기가 섞여 있는 것 같은데.

기를 쓸 줄 안다는 건가? 하지만 기의 조성이 어설퍼!

나는 몸속에서 기를 유도, 녀석 안으로 되돌려 보냈다.

"크윽……. 희한한 재주를 부리는군! 흥!"

방패를 든 전신갑옷 녀석이 쿵 하고 뒤로 다리를 굴러서, 내가 되돌려 보낸 기를 발로 빼냈다.

충격에 지축이 뒤흔들렸다.

보아하니 상대도 기를 다루는 실력이 제법인 것 같군.

나로서는 이 녀석을 붙들어 놓는 것만으로도 버거울 것 같다.

"에클레르에게 직접 전수받은 기술이다! 다층붕격(多層崩擊)!"

내가 그런 실랑이를 벌이는 동안, 렌은 가위를 든 녀석을 향해, 에클레르가 쓴 적이 있었던 기술을 내쏘았다.

이건 기술이니만큼, 스킬과는 달리 쿨타임이 존재하지 않았다.

하지만 상대는 그 다층붕격 기술을 피해 버렸다.

"이어서…… 레벌레이션 매직 인첸트!"

상대가 피하리라는 걸 미리 짐작하고 있었는지, 렌은 곧이어 마법을 발동시켰다.

상공을 향해 검을 치켜들자, 윈디아와 히요가 영창했던 합성 마법이 사라지기 직전에 그 검으로 모여들었다.

"토네이도 엣지! 나오후미, 이번엔 정말 물러나!"

"알았어! 에어스트 실드! 세컨드 실드! 드리트 실드, 체인 실드!"

주위에 방패를 전개하면서, 체인 실드로 방패 든 전신갑옷 녀석에 대한 결박을 시도했다.

하지만 내가 스킬을 쓰는 동시에 상대도 펄쩍 뛰어서 물러나더니……

"에어스트 실드! 세컨드 실드! 드리트 실드! 트라이 배리어!"

방패를 이용한 내 구속을, 세 장의 방패를 출현시켜서 유성방패와는 다른 종류의 결계를 생성시키는 식으로 막아내면서 후퇴했다.

"진공유성검 X!"

내가 거리를 벌리는 것에 맞추어, 렌이 가위 든 녀석과 방패든 전신갑옷을 향해 마법이 깃든 스킬을 내쏘았다.

강력한 별들이 무수한 진공의 칼날 회오리를 이루어 적을 향해 날아갔고…… 땅바닥을 후벼 팠다.

일대에 흙먼지가 일었다.

"나오후미, 괜찮아?"

"문제없어."

하지만, 이번 공격으로 상대의 숨통을 끊었다고 하기에는 약간 의문스러운 면이 있었다.

상대방이 회피했을 가능성도 무시할 수 없으니까.

"실드 부메랑!"

흙먼지 속에서 원반처럼 회전하는 방패가 날아왔기에, 내 방패로 쳐냈다.

아까와 마찬가지로 기가 담겨 있는 영향인지 제법 충격이 컸
다.

"뭐가 이렇게 강해……!"

"나도 물러설 수 없어."

흙먼지가 걷히고, 상대가 아직 생존해 있다는 걸 확인한 나는
내심 혀를 찼다.

쓸데없이 튼튼한 놈들이다. 아니, 회피했다고 보는 게 타당하
겠지.

"다음엔 꼭 적중시켜 주마!"

"──그럴 필요는 없소이다."

그 목소리가 난 쪽을 쳐다보니, 방패 든 녀석의 동료로 보이는
한 아인 뒤에서, 그림자가 그 목덜미에 나이프를 들이대고 있었
다.

"히익……?!"

"움직이면 위험할 것이오이다. 힘으로 어떻게 해 볼 수 있을
거라 생각하면 오산이오이다."

대체 어느 틈에…….

"큭……. 비겁한 놈."

인질을 붙잡는 건, 어쩐지 예전에 타쿠토가 저질렀던 일이 떠
올라서 영 찜찜했다.

뭐, 이제 와서 착한 척할 생각은 없지만.

"싸움은 그쪽에서 먼저 걸었소이다. 경우에 따라서는 인질을
풀어 줄 수도 있소이다."

"목적이 뭐냐?! 그 사람을 풀어 줘!"

……무시하고 공격하지는 않는군.

그림자가 인질로 잡은 사람은 아인 남자였다. 만약에 상대가 파도의 첨병이었다면 이쪽에서 인질을 잡건 말건 숭고한 희생이니 뭐니 하면서 공격해 왔을 것이다.

하지만 방패를 든 녀석은 움직이지 않았다. 곁에 있는 가위 든 녀석도 마찬가지였다.

라프타리아를 비롯한 동료들도 상황을 파악했는지, 공격을 중단하고 경계 태세로 이행했다.

이제 대화 정도는 통할 것 같군.

"우선 우리를 공격한 이유를 듣고 싶소이다. 혹시 귀공들은 파도의 첨병이오이까?"

그림자가 인질을 잡혀서 꼼짝 못하게 된 적들에게 물었다.

"아니야!"

방패를 든 전신갑옷 녀석이 당당한 태도로 대답했다.

"그럼 왜 전투를 벌인 것이오이까?"

"그건…… 검의 성무기 용사가 우리 세계에 쳐들어온 데다, 방패의 성무기를 본뜬 무기까지 도입해서 우리를 죽이려 들었기 때문이다!"

"그렇다는 모양이오이다. 어떻게 하시겠소이까?"

그림자는 나를 향해 물었다.

검의 용사가 쳐들어왔다?

왜 싸우고 있는 건지 도통 이해가 안 가지만, 아무래도 상대는 우리가 누구인지 오해하고 있는 것 같았다.

"안됐지만 이 방패는 본떠서 만든 모조품이 아니라 진짜 방패의 성무기야. 그리고 우리는 쳐들어온 게 아냐. 알 수 없는 사건에 휘말려서 여기에 온 거지."

내 방패가 가짜라면 냉큼 손에서 떨어지라고 말하고 싶다.

"지금 나에게 그 말을 믿으라는 거냐!"

"뭐, 믿으라고 해도 믿기 힘들 거라는 건 알아. 우리가 거짓말을 하는지 아닌지는 너희가 알아서 판단해. 우선 묻겠는데, 너희는 대체 누구야?"

내 방패와 같은 스킬을 쓰는 전신갑옷남.

이 녀석의 정체라도 알아둘 필요가 있을 것이다.

적어도 자기 동료들에 대해, 아군을 인질로 잡히면 움직이지 못할 정도의 애정은 갖고 있는 것이다.

그리고 상대는 내가 가짜 방패의 성무기를 쓰고 있다고 했다.

"……."

내 질문에, 방패를 든 전신갑옷 녀석과 가위를 든 녀석이 눈짓을 교환하더니, 가위를 든 녀석이 한 발짝 앞으로 나서서 말했다.

"내 이름은 레인. 여기와는 다른 이세계에서 재봉 도구의 권속기에게 선택받은 용사야. 이 사람과는 사정상 협력하고 있어."

"재봉 도구?"

세인 쪽으로 시선을 돌렸더니, 많이 놀란 듯 눈이 휘둥그레져 있었다.

같은 무기의 권속기가 있다는 건가?

파도가 발생해서 각기 다른 이세계끼리 충돌하는 상황이니, 있을 수 없는 일은 아니긴 하다.

"기묘한 우연이군. 이 녀석도 재봉 도구의 권속기 소지자라던데? 애석하게도 원래 살던 세계는 멸망했다는 모양이지만."

세인이 상대방을 향해 가위를 꺼내 보였다.

그리고 그 형태를 상대가 갖고 있는 가위와 완전히 똑같은 것으로 바꾸었다.

이름도 자매 아닐까 싶을 만큼 비슷하고 말이다.

다만 등에 날개가 돋아 있고 무기 자체도 멀쩡해 보이는 등 차이점도 많았다.

"묘한 우연이 겹치는걸."

"그러게 말이야."

그리고 상대가 이번에는 우리가 이름을 댈 차례라는 듯 삿대질을 했다.

하는 수 없군……. 나는 상대방에게는 이름을 대라고 요구하고 자기는 그럴 필요가 없다는 식으로 지껄이는 파도의 첨병 놈들과는 다르니까 말이지.

"내 이름은 이와타니 나오후미. 일본에서 소환된 사성용사의 일원, 방패 용사다."

내가 자기소개를 하자, 전신갑옷을 입고 있던 녀석이 투구를 벗어서 얼굴을 드러냈다.

얼굴만 보자면 서글서글한 청년 같은 분위기였다. 하지만 미형이라는 말이 어울리는 타입은 아니다. 온화해 보이는 이목구비라고나 할까?

나이는…… 내 또래쯤일까?

"내 이름은 시로노 마모루. 나도 마찬가지로 일본에서 소환된 방패 용사다. 이 세계를 덮치는 파도를 이겨내기 위해 싸우고 있지. 어느 세계에서 들어온 건지는 모르지만, 빨리 돌아가는 게 좋을 거야."

그 말을 들은 그림자가 인질을 풀어 주고 펄쩍 뛰어 거리를 벌려서 우리 쪽으로 돌아왔다.

상대방도 인질이 풀려난 걸 보고 일단 한숨 돌린 모양이었다.

"방패 용사라……."

사용하는 스킬로 보아, 아마 거짓말은 아닐 것이다.

여기가 어디인지…… 아니, 어떤 세계인지는 모르지만, 같은 성무기가 있다고 해도 이상할 건 없을 것이다.

생각해 보면 무기의 종류란 한정되어 있기 마련이니, 겹치는 게 있다고 해도 부자연스럽게 여길 이유는 없었다.

오히려 키즈나 쪽 세계를 포함해서 총 23종의 각기 다른 무기가 있다는 게 기적에 가까웠다.

그리고 이 방패 용사는, 렌과는 다른 이세계의 검의 용사와 적대 관계에 있는 모양이었다.

만약에 대비해서 앵천명석(櫻天命石) 방패를 사용할 수 있는지 확인해 봤다.

이 무기를 쓸 수 있으면 용사와의 전투에서 효율적으로 싸울 수 있다.

흐음……. 사용할 수는 있는 것 같군. 교섭이 결렬되거든 퍼부어 버려야겠다.

"같은 용사라는 건가?"

"그래, 방패 용사."

"그렇군, 방패 용사."

세인의 언니 세력 때문에 어딘가 다른 이세계로 전송된 거라고 판단하는 게 옳아 보이는군.

레벨이 그대로인 건 유사성이 높기 때문일까……?

여러모로 아귀가 들어맞지 않는 구석이 많지만, 사이가 나쁜 세계 간의 항쟁에 말려든 건지도 모르겠다.

문득…… 나와 또 한 명의 방패 용사가 가진 방패가 서로 호응이라도 하듯, 핵 부분이 빛을 냈다.

마치 방패들이 각자의 소유에게 서로를 믿어도 좋다고 말하기라도 하는 것처럼…….

이렇게 해서 두 방패 용사의 첫 만남이 이루어진 것이었다.

"응? 사성이라고?"

"성스러운 네 무기의 용사라는 뜻으로, 사성용사라고 부르지."

"그쪽은 성무기가 네 개나 있는 거야?"

방패 용사, 시로노 마모루라는 녀석이 그렇게 물었다.

……적어도 지금까지 내가 보아 온 세계에서는 네 개의 무기와 그 권속기가 존재했었다.

하지만 이 세계는 그렇지 않은 모양이었다.

우리는 대체 어떤 세계로 흘러 들어온 거지? 일단 이야기를 계속해 보는 편이 좋을 것 같다.

"추측에 의하면, 과거에 두 번, 파도를 경험하는 과정에서 네 개의 세계가 붙는 바람에 성무기의 용사가 네 명이 된 것 같다고 하더군. 오해가 없도록 보충하자면, 파도라는 세계 융합이 종료된 게 두 번이고, 이번이 세 번째라는 뜻이야."

"그래? 우리 세계와는 구조가 한참 다른 모양이군. 이쪽은 쌍성의 용사나 성무기의 용사라는 이름으로 불리는데 말이지. 그쪽의 추측에 대입하자면 이번이 두 번째 파도인 셈이겠군."

흐음……. 역시 이세계에 온 거라고 판단하는 게 정확할 것 같다.

세인의 언니 자식! 우리를 이런 함정에 빠트리다니!

그때, 이세계의 방패 용사가 렌 쪽으로 시선을 옮겼다.

"아, 이 검 든 녀석은 검의 용사 아마키 렌. 동료 용사야."

전투를 속개할 의사가 없음을 나타내듯, 렌도 경계 태세를 풀었다.

상대방도 그 점을 알아챘는지, 비록 이쪽으로 다가오지는 않았지만 이야기를 할 의사는 있어 보였다.

"그렇군……. 이야기도 안 듣고 싸움부터 건 건 미안하다."

상황이 상황이었으니 그 정도는 이해할 수 있다.

하지만 여기서 순순히 사과를 받아들였다가는 나중에 어떤 불이익을 볼지 장담할 수 없다.

"우리 쪽에서는 전투 의사가 없었으니까, 공격을 일단 중단했어야 할 거 아냐? 렌은 대화를 원했었잖아?"

"……."

상대방 용사도 자신이 잘못했다고 느꼈는지, 면목 없는 듯 시선을 외면했다.

"마모루……?"

라프타리아가 마모루를 쳐다보면서 중얼거렸다.

"왜 그래?"

"아뇨……."

"저…… 그 여자는?"

마모루가 라프타리아를 가리키며 물었다.

"아, 내 오른팔로서 같이 싸우고 있는 라프타리아야. 갖고 있는 무기는, 이곳과는 다른 이세계에서 손에 넣은 도의 권속기고."

"갖고 있는 무기들이 많군."

"그건 피차일반이잖아?"

나는 레인이라는 녀석을 쳐다보며 대꾸했다.

"하긴 그렇지……. 그나저나, 내가 아는 사람과 닮아서 깜짝 놀랐어."

마모루는 라프타리아를 쳐다보며 말했다.

라프타리아와 닮은 녀석이라.

"호오……. 별 이상한 우연도 다 있군."

"그 지인은 동쪽 바다 건너에 있는 쿠텐로에서 왔다고 했는데, 너는 이 세계에서 소환된 거야?"

"네?"

"엉……?"

방금, 쿠텐로라고 한 건가?

"라프타리아의 부모님처럼, 나라를 버리고 떠난 사람의 자손 같은 녀석이 이쪽 세계에 소환된 건가?"

실은 라프타리아의 먼 친척이 소환에 말려들었다가 살아남았다…… 같은 일이 있었던 건지도 모른다.

용사가 꼭 현대 일본에서만 소환되는 게 아니라는 건 실디나의 경우를 통해 증명되었다.

"쿠텐로에 대해 알고 있는 거야?"

"우리 쪽 세계에 있는 나라니까."

"이쪽 세계에도 있는데?"

음……? 어째 대화의 아귀가 들어맞지 않는 느낌이었다.

뭔가 근본적인 부분에서 오해가 있는 것 같은 느낌이라고나 할까?

"아!"

마모루를 쳐다보던 라프타리아도, 놀란 표정으로 내 쪽을 돌아봤다.

"마모루……. 아니, 설마……."

에클레르도 상대의 이름을 듣고 몇 번인가 고개를 갸우뚱했다.

라프타리아와 에클레르가 뭔가를 느낀 거라면, 유익한 정보를 얻을 수 있을 것 같군.

"뭐 좀 아는 거라도 있어?"

"아뇨……. 너무 말도 안 되는 이야기라서……."

"리시아 때도 그랬었잖아? 지금은 무슨 일이 일어난 건지 알아내는 게 가장 급선무야. 말이 되느니 안 되느니 하는 고정 관념은 방해만 될 뿐이라고. 그 이야기가 옳은지 아닌지는 내가 판단하면 돼."

"아, 알았어요."

라프타리아는 에클레르와 시선을 마주쳤다가, 잠시 호흡을 가다듬고, 이윽고 대답했다.

"사성용사 전설은 다양한 옛날이야기의 형태로 전해지고 있는데…… 지난번 재앙의 파도 때 활약해서 신앙의 대상이 되고, 실트벨트의 건국자로서도 유명한 방패 용사의 이름이, 바로 마모루였어요."

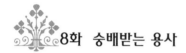 **8화 숭배받는 용사**

"뭐라고?!"

나는 또 하나의 방패 용사 쪽을 보며 경악에 찬 목소리를 토해 냈다.

라프타리아의 말마따나 말도 안 되는 이야기이긴 하지만……
어중간하게만 적용되는 강화 방법, 이세계로 전이했다고 생각하기에는 레벨이 초기화되지 않았다는 점, 멸종한 것으로 알려졌던 마물들, 그리고 풍경이 눈에 익어 보인다던 포울과 메르티의 말……. 그 수수께끼들이 하나로 이어진 것 같은 불길한 예감이 들었다.

"왜 그래?"

"음……. 시로노 마모루라고 했나? 너도 현대 일본 출신이지?"

"그렇긴 한데……."

"그럼 이해할 수 있겠군. 보아하니 우리는 너희 입장에서 보면 아득히 먼 미래에서, 함정에 빠져서 타임 슬립한 것일지도 모르겠어."

"그 말은……."

"맞아. 우리 입장에서 보면 너는…… 파도에 도전한 선대 방패 용사일지도 몰라."

내 말을 들은 마모루는 반신반의하는 표정으로 우리를 봤다.

"미래에서……. 하지만 이세계 소환이 정말로 존재하는 세계이니, 시간 도약도 있을 수 없는 일은……."

"아닐지도 모르지?"

다행히도 마모루는 금방 이해한 기색이었지만, 다른 녀석들은 아직 따라오지 못하고 있었다.

서로가 서로를 마주 보며, 우리가 무슨 이야기를 하는 건지 이해가 안 가는 듯 고개를 갸우뚱하고 있었다.

도대체 뭘 어떻게 했기에, 세계와 세계가 융합하려는 파도가 발생하고 있는 상황에서 과거로 타임 슬립하는 사태가 벌어질 수 있는 거야? 이런 시간적인 문제는 엄청나게 성가셔질 가능성도 있는데 말이지.

"그걸 증명할 수단은 있는 건가?"

"글쎄. 창작물 속에서처럼 미래에 일어날 일들을 예지하면 될지도 모르지. 하지만 우리 쪽 세계에서는 자료가 많이 소실돼서, 너희는 옛날이야기 속 등장인물 정도로만 취급되고 있어. 큰 사건 이외에는 어느 것이 사실인지 명확하게 맞힐 수단이 없어."

이럴 때 사성용사 전설에 대해 잘 아는 녀석이 이야기해 준다면 좋겠지만…… 애석하게도 신을 참칭하는 자가 해 온 일 때문에 우리 쪽 세계에서는 그 전설이 실제로 일어난 일인지 창작된 이야기인지를 알 수가 없단 말이지.

"만약에 네가 선대 방패 용사라면, 나중에 네가 아인들의 나라인 실트벨트를 건국하게 된다는 것 정도밖에 몰라."

"실트벨트……."

"너희의 신뢰를 얻을 수 있는 자료로 우리가 제시할 수 있는 거라고는, 이런저런 사정을 설명하는 것 정도밖에 없어."

"……알았어. 너희가 우리와 싸울 생각이 없다면, 우리 입장에서도 굳이 싸울 필요는 없어. 그러니까 찬찬히 상황 설명을 들어 보도록 하지."

하지만…… 하고 마모루는 내게 말했다.

"혹시 너희가 정말로 미래에서 온 거라면, 섣불리 행동했다가는 그 미래가 달라질 가능성이 있는 거 아냐?"

"그게 문제란 말이지……. 만약에 우리가 과거에 타입슬립해 오는 것도 이미 역사에 반영돼 있는 거라면, 무슨 짓을 해도 상관없겠지만."

죽을 운명에 처한 인물을 구해서 미래가 더 좋은 방향으로 흘러가는 식으로 말이지.

어찌 됐건 최대한 사태를 파악하기 전에는 움직일 수도 없다.

"그나저나 선대(가칭)."

"이상한 별명 붙이지 마……."

"신경 쓰지 마. 타임 슬립이 사실이라는 게 밝혀지면 (가칭)은 떼어 줄 테니까. 먼저, 그쪽이 날뛰거나 우리를 함정에 빠트리려고 들거나 우리를 공격하거나 하는 짓을 벌이면 가만 안 둘 거라는 걸 똑똑히 인식해 둬."

경계는 풀지 않았지만, 싸움만 해서는 아무런 진전도 얻을 수 없다. 지금은 사실을 확인하는 게 선결 과제다.

지금 우리가 할 수 있는 일은, 이 녀석들을 비롯한 마을 사람들이나 다른 녀석들과의 대화를 통해 상황을 확인하는 것밖에 없으니까.

"서로 같은 방패 용사니까. 서로의 약점도 훤히 꿰고 있어. 혹시라도 수상한 짓을 하면 몇 배로 되갚아 줄 줄 알아."

"경계심이 너무 강한 거 아냐?"

"미래 시대에서 살아남으려면 그 정도는 해야 하니까. 어느 세계에나 인간성이 썩어 빠진 녀석들이 너무 많아."

"미안하게 됐어……."

그 말에 렌이 나에게 고개를 숙였다.

방금 그건 딱히 너 들으라고 한 소리가 아니었다고!

"아무 힘도 못 돼 줬어."

"렌, 너한테 한 소리 아니니까 이야기에 끼지 마."

그런 대화를 하고 있으려니, 마모루가 진지한 표정으로 말했다.

"어느 정도 이해가 가긴 해."

그도 떠오르는 게 있는 듯 고개를 끄덕였다.

"자기 이익을 위해 용사를 이용하거나 함정에 빠뜨리려고 드는 녀석도 분명 있어. 용사의 판단이라고 해서 다 옳다는 보장도 없고."

"맞아. 그나저나 파도의 성가신 침략 행위는 이 시대에 이미 밝혀졌던 거야?"

내 질문에 마모루가 고개를 끄덕였다.

이 시대에 알고 있었는데, 왜 그 정보가 미래에까지 남아 있지 않았던 거냐.

뭐, 보나 마나 파도의 첨병이 교묘하게 은폐한 거겠지만.

"나도 소환 당시에는 갖가지 말썽에 시달렸었어. 못된 놈들은 어디에나 있는 법이더군."

따지고 보면 다른 세계 녀석의 힘에 기댄다는 점부터 뭔가 문제가 있다고 해야겠지.

그 이야기를 했다가는 네가 할 말이냐는 이야기가 나올 테니까 잠자코 있지만 말이다.

그렇게 해서 우리는 사태를 더 자세히 파악하기 위해, 마모루 일행을 우리 마을에 데려가기로 했다.


"……여기에 마을 같은 건 없었을 텐데."

마모루는 마을을 보자마자 납득한 듯 고개를 끄덕였다.

경계선 같은 것까지 있으니, 우리가 변칙적인 존재라는 건 증명된 셈이겠지.

"나오후미, 어서 와."

"형! 이제야 돌아왔구나!"

메르티와 포울이 우리를 발견하고 달려왔다.

그러다가 마모루와 그 동료들을 보고는, 그들에 대한 설명을 요구하듯 나를 쳐다봤다.

"그 무기 모양……. 아까 들은 이야기로 미루어 보면 건틀릿의 용사인가 보군."

"아직 임시지만 말이지."

"형, 이 녀석들은 뭐지?"

"아아, 그 일 때문에 이런저런 우여곡절이 있었거든."

나는 메르티와 포울, 그리고 마을 사람들에게 마모루 일행을 소개하고, 어쩌면 우리가 과거의 세계로 온 건지도 모르겠다고 설명했다.

"여기 방패 용사 전설에 대해 잘 아는 녀석 없어? 우선 그 전설을 통해서 실마리를 얻고 싶어서 그래."

"옛날이야기로서는 이것저것 좀 알긴 해. 그치만……."

그리고 나서 메르티는 뭔가 비밀 이야기라도 있다는 듯 나를 손짓해 불렀다.

이 상황에서 밀담을 하면 우리에 대한 상대방의 인식만 나빠질 텐데…….

"미래에는 마물도 많이 달라지나 보군……."

"라프~."

"왜~애~?"

마모루 일행의 관심은 라프 종과 필로리알에 쏠려 있었다.

아인들과 같이 다니는 것도 그렇고, 어쩌면 동물을 좋아하는 건지도 모르겠다.

메르티의 이야기를 들을 절호의 찬스로군.

"그래서, 녀석들 앞에서는 못 할 이야기가 뭔데?"

"파도에 소환된 나오후미 이전의 방패 용사에 대해서는 나도 어느 정도 알고 있고, 어머니께 들은 이야기도 많아. 어머니도 살아 계셨다면 기뻐하셨을 텐데."

오오, 그거 잘됐군.

역시 역사 마니아 여왕의 딸답다고나 할까.

"실트벨트 건국에 관여해서 신앙의 대상으로 여겨지는 가장 위대한 용사로, 그를 모티브로 한 영웅담도 한둘이 아냐. 싸울 방법이 없던 아인들에게 힘을 주었다느니 하는 식의 이야기들 말이야."

"그게 사실이라면 엄청난 유명 인사를 만난 셈이 되겠군."

아직까지는 어디까지나 가정 단계다. 실증할 방법이 있는지 없는지는 잘 모르겠다.

그나저나 라프타리아가 했던 이야기도 그렇고, 엄청나게 칭송받고 있잖아.

"다만…… 나오후미도 이 이야기는 알아 둬야 할 것 같아서 말해 두자면, 빛이 있으면 그림자도 있는 법이야. 실트벨트의 적국인 메르로마르크에서는 가장 미움받던 방패의 악마…… 마왕이라는 소리를 들었던 용사이기도 해."

나를 싫어하는 자들…… 특히 삼용교 놈들이 나를 부를 때 쓰던 호칭이었다.

요전에 이츠키가 붙잡은 갑옷남도 나를 그렇게 불렀었다.

"방패의 마왕이라……."

뭐, 그건 어쩔 수 없는 일이겠지.

이츠키나 리시아가 고민하는 정의와 악의 인식 같은 거다.

누가 옳고 누가 그르냐 하는 건, 그때의 가치관에 따라 달라지기도 하는 법이다.

그리고 어느 한쪽의 편을 들면 다른 한쪽의 적이 되는 건 어쩔 수 없는 일이다.

이권 같은 게 걸리면 당연히 등장하는 문제다.

"예전에 어머니께서 말씀하신 적이 있어. 세계의 용사 전설 중에서 메르로마르크보다 더 오래된 나라의 전설을 찾아보면,

방패 용사는 어느 순간에 갑자기 나타난다고. 아마 그 전까지는 존재하지 않았던 거겠지."

역시 파도에 의한 세계 융합의 영향인 모양이군.

과거에 일어난 파도 때는 방패 용사도 없었을 테니까.

"메르로마르크가 위치한 지역은 원래 검과 창의 용사가 있던 세계라는 이야기지?"

"그럴 거야. 그 두 용사에 대한 전설은 활의 용사 전설과 비교해도 더 많아. 그리고 아버지의 혈통을 따라가 보면, 시조가 창의 용사의 혈통이었다는 걸 알 수 있어."

아…… 그러고 보니 쓰레기의 원래 성은 랜서즈인가 랜서로즈인가 했다는 이야기를 여왕에게서 들은 기억이 있었다.

모토야스를 우대한 것은 그런 이유도 있었던 모양이다.

"어찌 됐건, 우리가 미래에서 왔다는 걸 증명해 줘야 해. 메르티, 네가 알고 있는 걸 마모루 일행한테 이야기해 줄 수 없어?"

"알았어."

이렇게 해서 메르티와의 밀담은 끝났다.

다음은…… 포울이 눈에 들어왔기에 말을 걸었다.

"포울."

"왜 그래, 형?"

"네 혈통을 생각하면 저 녀석이 궁금해 할 법한 이야기를 해 줄 수 있을지도 모르니까, 메르티와 같이 방패 용사에 대해 이야기해 주지 않겠어?"

어찌 됐건 포울은 실트벨트를 대표하는 귀족 중 하나인 하쿠코 종이다.

틀림없이 종족 안에서 대대로 전해져 오는 이야기 같은 게 있겠지.

"그 정도라면야……."

이렇게 해서, 나는 마을의 마물들에게 정신이 팔려 있던 마모루 일행에게 메르티와 포울을 소개했다.

"잘 오셨습니다, 방패 용사님. 저는 메르로마르크 국의 여왕인 메르티. Q. 메르로마르크라고 합니다."

메르티는 기다렸다는 듯 공무를 볼 때처럼 인사하며 마모루 일행에게 말을 걸었다.

처음 보는 모습은 아니지만, 평소 모습을 알고 있는 내 입장에서는 저 태도가 어쩐지 어색해 보인단 말이지.

"그, 그래……. 메르로마르크? 이것도 처음 듣는 나라군."

"아마 이 시대에는 없는 나라일 거예요. 세계 자체도 다를 테고 말이죠."

"지금은 없는 나라의 왕녀니까 그냥 평범한 소녀로 전직한 셈이군, 메르티."

메르티가 기다렸다는 듯 내 옆구리를 팔꿈치로 쿡 찔렀다.

애석하게도 나는 방패 용사라서 하나도 안 아프단 말이지.

그나저나, 접객 중에 이런 짓을 하는 것도 참 대단하군.

"……."

마모루가 그런 우리를 뜨악한 표정으로 쳐다보고 있었다.

"건틀릿의 용사인 포울이야. 이 마을 사람들 중에서는 실트벨트에 대해 잘 아는 편이라고 할 수 있을 거야."

이어서 포울도 마모루에게 자기소개를 하고, 말을 이었다.

"대강의 이야기는 우리가 아는 방패 용사인 나오후미 이와타니 경에게 들었습니다."

으엑…… 내 이름 뒤에 '경'을 붙였잖아.

무슨 귀족이라도 된 것 같은 칭호. 닭살이 돋았다.

메르티는 여전히 공무를 볼 때의 기분 나쁜 태도를 유지하고 있었다.

"마모루 님께 확신을 드릴 수 있을지 어떨지는 모르겠지만, 이야기의 형태로 전해져 온 방패 용사 관련 이야기는 여럿 해 드릴 수 있을 것입니다."

"응, 가능하면 이야기해 줘. 우리 쪽에서도 사실인지 아닌지 확인해 보고 싶으니까."

이렇게 해서 메르티와 포울이 우리의 대표를 맡아, 마모루 일행에게 방패 용사 관련 이야기를 해 주었다.

개요만 요약하자면, 약소국이었던 고대 실트벨트에 소환된 방패 용사 마모루가 국민들에게 싸우는 방법을 가르쳐 주고, 세계를 구하기 위해 파도와 맞서 위기 상황을 극복해서 세계를 존속시켰다는 내용이 될 듯하다.

용사의 가호를 생각해 보면, 싸우는 방법을 가르쳐 주는 건 그렇게 어려운 일은 아니었겠지.

에피소드에 따라 이런저런 차이점이 있는 것 같지만 말이지.

영웅담 하나하나를 찬찬히 이야기하기에는 시간이 부족하다.

관심이 없는 건 아니지만, 어디까지가 진실일지…….

"타국의 침략 행위에 분노한 방패 용사 마모루는, 동료들과 함께 적들을 물리치고——."

"그 정도 이야기는 조사만 해 봐도 할 수 있어."

"그럼 그건 실제 이야기라는 말씀인가요?"

"응."

"그럼 다음 이야기로 넘어갈게요. 고대 실트벨트는 방패 용사님으로부터 싸울 방법을 배운 자들이 구축한 나라라고 하는데, 그 혜택을 가장 크게 입은 것이 대표인 네 종족…… 하쿠코, 아오타츠, 슈사크, 겐무. 이렇게 네 개의 대표 종족이라고 해요. 그리고 여기 계신 건틀릿 용사님은 그 대표들 중 한 종족, 하쿠코 종의 피를 물려받으셨답니다."

메르티는 그렇게 말하고, 손으로 포울 쪽을 가리켰다.

"하쿠코……?"

"없나?"

"이런 종족은 없었는데……."

어떻게 된 거지? 여기가 과거라면 하쿠코 종도 있어야 정상이다.

뭐, 이 시대 이후부터 우리 세대가 오기까지 등장한 종족인지도 모르지만.

"이름 붙이는 방식이 어쩐지 마모루스럽지 않아?"

레인이 즐거운 표정으로 포울을 빤히 보다가 중얼거렸다.

"내, 내가 언제!"

"그치만 내 생각에 마모루라면 충분히 붙일 이름 같은걸."

"레인!"

"아, 작명 센스가 형편없나 보군."

이 녀석이었나……. 이 센스 없는 종족명을 붙인 용사가.

"일본식 한자 발음을 조금 비틀어서 만든 호칭이지? 뭔가에 가칭을 붙여야 할 일이 있으면 그런 식으로 붙이는 버릇이 있나 보군. 개 계열 마물이 있으면 *켄이라고 이름을 붙이는 식으로 말이야."

"그, 그건……."

마모루는 민망한 듯 시선을 외면했다.

"딩동!"

레인이 정답이라는 듯 나를 가리키며 말했다.

역시 그랬군.

"툭하면 2호라는 이름을 붙이는 나오후미 님도 만만치 않은 것 같은데……."

이 타이밍에 라프타리아가 나에게 오인 사격! 정곡을 찌르는 공격이라 회피가 쉽지 않았다.

"나는 그래도 돼. 역사에 이름이 남을 일은 아마 없을 테니까."

어디까지나 자기 이름을 안 밝히는 녀석에게 붙이는 임시 이름일 뿐이니까.

기본적으로는 적에 대해 붙이는 이름이기도 하고 말이다.

"윈디아를 마음속으로 계곡녀라고 부르거나, 루프트 군을 제 사촌이라는 이유로 사촌이라고만 부르셨으면서요? 만약에 저희의 활약으로 세계가 평화를 되찾았을 때, 윈디아의 이름이 나오후미 님이 부르던 호칭으로 남지 않을 거라고 장담하실 수 있나요?"

"으……. 라프타리아, 말주변이 많이 늘었는데."

---

* 켄(ケン): 개 견犬의 일본어 음독.

"이제는 제법 오래 알고 지냈으니까요……. 이런 대화는 전에도 한 적이 있는 것 같은데요."

왠지 둘이서 아련한 눈으로 생각에 잠기고 싶은 기분이군.

돌이켜 보면 참 먼 길을 왔다. 너무 아득해서 넌덜머리가 날 정도로 말이다.

"그러고 보니 마룡의 성에 갔을 때도 이름을 안 댄 사람이 있었던 기억이 나네요. 그 사람은 마음속으로 뭐라고 부르셨죠?"

라프타리아도 참 끈질기게 물고 늘어지는군……. 혹시 꽤 궁금했던 걸까?

본인이 이름을 잘 외우니, 그만큼 궁금해하는 건지도 모르겠다.

"쿨한 척하던 놈이라서 렌 2호라고 붙였어. 정의감이 투철했다면 이츠키 2호라고 했겠지만."

"이봐. 그거 어제 이야기했던 저쪽 세계에서 일어난 일을 말하는 거지? 속으론 적에게 우리 이름을 붙여서 불렀던 거냐?!"

렌이 기다렸다는 듯 나섰다.

"어쩔 수 없잖아. 상대가 이름도 안 대고, 예전의 너처럼 건방 떠는 녀석이었으니까."

지금의 너는 남들과 연계도 잘 취하고 동료들을 아낄 줄도 아는 녀석이지만.

예전과는 완전히 딴사람이다.

"크윽……. 알고는 있었고 반성도 하고 있지만, 그렇게까지 끈질기게 물고 늘어질 문제는 아니잖아! 비슷한 분위기를 가진 녀석이 또 나타나면 3호라고 부르기라도 할 작정이냐?"

"당연한 거 아냐? 모토야스와 쓰레기는 3호까지 있어. 쓰레기 2호는 두 동강이 났고, 쓰레기 3호는 근육 덩어리가 돼서 옥에 갇혀 있지만."

"……누굴 말하는 건지 알겠네요. 그런데 3호는 여자였잖아요!"

아, 라프타리아가 이마에 손을 짚고 한탄하고 있다.

참고로 모토야스 3호는 테리스다.

그러다가 이윽고 뭔가를 깨달았는지, 라프타리아는 퍼뜩 놀라 내 쪽으로 시선을 돌리고 말했다.

"아니, 잠깐만요. 지난번에도 좀 이상하다고 생각했었는데, 나오후미 님은 쓰레기 2호의 이름을——"

이 질문에는 대답할 수 없다. 라프타리아가 확신하기 전에 화제를 돌려야겠다.

사실 츠구미가 좋아하던 파도의 첨병 따위는 알 바 아니기도 하고 말이지.

츠구미도 지금은 키즈나에게만 일편단심이겠지.

으음? 내 뇌리에서 키즈나와 츠구미가 나란히 휙휙 고개를 가로젓고 있지만, 뭐, 착각이겠지.

본인들은 백합 분위기가 물씬 풍기니까. 그리고 글래스가 사이에 끼어서 완벽한 러브 코미디를 이루는 것이다.

"흐음……. 이와타니 공의 경우 이름의 바탕이 된 인물에 대해서 알고 있으면 그 대상이 어떤 느낌의 사람인지도 알기 쉽군. 사람 기억하기에 유용하겠는데."

"에클레르?! 이런 걸 참고로 하면 안 돼!"

이때 뜬금없이 에클레르가 뚱딴지같은 소리를 했다.

렌이 엄청나게 놀라고 있잖아.

"왜 계곡녀야?"

오? 이때 마모루가 떡밥을 물었다.

동시에 윈디아가 떨떠름한 표정을 지었다.

"궁금해?"

"그냥 어쩐지……."

"흐음……. 일본에서 왔다고 해서 같은 일본이라는 보장은 없다는 게 이미 밝혀진 상태라서 말이지. 그러니까 말이 통할지 어떨지는 모르겠지만……."

나는 마을에 있는, 원래는 캐터필랜드였던 라프 종들을 손짓해 불러서 윈디아의 등 뒤로 가도록 지시했다.

"거기서 애벌레 모습으로 변신."

캐터필랜드들이 퐁 하고 옛날 모습으로 변신했다.

"마을에 적응하지 못하던 시절의 윈디아나 마을 녀석들이 나몰래 마물을 키운 적이 있었거든. 그러다가 나한테 들켰을 때 몸을 날려 그걸 감추려고 들면서, 마물은 없다고 우겨댔었지."

아, 마모루가 아련한 눈매로 그 광경을 상상하고 있다.

그 눈빛이 어쩐지 감회에 젖어 보이는 건 내 착각만은 아닐 것이다.

"반응을 보아하니 네 세계에도 있는 모양이군."

결국 용사는 어딘가 오타쿠스러운 구석이 있는 녀석이 소환되는 게 보통인 모양이다.

굳이 오타쿠가 아니라도 알 만큼 유명한 애니메이션이긴 하지만.

생각해 보니 애니메이션을 안 본 지도 꽤 오래됐다. 살짝 옛날 생각이 나는군.

"그래서 계곡녀였군……."

"용사들끼리만 알아듣는 이야기 하는 거 싫어!"

"그럼 렌한테 물어봐서 이해도를 높여."

"싫어!"

잠깐의 망설임도 없이 대답이 나오다니……. 렌도 어지간히 윈디아의 미움을 샀나 보군.

"사람들과 공감대를 만들려고 다른 용사가 이미 그 이야기를 들여왔을지도 몰라."

"어쩐지…… 본 적이 있는 것 같은 느낌이 드는걸."

메르티가 중얼거렸다.

하긴 메르티는 왕족이니까. 어쩌면 연극 등으로 본 적이 있을지도 모른다.

"저기……. 이렇게 가다가는 윈디아가 계곡녀라는 이름으로 역사에 남을 텐데요. 그렇게 만들고 싶으세요?"

흐음, 하긴 이름의 유래가 퍼지면 훗날의 역사 속에서 윈디아는 계곡녀로 남을 수밖에 없겠지.

"제발 그러지 마!"

"알았어, 알았어."

"나오후미 님과 협조할 때는 꼭 이름을 대도록 하세요. 안 그러면 무슨 일이 벌어질지 장담할 수 없으니까요."

라프타리아도 적의 별명까지는 용인해 주는 건가?

뭐, 이렇게 이야기해도 이름을 안 댈 녀석은 안 대니까.

심지어는 가명을 대는 녀석도 있을 테고.

차라리 그쪽이 나은 것도 같다. 들키면 가명 쓴 놈이라는 딱지를 붙일 테지만.

"이야기가 샜군. 하쿠코 종은 없다는 거지?"

"……."

마모루가 어째 입을 다물고 있었다.

"다만, 이건…… 알면 안 되는 일인지도 모르겠군. 네가 미래에 새로 찾아낸 종족일 수도 있으니까. 인적이 닿지 않는 곳에서 남몰래 서식하는 강력한 종족 같은 것처럼."

"그런 이야기도 있었어."

오오, 메르티까지 이야기를 보충해 주는군.

대충 짐작이 간다. 변환무쌍류처럼, 파도의 첨병들이 설친 영향으로 숫자가 줄어들었다거나 하는 거겠지.

그 와중에 운 좋게 살아남은 자들이 지금의 하쿠코 종이라든가……. 뭐, 억측일 뿐이지만.

쿠텐로처럼 쇄국 상태였거나, 아니면 어딘가에 봉인되어 있었던 건지도 모른다.

아니면 마모루가 생색을 내며 친분을 쌓아서 보호한 걸까?

어쩌면 파도라는 현상을 이용해서 이민해 온 것일 가능성도 있다.

파도 때문에 역사에 많은 왜곡이 생겨났으니, 뭐가 옳은 건지 종잡을 수가 없다.

"조금 믿기 힘든 면도 있긴 한데……."

"작명 센스가 마모루스러우니까 나는 믿기로 할래."

레인이 가벼운 말투로 잘라 말했다.

"의심만 하면서 시간을 허비할 수도 없는 상황이고, 싸울 생각도 없어 보이는군. 솔직히 모조리 몰려와서 기습할지도 모른다고 생각했는데."

하긴, 우리가 침략자였다면 그런 수단을 쓴다 해도 이상할 건 없다.

전력을 총동원해서 이 녀석들에게 총공격을 가하면 처치할 수 있을지도 모르니까.

"그건 피차일반 아니야?"

"그건 그렇지. 일단 우리는 너희를 방문자로 받아들이도록 할게. 가능한 범위 안에서 최대한 협조도 해 주지. 돌아갈 수 있는 방법을 잘 찾아보는 게 좋을 거야."

"알았어."

"그나저나 등에 날개 달린 그 녀석들은 뭐지?"

"응? 필로리알들 말이야?"

"필로리알……?"

마모루가 어째 미간을 찌푸린 채 필로리알들을 쳐다보고 있었다.

뭔가 마음에 걸리는 점이라도 있었던 건가?

"반응을 보아하니 이 녀석들도 이 세계에는 없었던 모양이군. 마차 끌기를 좋아하는 별난 마물이야. 미래에는 세계 어디에서나 흔히 서식하는 녀석들이지."

이동용부터 식용까지 폭넓은 용도로 이용되는 생물이다.

애석하게도 필로처럼 하늘을 날 수 있는 필로리알은 없지만.

"필로리알이라……"

레인까지 필로리알들을 쳐다보며 중얼거렸다.

이렇게까지 의미심장하게 구니, 뭔가 있는 거 아닌가 하는 의심을 하지 않을 수가 없잖아.

"뭔데~?"

"왜 그래~?"

"으~응?"

"신경 쓸 것 없어. 그나저나, 너희는 이렇게 낯선 곳에 왔는데 무섭지는 않은 거니?"

"으~응…… 괜찮아. 나오후미랑 동료들이 다 해결해 줄 테니까. 그래도 안 된다면 키타무라가 구해 주러 올 테고~."

"그치~?"

필로리알 놈들은 이 와중에도 천하태평이군.

생각하기를 포기한 놈들이다. 역시 양산형 필로답다고 할까.

애석하게도 모토야스는 과거에 오지 못한다. 아니, 오지 말았으면 좋겠다.

하지만…… 녀석이라면 올 수도 있을 것 같아서 무섭단 말이지.

"이야기는 대충 이해했어. 그럼 나오후미 일행의 추측을 믿도록 하지."

그런 우리의 대화를 들은 마모루가 그렇게 말했다.

"물어보고 싶은 것이 많지만, 최대한 빨리 원래 세계로 돌아가고 싶어."

사람들에게 속기 이전 아무런 근심도 없던 예전의 내가 이런 시대로 표류해 왔다면 제법 흥분했을 법한 상황이지만, 지금은 빠른 귀환을 우선시하고 싶었다.

적들은 시간을 이동시키는 공격을 가한 것이다.

아마 원래 세계에서는 세인의 언니…… 윗치 세력이 설쳐 대고 있을 것이다.

그런 상황을 그냥 방치해 둘 수는 없었다. 빨리 돌아가서 녀석들을 처치해야만 한다.

"너희는 이렇게 상황을 설명해 주었으니까, 우리 쪽의 거점도 보여 주고 싶은데."

"심정은 이해하지만……."

나는 메르티와 마을 녀석들을 쳐다봤다.

우리가 원래 세계로 돌아가려면 어떻게 해야 하지?

방패에 간섭하거나 라프타리아의 도에 전송을 부탁하면 갈 수 있을까?

이 시대에 온 직후에 확인했을 때는 그것도 안 되는 것 같았는데 말이지.

그런 생각을 하고 있으려니, 라트가 마침 잘됐다는 듯 가슴을 쫙 펴는 모습이 눈에 들어왔다.

"훗훗……."

아아, 그러시겠지. 멸종한 마물들의 생태를 자세하게 조사하고 싶다 이거지? 하려거든 나중에 하라고.

나는 라트에게서 고개를 돌리고 마모루 일행 쪽으로 시선을 되돌렸다.

"뭐야, 대공. 나한테 기대지 않는 거야?"

"고문서 해독 같은 실적을 고려하면, 까놓고 말해서 이 자리에 없는 리시아나 쓰레기 말고는 두뇌 담당으로 본 적이 없어서 말이지."

라트는 연구자라는 모양이지만, 솔직히 말해 내 휘하에서는 마물을 치료하는 의사 역할에 가까워서 썩 의지가 되지는 않았다. 이세계 기술에 대한 해석도 마지못해서 하는 느낌이었고.

포브레이 쪽에서 연구를 하다가 타쿠토에게 밀려서 메르로마르크로 흘러들어온 경력도 있고 말이지. 그 타쿠토를 처치하는 과정에서 연구소 시설을 증축했다는 것도 이미 알고 있다.

"건방 떠는 것에 비해 생각보다 실적이 없어."

윈디아의 말에 라트가 울컥한 표정으로 윈디아를 쏘아봤다.

유능하다는 건 알지만, 윈디아의 말도 사실이었다.

"나는 앞뒤 안 가리는…… 검사체를 소중히 여기지 않는 연구를 싫어하는 것뿐이라구! 그 증거로, 대공이 좋아하는 라프 종의 건강 관리도 내가 맡아서 하고 있는걸. 종족 변이 클래스 업에 따른 후유증을 경감하는 것도 내 역할이고."

"뭐? 후유증 같은 게 있었어?"

"그야 당연히 있지. 대공, 어느 날 갑자기 몸이 다른 모양으로 바뀌면, 당장 움직이는 데에는 지장이 없더라도 어딘가 이상이 생기기 마련이야. 나는 그렇게 라프 종으로 변한 아이들의 변화 적응을 돕고 있었어."

자기는 눈에 안 띄는 조력자라는 주장인데…… 으음.

이런 실적만 가지고 평가하는 건 의외로 어렵단 말이지.

하지만 하고 있는 일 자체는 분명 칭찬받아 마땅한 일이다. 대충 대꾸할 수는 없었다.

"대공이 다른 사람들에게 맡겼던 기술 관련 내용들도 대충 훑어보기는 했어. 투척구의 칠성용사인 아이비레드 아가씨가 해독한 문서도 사본을 받아 뒀고. 그 외에 이세계에서 가져온 물건들에 대한 보고 서류 같은 것도 살펴봤어."

으음……. 주특기 없는 만능형 스타일인가? 라트가 리시아 2호였을 줄이야.

일단 마물 쪽에 특화돼 있긴 하지만, 실은 그 외의 것들도 그럭저럭 잘 안다는 건가?

"이봐, 대공. 연금술사라는 직업이 넓은 분야의 지식을 필요로 한다는 정도는 알고 있을 텐데? 액세서리 기술이나 요리 쪽에서나 대단한 실적을 가진 유능한 방패 용사님이라면 말이야."

끄응……. 라트 말도 일리가 있군.

요리에 사용했던 마룡의 피 같은 건, 마법 도구계로 분류되는 소재였고 말이지.

라트는 이럴 때야말로 박식한 자신이 나서야 할 때라는 생각에 자기주장을 하고 있는 것이리라.

"""라프~."""

라프 종이 된 마물들이 라트에게 몰려들었다.

믿고 맡겨도 좋다는 뜻일까.

마물들로부터의 신뢰도로는 나에 이은 이인자인 모양이기도 하고 말이지.

마룡과 만나게 하면 어떤 반응을 보일지 한 번 보고 싶다는 생각도 들었다.

"라프 종들의 추천이라면 하는 수 없지. 라트, 뭐 좀 있어?"

"물어보는 표현이 어째 엄—청 찜찜한걸."

"솔직히 말해서, 라프 종들의 추천이라는 점에 대해서 여러모로 항의하고 싶은 심정인데, 그래도 될까요?"

라트와 라프타리아가 나란히 언짢은 기색을 드러냈지만, 자기 힘을 빌리라고 한 건 라트 너였잖아.

"이야기가 샐 것 같으니까 라프타리아 이야기는 나중에 하자. 애초에 라프타리아는 라트를 썩 믿음직스럽지 못하게 느끼는 거야?"

"아뇨, 마을 사람들의 건강 진단도 해 주시고, 믿음직한 분이라고 생각하는데요."

"그럼 결정된 셈이군. 라트, 뭔가 단서가 될 만한 게 없을지, 같이 찾아보자."

"전문 분야는 아니지만, 지금은 대공 휘하에 이쪽에 대해 잘 아는 건 나밖에 없고, 덤으로 과거의 세계가 어떨지 궁금하기도 하고."

본심이 드러났군.

멸종한 마물들이 살아 있는 이 상황에서 라트 같은 연구자가 반응하지 않을 리가 없다.

무슨 수를 써서라도 자료를 구하려 들 게 분명하다.

"일단 라트는 같이 가기로 하고…… 혹시 모르니 마을 방어도 확실히 해 둬야겠지. 다 같이 갔다가 함정에라도 걸리면 도망칠 곳이 없어질 테니까."

"우리를 안 믿는 거냐?"

마모루가 미간을 찌푸리며 물었다.

"안 믿는다는 이야기는 한 적 없잖아?"

남을 너무 쉽게 믿으면 따끔한 맛을 볼 뿐이지 않은가.

"선배 방패 용사로서 충고 하나 하지. 방패의 강화 방법이 뭐였어? 신뢰 아니었어?"

"끄응……."

아픈 곳을 찌르는군.

방패의 강화 방법은, 서로가 서로를 신뢰함으로써 능력이 상승하는 것이다.

신뢰가 곧 힘이 된다.

어떤 의미에서 보면, 방패의 용사는 곧 신뢰의 용사라 해도 좋을 정도다.

"알고는 있지만, 나는 그 정도 경계심 없이는 살아남지 못할 삶을 살아왔다고."

"이 세계의 미래가 그렇게 암울한 거냐……. 우리의 싸움이 헛수고였다는 소리를 들은 것 같은 기분인데."

마모루가 그렇게 한탄했다.

알 게 뭐야. 네 실적과 훗날의 세계가 어떻게 이어져 있는지 판단할 길이 없단 말이다.

애초에 이 세계가 몇 년 전인지조차 모르는 판이다.

설마 10년이나 20년 정도는 아니겠지. 내 상상으로는, 최소한 100년 단위는 될 것이다.

기록이 부족한 걸 보면 천 년쯤 된 걸지도 모르겠다.

실트벨트는 건국된 지 얼마나 됐더라?

들은 적이 있는 것도 같은데……. 적어도 꽤 오래됐다는 건 분명하다.

"그렇게 마음 쓸 필요는 없는 거 아냐?"

레인은 뭔가 느긋해 보이는 반응이군.

"인질이라고 하면 좀 그렇지만, 우리 편 사람을 비무장 상태로 이 마을에 남겨두는 건 어때? 무슨 일 생기면 우리 쪽이 곤란해지게 말이야."

"그럼 제가……."

레인의 말에, 마모루의 동료 중 하나가 고개를 끄덕이고는, 무장을 풀고 양손을 들었다.

그림자의 인질이 됐던 녀석이 제일 먼저 자원했다.

자칫하면 제일 먼저 죽을 수 있는 자리에 자원하다니……. 그만큼 마모루를 믿고 있다는 뜻이겠지.

"이 정도면 되겠나?"

"그야 뭐……."

이렇게까지 하는데 안 믿을 수도 없는 노릇이다.

"나오후미, 나도 같이 갈게. 나는 어쨌거나 세계의 대표니까……. 이런 상황에서 숨어만 있을 수는 없어."

웬일로 메르티가 적극적인 소리를 하는군.

필로가 없으니 불안할 만도 하련만……. 어찌 됐건 여왕은 여왕이라는 거겠지.

"게다가 나오후미도 내가 위험에 처했을 때 지켜 줄 자신 정도는 있잖아?"

여왕을 지킬 정도의 실력도 안 되느냐는 식으로 은연중에 나를 다그치기까지 했다.

이것도 메르티가 성장한 거라고 생각해야 하는 걸까?

아니면 쓰레기의 교육 때문에 엉뚱한 방향으로 나아가기 시작한다고 봐야 할지 고민되는 상황이군.

"하아……. 알았어. 루프트, 메르티 대신 너와 포울이 마을 녀석들을 맡아."

"응!"

마음 같아서는 메르티와 같이 있게 해 주고 싶었지만, 상황이 상황이다.

루프트에게는 메르티를 대신해서 마을 녀석들을 지키는 역할을 맡겨야 할 것 같다.

나 참, 우리 진영에 있는 놈들은 하나같이 입만 살아서……. 하는 수 없지.

"메르티, 내 곁에서 절대로 떨어지지 마."

"물론. 오히려 나오후미 곁이 제일 안전하잖아?"

"아! 메르티, 치사하게—!"

그 말에 키르가 메르티를 가리키며 투덜거렸다.

"떠들지 마! 무슨 일이 일어날지 장담할 수 없으니까, 너희는 계속 마을 주위를 경계하면서 우리가 돌아올 때까지 기다려! 금방 돌아올 테니까."

"소인도 동행하겠소이다."

그림자가 기다렸다는 듯 메르티에게 경례하면서 말했다.

하긴, 너는 제법 도움이 될 것 같으니까.

첩보며 호위며, 이런저런 면에서.

"……."

세인도 같은 무기를 가진 용사에게 호기심을 느꼈는지 같이 가고 싶어 하는 눈치였다.

뭐, 어차피 가만 둬도 알아서 쫓아올 테니, 머릿수에 포함시켜야겠다.

이렇게 해서 나, 라프타리아, 라프짱, 메르티, 라트, 세인, 그림자가 같이 가게 되었다.

의외로 흔치 않은 편성이라고 볼 수도 있을 것 같다.

구체적으로 말하자면 필로가 없는 점, 그림자를 데려가는 점, 라트가 밖으로 나가는 점 등등이 말이다.

메르티 걱정 때문에 에클레르도 동행하고 싶어 했지만, 렌을 위해서 마을에 남겨두기로 했다.

"그럼, 가자."

마모루와 재봉 도구의 용사 레인이 우리에게 파티 신청을 보냈다.

전송 인원 제한 같은 것도 있을 테니까.

"도약침(跳躍針)!"

"포털 실드!"

순식간에 시야가 전환되고, 우리는 성의 안뜰 같은 곳으로 이동했다.

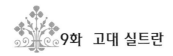# 9화 고대 실트란

　주위를 둘러보니 사람들 사이에 활기가 느껴지긴 했지만 메르로마르크에 비하면 건물이 낡아 보였고, 전쟁의 상흔에서 재건 중이라는 인상을 받았다.

　"여기는 어디지?"

　"나를 소환한 실트란이라는 나라야."

　"고대 실트란인가 보네. 옛날 역사서에 나와 있는 나라야. 고대 실트벨트가 건국되기 이전에 있었던 나라지."

　흐음. 메르티의 보충 설명 덕분에 약간이나마 알 것 같았다.

　다만…… 뭐랄까, 메르로마르크나 실트벨트에 비하면 성이 어쩐지 아담한 느낌이 들었다.

　실트벨트도 역사의 흐름에 따라 나름 호화로워진 거라고 해야 할까?

　"이런 분위기였구나. 건축 양식으로 보면 바닐라 형식인 것 같은데…… 어라? 뭔가 좀 다른 것 같기도 한걸."

　메르티가 고개를 갸우뚱거리고 있었다.

　뭐가 다르다는 거지? 그리고 애초에 바닐라 형식이라는 건 또 뭐야?

　"이 성은 미래에는 안 남아 있는 거야?"

　"전쟁의 영향으로 많이 소실돼 버렸으니까."

"또냐……."

보나 마나 성을 남기지 않으려고 파도의 첨병이 암약한 결과 겠지. 그 이야기도 이제 지겹다.

그나저나 그런 암울한 미래는 이 녀석들에게는 이야기하지 않는 편이 낫지 않을까?

지금 살고 있는 나라가 훗날에 역사 속에서 사라진다는 이야기를 들으면 의욕이 사라질 테니까.

"그나저나…… 뭐지? 으음……."

나조차도 대놓고 이야기하기 난감한 모습이었다……. 성도 그렇고 시가지도 그렇고, 사람들은 많지만 한마디로 살풍경해 보였다. 게다가 파도의 영향인 듯, 건물의 잔해도 많이 보였다.

중세 분위기의 세계이긴 하지만, 그걸 더 낡게 만든 느낌이라고나 할까?

키즈나 쪽 이세계인 라르크의 나라와도 좀 다른 낡음.

그리고 내가 아는 실트벨트 특유의 서양과 중국이 뒤섞인 듯한 시가지의 모습과는 전혀 달랐다. 돌과 나무를 섞어서 조악하게 지은 가옥들이 늘어서 있는 시가지였다.

"용각의 모래시계는 있어?"

"그래. 저기 저 건물에서 관리하고 있어."

마모루가 가리킨 곳은 성 바로 앞에 있는 건물.

용각의 모래시계를 성 근처에 설치하는 건 이 세계에서도 상식인가 보군.

그럼 미래에 용각의 모래시계가 있던 위치와 대조해 보면…….

"나오후미, 어떤 생각을 하고 있을지 짐작이 가니까 한마디

해 둘게. 오랜 세월이 지나면 강의 흐름이 변하는 것처럼, 용각의 모래시계도 위치가 변할 때가 있으니까, 그걸 참고할 생각은 접어 두는 게 좋을 거야."

그런 성질도 있는 거였냐. 은근히 귀찮잖아.

"그렇군……. 으음……."

주위를 둘러봐도 미래와 연관이 있어 보이는 건 찾아볼 수 없었다.

주위 풍경이 실트벨트에서 본 풍경과 비슷해 보이는 것 같은 느낌도 좀 들긴 했지만, 여기가 훗날의 실트벨트라는 이야기에 쉽게 수긍하기는 힘들었다.

실트벨트의 성 앞 도시 근처에는 밀림이 있었지만…… 여기는 군이 표현하자면 황량한 초원 같은 느낌이고 말이지.

뭐, 멀리서 대충 본 느낌에 불과하지만 말이다.

"일단 같이 성으로 가자. 이곳 사람들에게는 방문객으로 소개해 두지."

"알았어."

우리는 마모루의 안내에 따라 실트란이라는 나라의 성으로 들어갔다.

성 내부 역시 외관과 마찬가지로 아담했다.

메르티는 딱히 어색한 느낌도 없이 걸어갔기에, 우리도 그 뒤를 따라갔다.

여기가 훗날에 실트벨트가 되는 나라란 말이지……. 그런 것치고는, 오가는 아인들이 썩 강해 보이지 않았다. 실트벨트에 머물 때 봤던 야성적 인종의 도가니탕과 같던 모습과는 달리,

얌전한 인종으로 보이는 자들밖에 없었다.

수인종도 코볼트 정도로 보이는 아담한 녀석들밖에 없고, 덩치 큰 녀석은 찾아볼 수 없었다.

양 수인 같은 녀석들도 있군.

아, 리저드맨 같은 것도 있잖아. 실트벨트에서도 본 적이 없는 근육질 악어 타입이었다. 저 녀석은 전투력이 높아 보이는군. 머릿수는 얼마 되지 않는 것 같지만…….

으음……. 굳이 따지자면 이건 쿠텐로의 인종에 가까운데.

귀나 꼬리의 모양으로 미루어 보아, 아인종들도 쥐나 족제비 같은 녀석들이 많이 보였다.

음? 라프타리아의 시선이 족제비 같은 녀석에게 멈추어 있잖아.

"왜 그래?"

"아, 아뇨……. 아무것도 아니에요."

"라프~."

라프짱이 왠지 라프타리아의 어깨 위에 올라가서 울고 있었다.

너무 대놓고 두리번거리는 건 실례라고 말하는 것 같았다.

그리고 우리는 안내에 따라 실트란의 알현실로 이동했다.

"어서 오십시오, 마모루 님. 네."

양 수인이 그런 우리를 맞이해 주었다.

게다가 그 양 수인은 연미복을 입은, '양 집사'라는 표현이 적합해 보이는 차림이었다.

그리고…… 어미에 붙는 '네.'라는 말이 엄청 마음에 걸렸다. 그냥 착각이라고 쳐 두자. 그 녀석과 관련이 있을 리가 없다.

"무슨 일이 있었던 겁니까? 뒤에 계신 분들은 누구시죠? 네."

"아아. 녀석들은 사정이 있어서 이 시대로 온 놈들이야. 미래의 용사라고 하더군."

"그럴 수가! 네!"

"그리고 이 사람은 실트란의 대신이야."

"임금님은?"

"성의 마술사에게 배신당해서 돌아가셨어. 인망 높은 분이셨는데……."

나는 배신이라는 단어에 불쾌감을 느끼고 미간을 찌푸렸다.

왜 이 놈의 세계에는 이렇게 배신이 횡행하는 건지, 원.

"그래서 이 사람이 잡다한 공무를 대신 맡아 처리하고 있어."

"돌아가신 왕을 대신해서 실트란 국을 지키려 애쓰시는 방패 용사 마모루 님을 위해 공무를 맡아 하고 있습니다."

"한마디로 마모루가 실질적인 왕 노릇을 하고 있다는 거야?"

"나라의 대표라는 의미로 따지자면 그런 셈이지. 그래 봤자 많은 사람들의 조력 덕분에 버티고 있는 거니까, 장식 같은 존재라고 해도 과언이 아니지만."

"메르로마르크에서 나오후미의 포지션에 가깝다고 할 수도 있겠는걸."

"뭔가 필요한 게 있거든 이 사람한테 말하면 어지간한 건 마련해 줄 거야. 우선 국내외의 지도부터 부탁해도 될까?"

"알겠습니다. 바로 알아보겠습니다. 네."

아니, 이봐, 지도라는 건 꽤 중요한 물건이잖아. 지형을 아는 건 여러모로 유용하게 활용될 수 있으니까.

보여 준다니까 군말 없이 보긴 하겠지만, 그런 걸 순순히 보여 줘도 되는 거냐?

"여기 있습니다, 미래의 용사님."

양 대신이 명령하자, 부하들이 지도를 가져와서 우리에게 건넸다.

그중 몇 장을 펼쳐서 확인해 봤다.

전에 실트벨트 국내에서 퍼레이드를 한 적이 있었던 덕분에, 지리는 어느 정도 파악하고 있는 상태였다.

음……. 국명도 다르고 도시며 마을의 위치도 다르고 국토가 실트벨트에 비해 훨씬 좁긴 하지만, 산 같은 지형은 상당히 눈에 익었다.

세계 지도 쪽은…… 전혀 모르겠군. 비슷한 지형이 있었던 것 같긴 한데…….

메르티에게도 확인하도록 했지만, 마찬가지로 고개만 갸웃거릴 뿐이었다.

파도로 인해 융합하기 전의 세계는 이렇게 생겼던 건가?

모 유명 대작 게임, '마지막 환상' 다섯 번째 작품에는, 제1세계와 제2세계가 달라붙어서 제3세계가 생겨난다는 설정이 나오는데, 그런 식으로 세계가 뒤섞인 걸까?

다만…… 쿠텐로가 있는 동쪽 섬은 미래 세계와 똑같군. 문제는 섬의 형태가 그려져 있지 않다는 점이었는데, 아마 그 너머에 있을 것으로 여겨지는 상상의 섬 같은 식으로 그려져 있는 것 같았다.

"궁금한 게 하나 있는데, 그 배신자 마술사 녀석은 어떻게 됐지?"

"실트란 왕의 목을 가지고 적국인 피엔사로 개선했습니다."

"이 시대에도 그런 쓰레기가 있는 거냐!"

"왕과 함께 파도로부터 세계를 구해 달라고 나한테 부탁해 놓고 그런 만행을 저질렀어. 솔직히 마음 같아서는 죗값을 치르게 해 주고 싶은 심정이야."

도와달라고 나한테 은연중에 부탁하는 건가?

솔직히 내가 좋아하는 화제이긴 하지만, 애석하게도 지금은 그럴 때가 아니라고.

"언제 쳐들어올지 몰라서 무섭단 말이지."

"마모루가 있으니까 별문제는 없을 테지만 말이야."

레인이 이야기를 보탰다.

호오⋯⋯. 이 녀석은 적들로부터 그런 평가를 받고 있는 건가.

"아주 큰 나라인데, 무슨 일이든 힘으로 해결하려고 드는 나라야. 인종 차별이 없다는 걸 자랑하고 있지만⋯⋯ 자기 나라의 정의가 세계의 정의라고 믿는 나라랄까?"

실드프리덴 같은 나라군.

나도 이야기로만 들은 게 전부지만, 메르티 왈, 자유를 추앙하면서도 권력을 갈망하는 기묘한 나라라고 했다.

타쿠토의 떨거지였던 아오타츠 종이 통치하던 나라이니 그럴 만도 하긴 하지.

일그러질 대로 일그러진 나라였다는 뜻이리라.

패전 소식을 듣자마자 손바닥 뒤집듯 태도를 바꾼 건 아주 유명한 이야기다.

"방대한 국토를 갖고 있으면서도, 이익을 자신들에게 넘기라는 둥, 용사는 자기 나라에 걸맞은 존재라는 둥 하는 소리를 하니까 말이야."

"자기들 말을 안 듣는 마모루를 없애려 든다는 이야기지?"

"응. 마음에 안 든다는 이유로 벌써 몇 번이나 암살자를 보내왔어."

그때 메르티가 내 옆구리를 쿡쿡 찌르며 속닥거렸다.

"역사상에는 난폭하게 날뛰던 나라로 알려져 있어. 최종적으로는 실트벨트와의 전쟁에서 패배하고 멸망하게 되는 나라야."

결과론적으로 판단하자면, 굳이 우리가 관여할 안건은 아닌 것 같군.

"그래서? 우리가 마을이 있는 곳을 사용하도록 허락해 주는 조건으로 복수를 거들어 달라는 거야?"

"나오후미 일행에게 전쟁에서의 협조를 부탁할 생각은 딱히 없어."

"거짓말이면 가만 안 둘 줄 알라고."

"당연하지. 단, 최대한 조심하는 게 좋을 거야. 방패 용사가 한 명 더 늘어났다는 게 알려지면, 나오후미 일행에게까지 피해가 미칠 지도 몰라. 무엇보다, 거기는 입지가 좀 안 좋아."

"무슨 뜻이지?"

"우리가 거기에 있었던 것도, 녀석들이 쳐들어오지 않을까 싶어서 경계하느라 그랬던 거였거든."

"……."

그 말인즉슨, 우리 마을이 출현한 곳은 실트란과 피엔사의 중간 지점이었다는 뜻인가.

전쟁이 시작되면 마을 녀석들을 모조리 피난시키는 게 좋을지도 모르겠군.

지키기 위해 싸울 것인가, 도망칠 것인가…….

"그러니까 조심하도록 해."

"알았어. 그런 경고를 할 거라면 국내에서 자유롭게 움직일 수 있도록 해 주면 좋겠는데."

"준비시킬게."

마모루가 대신에게 통행증 발행을 지시할 모양이었다.

"뭐, 피엔사라는 나라를 자극하는 걸 피하기 위해서라도, 렌이나 포울을 비롯한 용사들이 역사를 발설하지 않도록 주의하지. 그렇게 하면 어느 정도는 속일 수 있을 테니까."

"그렇게 하는 게 좋을 거야."

"그나저나…… 이제 어쩐다? 솔직히 말하면 원래 세계로 돌아갈 수단을 강구해야 할 상황이지만, 애석하게도 아이디어가 떠오를 것 같지가 않으니 말이지."

만약에 키즈나 쪽 세계였다면 고대 미궁 도서관 같은 편리한 시설이 있을 텐데 말이지.

거기라면 타임머신 설계도 같은 것도 있을 것 같다.

"대공, 나는 이 틈에 인근 지역을 조사해 두고 싶은데, 그래도 될까?"

"군이 그렇게 안 해도 이 성에서 관련 자료를 입수할 수 있을지도 모르잖아?"

"하긴 그래."

"그러시다면, 우리 성에 유능한 분이 계시니 한번 만나 보시는 것을 추천 드립니다."

대신의 말에 마모루가 시선을 돌렸다.

"응. 그 사람이라면 여러모로 힘이 될 수 있을 거야."

"다만…… 그분께서는 조금 전에 외출하셔서 말입니다…….
네."

"아—…… 길이 엇갈렸나 보네."

"네."

유능한 분이라.

"어떤 녀석이지?"

"우리 입장에서도 없어서는 안 될 만큼 유능한 연구자야."

"동시에 채찍 용사이기도 하다구."

채찍 용사라……. 타쿠토가 떠올라서 찜찜한데.

뭐, 채찍의 칠성무기는 구조하는 데 성공했으니, 미래에도 어딘가에서 새로운 용사를 선정해 주면 좋을 텐데.

"그럼 멋대로 연구실에 갔다가는 혼나겠네."

그런 이야기를 하고 있을 때였다.

"마모루 형 어서 와—!"

활기찬 목소리와 함께, 아인 꼬마들이 옥좌의 방에 우르르 쏟아져 들어왔다.

응. 꼬마들이라는 표현이 딱 적당하겠군. 어린애로밖에 보이지 않는 녀석들이다.

"어라? 이 사람들은 누구야—?"

"인간 종이지?"

"어쩐지 마모루 형이랑 분위기가 비슷한 것 같은데?"

"그래? 좀 무섭지 않아?"

"으음……. 마모루 형보다 자상해 보여."

꼬마들이 우리를 빤히 쳐다봤다.

솔직히 불쾌한데……. 녀석들이 나를 따르기 시작하면 귀찮아질 것 같았기에, 거만함을 과시하기 위해 턱을 추켜들었다.

"나오후미가 자상해 보인다구?"

"야심 넘치는 게 아니라?"

"놀라운 말이오이다."

메르티와 라트, 그리고 그림자가 뜻밖이라는 듯 나를 쳐다봤다.

하긴 그럴 만도 하지. 왜 나를 보고 자상해 보인다고 한 건지, 나 스스로도 이해가 안 되니 말이다.

"이렇게 빨리 나오후미 님을 올바르게 인식하다니……. 놀라운 일이에요!"

"라프~."

"……."

라프타리아, 라프짱, 세인 역시 하나같이 놀란 표정이었다.

안타깝지만 그건 잘못된 반응이라고.

"라프타리아 눈에는 내가 자상한 놈처럼 보여?"

"으음……. 외모가 아니라, 마음이……."

이 대목에서 말끝을 흘리는 건, 오히려 좀 슬퍼지는 것 같은 기분도 좀 들었다.

뭐, 나는 당한 일은 꼭 되갚아 주는 어린애 같은 놈이니까.

대충 알 것 같다. 실트벨트 녀석들의 경우를 봐도 그렇고, 방패의 성무기에는 아인들이나 수인들이 본능적으로 나를 아군으로 인식하게 만드는 보정 기능이 딸려 있는 거겠지.

고양이 귀가 달린 여자아이가 고개를 갸우뚱거리며 내게 다가왔다.

"눈매가 다정한걸."

"내가 무슨 맹수냐?"

뭐야, 이 꼬마는!

"사람 낯 많이 가리는 시안이 하는 말이니까 확실할 거야!"

어째 꼬마들이 친근하게 굴며 우리 쪽으로 다가왔다.

빌어먹을! 나를 얕보지 마라!

"멋대로 나를 평가하고 다가오지 마."

"이 오빠, 어쩐지 억지로 허세 부리는 것 같아."

"뭐가 어째? 망할 꼬맹이가."

"나오후미 님, 어린애 상대로 정색하지 마세요."

큭…… 왜 여기에 와서까지 꼬마 놈들에게 얕보여야 하는 거냐! 기분 더럽게!

"하긴…… 같이 있다 보면, 나오후미는 어쩐지 억지로 강한 척한다는 느낌이 들긴 해. 의외로 다들 알아보나 보네."

메르티! 이 자식, 두고 보자고!

"라프~?"

"와, 이 생물은 뭐야?"

"귀엽다~ 복실복실해~."

"랏프~."

라프짱이 보란 듯이 애교를 부려대며 울었다.

쓰다듬는 꼬마들의 손길이 약간 거칠었지만, 라프짱은 고작 이 정도에 싫은 내색은 하지 않는단 말이지.

여기서도 라프짱을 포교해서, 역사에 이름을 남기고 말겠어!

"나오후미 님?"

*끄응……*. 더 이상 그 생각을 했다가는 라프타리아에게 들킬 것 같으니, 이쯤 해 둬야겠다.

나는 마모루 쪽으로 시선을 돌렸다.

"이 아이들은 전쟁으로 부모를 잃었어. 내가 보호하고 있지."

"호오……."

자선활동을 하고 있다는 거군. 나로서는 도저히 흉내도 낼 수 없…… 아니, 나도 하고 있군. 마을 녀석들도 비슷한 상황이니까.

키르 같은 애들과 친하게 지낼 수 있을 것 같은 녀석들이다.

"여기 이 누나는 본 적이 있는데? 어라? 다른 사람인가?"

라프타리아를 다른 사람으로 착각한 건지, 꼬마가 고개를 갸우뚱거렸다.

"아아, 그 일 말인데, 나중에 소개──"

"그래. 라프타리아와 꼭 닮았다는, 쿠텐로에서 온 그 녀석과는 꼭 한 번 이야기를 해 보고 싶은데."

"응. 그럼 그 사람 소재도 파악해 둬야겠네."

"지금 당장 부를 수는 없는 거야?"

"그렇게까지 친밀한 사이는 아니니까. 이런저런 사정이 있어서 말이지."

"마모루는 그 사람의 신뢰를 제대로 못 얻었거든. 친하게 지내려고 노력하긴 하는데, 서로의 지위 같은 문제도 있어서 친하게 지낼 수가 없는 상황이야. 뭐랄까…… 좀 고지식한 느낌이고, 나오후미의 오른팔로 있는 애보다는 기가 드센 아이야."

레인이 우리에게 소개시켜 주고 싶은 사람에 대해 줄줄 늘어놓기 시작했다.

"흐음……."

"자, 자, 우리는 이야기해야 하니까 어서들 밖으로 나가렴."

"어, 그치만~."

아이들은 뭔가 항변하려 했지만, 마모루는 이제 비밀 이야기를 해야 한다는 듯 입 앞에 검지를 세우며 타일렀다.

그런데…… 시안이라는 아이의 표정은 어쩐지 어두워 보였다.

뭔가 사정이 있어 보여서 찜찜하군. 불신감이 차오르는 기분이다.

다만, 그 표정에서는 싸움을 결심했을 때의 키르와 비슷한 인상이 느껴졌다.

"알았어. 그럼 나중에 또 올게."

"바이바이!"

활기차게 흔드는 녀석들에게 가볍게 손을 흔들어 주고 밖으로 내쫓았다.

"으음……. 헛걸음이 된 것 같아서 좀 미안한데. 꼭 소개해 줄 테니까 그때까지 기다려 줘."

"그 정도는 아니니까 신경 쓸 것 없어. 갑자기 찾아온 거니까 준비하는 데 시간이 걸릴 수밖에 없겠지. 그리고 어차피 우리는 한동안 여기서 지낼 수밖에 없을 것 같으니까."

솔직히, 어떻게 해서든 돌아갈 방법을 찾아내야만 한다.

그리고 미래로 돌아갈 방법을 그리 쉽게 찾아낼 수 있을 것 같지는 않았다.

어차피 조만간 많은 것들을 알게 되리라.

"이번에 여기 온 목적 중에는 용각의 모래시계에 무기를 등록하는 것도 있었어. 그러면 파도가 언제 올지도 알 수 있을 테니까."

파도가 올 시간이 내 시야에 나타나는데, 그 표시가 좀 묘하다. 이걸 안정시키려면 그렇게 해야겠지.

"그뿐만이 아냐. 세인 문제도 있어."

나는 레인 쪽을 보며 물었다.

"너는 재봉 도구의 권속기 소지자라고 들었는데, 뭐 좀 물어봐도 될까?"

"물론이지. 나한테 뭐가 궁금하니? 마모루와의 첫 만남 같은 거? 아니면 원래 내가 살던 세계에 대한 거? 그것도 아니면 이 세계의 맛있는 음식 같은 거?"

잇따라 질문을 던져 대는 바람에 대답할 타이밍을 잡기 힘들었다.

그리고 밥 이야기는 왜 나오는 건데?

"우선 네 세계에 대한 이야기부터. 세인이 있던 세계와 같은 세계인지 확인해 보고 싶어. 권속기가 있다는 건, 성무기도 있다는 뜻이겠지. 그 세계에는 어떤 성무기가 있었지?"

"알았어. 내가 있던 세계의 성무기……라고 부르기에는 소지자가 좀 미묘하지만, 갑옷의 성무기와 반지의 성무기가 있어."

"갑옷과 반지?"

그걸 무기라고 할 수 있는 건가? 굳이 분류하자면 방어구와 액세서리잖아.

슬쩍 세인 쪽을 쳐다보니, 움찔 놀라면서 시선을 외면했다.

"보아하니 정확한 것 같군."

"어머어머…… 기분이 좀 그런걸. 내 세계가 미래에 멸망한다니 말이야."

부정하지 못하는 세인의 반응이 곤혹스러운 듯, 레인은 미간을 찌푸렸다.

"그 '어머'를 연발하는 거, 입버릇은 아니겠지?"

"그건 아닐 것 같은데……."

으음……. 세인 쪽 세계 사람들이 갖고 있는 공통된 대화 패턴인지도 모르겠군.

세인의 등에 날개가 돋아나는 건 본 적이 없으니, 레인의 직계 자손인 것도 아닐 테고 말이다.

"그나저나 갑옷과 반지라는 건 대체 어떤 무기지?"

이츠키의 부하였던 갑옷남이 뇌리를 스치는군.

내가 마음속으로 부르고 있는 닉네임 때문이겠지.

"반지는 고리 모양이기만 하면 어지간한 건 허용해 주는 관대한 무기인데, 마법을 주특기로 하는 성질이 있어. 갑옷은 방패와 마찬가지로 방어계였지."

"기본적인 면에서는 별 차이가 없다는 거군."

"많은 파도를 거치면서 타세계와 교류…… 교전해 본 경험에 따르면, 갑옷과 방패는 모두 방어의 성무기로 분류돼. 좀 더 자세히 연구해 보면 더 자세한 정보를 얻을 수 있을지도 모르지. 하지만 갑옷의 용사님은 전신갑옷을 입고 날뛰어 대니까, 방어계라고 부르기에는 좀 문제가 있는 것 같기도 해."

"날뛰어 댄다고?"

전신갑옷을 입고 마물의 공격이건 인간의 공격이건 다 막아낼 수 있는 놈이라고 해도, 방어계라면 나와 같은 전투 방식밖에 쓸 수 없을 터였다.

그런 갑옷 자식이 무슨 수로 날뛴다는 거지?

"제법 편리한 성무기라고 할 수 있지 않을까? 건틀릿 부분을 사출해서 상대를 때릴 수도 있고 말이야."

그 말을 듣는 순간, 머릿속에서 갑옷이 로봇으로 변했다.

로켓 펀치 같은 건가?

"그렇게 하는 건 본 적 없어."

아, 세인이 고개를 가로젓고 있다.

보아하니 세인이 알고 있는 갑옷 용사는 로켓 펀치를 사용하지 않았나 보군.

"나오후미와 같았어."

"나와 같은 방어 전문이었다는 거군."

세인은 꾸벅 고개를 끄덕였다.

"방패가 방어 전문? 아니, 후려지면 되잖아."

우리의 대화를 들은 마모루가 놀랄 만한 질문을 던졌다.

아니, 반대로 내가 묻고 싶은데.

"그건 또 무슨 소리야?"

"왜 방어만 하느냐 이야기야. 어느 정도 공격해서 상대의 공격을 자기한테 끌어와야 할 거 아냐?"

"응?"

마모루 녀석, 진짜 무슨 이야기를 하는 거지?

그러고 보니 싸울 때 어느 정도 충격이 있었던 것 같은데? 그건 혹시…….

"나오후미, 그냥 직접 눈으로 보는 게 낫지 않을까?"

메르티가 기다렸다는 듯, 시험 삼아 직접 때려 보라고 나를 도발했다.

하긴 여기 있는 멤버들, 라프타리아, 라프짱, 메르티, 라트, 세인, 그림자 중에서, 마모루 일행에게 알기 쉽게 설명하기에 가장 적합한 건…….

"그림자를 다른 사람…… 타쿠토로 변장시켜서 후려치는 게 그림이 제일 잘 나올 것 같은데."

"그럴 수가! 소인을 때리고 싶다는 것이오이까?"

"이런 때만 자기주장 하지 마. 메르티를 때리면 내가 악당 같아 보이잖아."

"시져시져, 이오이다."

징그럽게 웬 애교냐. 순순히 변신해서 얻어맞으라고.

"흥. 나오후미의 공격 따위는 맞아 봤자 간지럽지도 않아."

"헛! 사람 열 받게 만드네. 뭐, 알아보기도 쉽고, 안 될 것 없겠지."

"어, 어이……. 무슨 이야기를 하는 거지? 꼭 나오후미가 그 애를 때리겠다는 이야기 같잖아."

"그냥 구경이나 해."

메르티가 자기 뺨을 때려 보라는 듯 도발했기에, 그대로 후려쳤다.

마모루 일행은 눈앞에서 펼쳐지는 광경을 믿을 수 없다는 듯 입을 떡 벌리고 있었다.

"역시 나오후미는 나오후미라니까."

예상대로 메르티는 상처 하나 입지 않았다.

레벨의 영향도 있겠지만, 정말로 흠집 하나 나지 않았다.

"큭……. 메르티, 나중에 두고 보자고."

"예전에 나를 깔봤던 일, 난 아직 용서 안 했다구!"

"사이가 좋은 건지 나쁜 건지……. 그냥 그게 나오후미 님과 메르티 님의 관계겠지만요."

"솔직히 대공도 참 안됐다니까……. 이렇게 살아 있는 게 용하다 싶을 만큼 말이야."

뭐가 어째? 타쿠토 따위 때문에 학회에서 밀려난 녀석이 남을 동정하는 거냐?

"닥쳐. 나를 동정 어린 눈길로 쳐다보지 마!"

빌어먹을! 같은 편이 동정하는 대상이 되다니, 이렇게 기분이 더러울 수가!

어떤 방법을 써서든 이 대가는 반드시 치르게 해 주고 말겠어!

"저…… 나오후미 님? 지금 누구와 싸우고 계신 거죠?"

"나를 동정하는 시선으로 쳐다보는 녀석 전부."

"적이 너무 많은 거 아냐?"

메르티까지 그런 눈으로 쳐다보다니!

불쌍한 녀석 쳐다보는 눈길로 나를 쳐다보지 마! 나는 불쌍한 놈이 아니란 말이다!

"이럴 수가……. 미래의 방패 용사는 공격을 못한단 말인가?"

"방금 본 그대로예요. 그렇게 반응하는 걸 보면, 선대 방패 용사님은 공격을 할 수 있나요?"

그러자 마모루는 고개를 끄덕였다.

역시 그랬군. 아까 그건 대미지를 입힐 수 있는 공격이었다는 거지?

"그러고 보니 묘한 충격이 있긴 했어. 특정한 스킬에서만 적용되는 건가?"

"아니……. 그냥 방패로 후려치면 대미지가 들어가게 돼 있는데. 동료들에 비하면 보잘것없는 수준이지만."

"나오후미 님, 설마 지금까지 방패를 잘못 쓰신 건 아니겠죠?"

"……나는 공격 못 해."

윗치와 함께 다니면서 처음으로 벌룬을 때렸을 때부터 증명된 사실이다.

맨손으로 안 된다면 방패로! 라는 식의 시도도 물론 해 봤다.

그래도 대미지가 안 들어가는 건 마찬가지였단 말이지.

지금도 마물과 전투를 벌이면서 가끔 후려쳐 보기도 하지만, 공격이 먹힌 적은 없었다.

스테이터스를 아무리 끌어올려도 공격력 수치는 꿈쩍도 하지 않았다.

미세하게 존재하는 해방 보너스 덕분에 1이나 2 정도 오르는 게 고작이었다.

최근에는 그런 방패도 없어져서, 올릴 수 있는 수단이 없는 거나 마찬가지가 된 지도 이미 오래였다.

젠장…… 방패 자식. 선대 용사인 마모루는 공격할 수 있었는데 나는 못 한다니, 이게 뭐 하는 짓이냐.

"여기서 이 사실을 이야기해도 됐던 것이오이까?"

그림자가 속닥거리는 목소리로 물었다.

상관없어. 공격할 수단이 아예 없는 건 아니니까.

내가 싸울 수 없다는 사실에 방심하고 엉뚱한 짓을 벌인다 해도, 격퇴해 버리면 그만이다.

메르티도 그걸 알고 있었기에 나를 도발한 것이리라.

"게임 식으로 말하자면 빌드나 스테이터스의 차이 같은 건가?"

"그런 거 아닐까? 아니면 방패 정령의 변덕이거나."

온라인 게임에서는, 자신의 취향에 따라 스테이터스를 배분할 수 있는 경우도 그리 드물지 않다.

이 경우 나는 공격에 대한 스테이터스 배분을 완전히 포기한 방어 특화형이고, 마모루는 공격도 가능하도록 한 밸런스형.

최종적인 방어력으로 따지면 내가 앞서지만, 전투의 용이성으로 따지면 마모루의 형태도 나쁘지 않다는 소리를 들을 것 같다.

솔직히…… 나도 내가 좋아서 탱커 노릇을 하는 게 아닌 만큼, 마모루의 형태가 부러워서 못 견딜 지경이었다.

나도 특정한 스킬을 통하지 않고도 공격할 수 있는 힘이 있었다면, 한결 싸우기 편했으리라.

"지금과 미래 사이에 차이 같은 게 있는 걸까?"

"미래에서는 활의 용사가 총기도 다룰 수 있었으니까."

활에서 석궁, 석궁에서 총기 식으로 적용 범위가 넓어지는 건지도 모른다.

그러고 보니 렌의 검은 도에도 해당한다고 했었지.

모토야스의 경우는 자루가 긴 무기는 거의 다 해당한다고 했고…… 실은 지팡이의 경우도 봉으로 취급되는 건 복제할 수 있었다.

그 점으로 보자면…… 방패는 범위가 참 좁다니까.

대형 방패 같은 것도 있긴 하고, 지금까지는 그럭저럭 버텨 오고 있지만, 용도의 폭이 좀 더 넓었으면 하는 바람이 있었다.

……아, 일단 팔 토시나 건틀릿 일부도 복제할 수 있긴 했지. 어디까지나 방어를 전제로 한 운용에만 한정되었지만.

"총기라……."

마모루가 뭔가 중얼거렸다.

"활의 용사에게 알려지면 곤란한 이야기군."

"뭐야? 무슨 문제라도 있어?"

"그래. 이 세계 활의 용사와 방패 용사는 같은 편이라고 하기 힘든 관계야. 그런 활의 용사가, 자기가 총기까지 커버할 수 있다는 걸 알면 좀 곤란하단 말이지."

활의 용사와 화해라…… 이츠키와 내가 서로 이해하기 힘들었던 걸 생각하면, 불화가 있는 것도 이해가 갔다.

엄청난 난제다. 대화로 해결할 수 있는 상대가 아니다.

그렇다고 해서 죽일 수도 없다.

"너희도 참 사면초가 신세군."

"어쩔 수 없잖아? 파도의 흑막이 암약하고 있으니까."

"신을 참칭하는 자 말이군."

"맞아. 자기들이 신이라도 된 줄 아는 재수 없는 놈들이지."

게임 지식마저도 함정이 되는 상황이다.

이런 과거 시대부터 암약해 왔었던 건가.

하긴, 파도와는 떼려야 뗄 수 없는 존재가 하는 짓이니 그럴 만도 하겠지.

"신을 참칭하는 자와 대항할 수 있는 자들이 달려올 때까지는 우리가 싸워야 한다는 이야기야. 그건 내가 있던 세계도 마찬가지였고 말이야."

"그래야겠지. 그런데 너희는 그 대항할 수 있는 자를 만난 적 있어? 그리고…… 훗날의 역사를 위해 뭐 좀 건조해 놓거나 한 건 없고?"

은근슬쩍 물어봤다.

그랬더니 마모루 일행은 고개만 갸우뚱거릴 뿐이었다.

그래서 나는 종이를 꺼내서, 피트리아의 유적 벽화에 그려져 있던 걸 그려서 보여 주었다.

"이런 고양이 같은 수인이 그려진 벽화가 우리 시대 유적에 남아 있는데 말이지."

"고양이 수인? 이게 신을 참칭하는 자에게 대항할 수 있는 존재야?"

아, 반응을 보아하니 모르는 것 같군. 틀림없다.

필로리알도 없는 것 같으니, 피트리아는 지금보다 늦은 시대에 태어난 거라고 봐도 좋을 것 같군.

어느 시대의 용사가 그 유적을 만든 건지, 원.

뭐, 수수께끼가 많은 건 어쩔 수 없다.

"지금과 우리 시대의 중간 지점에는 온 적이 있다는 모양이야. 그 점 정도는 기억해 두는 게 좋을지도 몰라."

"그렇군…… 알았어."

"미래의 방패 용사는 우리한테 더 궁금한 거 없니?"

"그럼, 레인. 너는 왜 마모루의 동료가 돼서 활동하고 있는 거지? 아니면 손님 신분으로 일을 도와주고 있는 거야?"

글래스나 라르크처럼, 우리 족 세계에 찾아와서 미지의 무기를 해방시키고 있는 것 아닐까.

그 과정에서 협력 관계가 된 것 아닐까 하는 게 내 추측이었다.

"용사 간의 사이가 꼭 나빠야만 한다는 법은 없잖니? 서로 싸울 수밖에 없는 상황이 자주 생기지만 말이야."

"하긴 그렇지. 그 점은 과거나 미래나 똑같나 보군."

신을 참칭하는 자는 갖은 흉계를 부려서 용사 간에 분란을 일으키려 든다.

렌이며 이츠키, 모토야스에게 그릇된 게임 지식을 심어 주어서 어중간하게 강화시키고, 다른 용사들을 앞서야겠다는 생각을 심어 주는 등으로 말이지.

"내 경우는 여동생이 파도 때문에 이 세계에 흘러들어왔거든. 그 인연으로 마모루와 친해진 거야."

"여동생이라."

나는 슬쩍 세인 쪽을 쳐다봤다.

언니가 그런 성격이고, 여러 세계를 돌아다니고 있다.

재봉 도구의 권속기는 악연이 따라다니기라도 하는 것 같군.

"그 외에는 뭐가 있지? 될 수 있으면 나오후미 일행과 더 많은 이야기를 하고 싶은걸."

"너, 수다 떠는 걸 엄청 좋아하나 보군."

"물론!"

그렇게 신나서 대답하면 어쩌자는 거냐.

"있잖아, 나오후미."

"뭐지?"

"역시 나오후미랑 섹스하면 안 아프니?"

"무슨 뚱딴지같은 소리야?!"

이런 상황에서 갑자기 음담패설을 꺼내는 레인에게 반사적으로 고함쳤다.

아프니 안 아프니 하는 이야기가 뜬금없이 왜 나오는 거냐. 내가 그딴 걸 알 게 뭐냔 말이다.

"응? 나오후미는 공격력이 없잖아? 그건 즉 아프지도 않다는 뜻이 되지 않니? 그러니까 쾌락만 남는다는 뜻이 되는 거 아냐?"

당연한 거 아니냐는 듯 고개를 갸우뚱거리며 순진한 질문을 던지는 레인의 모습에, 살의가 솟구쳐 올랐다.

"……이론적으로 따지면 그럴 것 같긴 한데."

그 말에 라트가 새로운 발견이라도 한 듯 대답했다.

"너까지 그러기냐! 헛짓거리 집어치워!"

이 이론이 실증되면, 나는 살아 있는 성적 장난감으로 인증 받는 꼴이 된다.

그건 절대로 받아들일 수 없다!

이런 상황에서, 공격력이 없다는 점이 그런 음란한 의문을 촉발하리라고는 생각도 못 했다.

공격력이 없다고 판단한 녀석들이 덤벼드는 것보다 더 성가신 상황이 될 수도 있잖아!

이런 인식이 퍼지는 건 기필코 막아야 한다!

"설마 나오후미는……."

레인, 네가 이름을 대지 않았을 경우의 별명을 결정했어!

섹드립녀다!

다행인 줄 알라고. 내 앞에서 이름을 댄 덕분에 불명예스러운 호칭으로 불리는 걸 피할 수 있게 됐으니까.

레인이 나를 가리키면서 라프타리아를 비롯한 동료들 쪽을 쳐다봤다.

그러자 동료들은 일제히 긍정하듯 고개를 끄덕였다.

"고지식한 애구나."

"시끄러! 어쩔 수 없잖아!"

이런저런 우여곡절을 겪는 바람에, 그런 생각이 안 들게 된 것뿐이란 말이다!

마롱도 그렇고 레인도 그렇고, 대체 뭐야! 내가 그 짓을 했어야만 한다는 거냐? 엉?!

"이제 슬슬 대공도 라프타리아 씨와 해 보는 게 어때? 그렇게 하면 아픈지 안 아픈지 알 수 있잖아."

"맞아. 나오후미는 너무 건전해서 탈이라니까."

"더 이상 뜸 들이는 건 오히려 괴롭히는 거 아니오이까?"

"저, 여러분? 나오후미 님을 더 자극하지 말았으면 좋겠는데요……."

"라프~."

"죽어도 안 해!"

지금 확인할 수는 없다.

라프타리아의 입을 막는다고 해도 어디선가 이야기가 새나갈 지 장담할 수 없으니까. 게다가 라프타리아에게 손을 대고 원래 세계로 돌아갔을 경우, 범고래 자매가 그 사실을 알면 어떻게 반응할지 무서웠다.

그 녀석들, 라프타리아와 내가 관계를 맺고 나면 다음은 자기 들 차례라느니 하는 소리를 떠벌려 댔으니까.

"……."

세인도 약간 호기심이 깃든 눈으로 이쪽을 쳐다보고 있었다.

귀찮으니 무시하기로 했다.

"대체 뭐 하는 거예요! 이런 문제에 대해 이제야 간신히 열렸 던 나오후미 님의 마음이 다시 닫혀 버리잖아요!"

라프타리아, 그 반응도 마음에 안 드는데. 이 화제에서 좀 벗 어나면 안 될까?

아트라의 부탁이라 해도 이건 절대 양보할 수 없다!

마모루 쪽을 보니, 마모루는 슬쩍 시선을 회피했다.

이 자식…… 그런 거냐?! 성적인 문제로 여자에게 놀림당하 는 내 슬픔을 나눌 수 없는 거냐?!

같은 방패 용사라도 결정적인 차이가 있는 모양이군.

"레인, 불쌍하니까 이 화제에는 그만 끼어들자."

"그래?"

레인이 장난감을 발견한 어린아이 같은, 세인의 언니를 연상케 하는 얼굴로 나를 쳐다봤다.

더 이상 끼어들면 대가를 치르게 해 주마! 나를 동정하지 말란 말이다!

"화제를 바꿔요. 레인 씨, 날개를 갖고 계셨죠? 그건 마법 같은 걸로 만들어 낸 건가요?"

라프타리아가 레인에게 물었다.

지금 레인의 등에 날개는 보이지 않았다.

하지만 전투 중에는 날개가 있었고, 능력치도 상승한 것처럼 보였다.

"아, 빛의 날개 말이니? 이건 우리 종족이 가진 특수 능력이란다."

레인이 그렇게 말하고 힘을 주자, 등에 빛나는 날개가 형성되었다.

두둥실 레인의 몸이 떠올랐다. 비행 능력까지 있다니 제법 편리하겠군.

"체력과 마력, 게다가 생명력까지 크게 소모되어서 오랫동안 만들 수 없는 게 난점이지만."

"아인이 수인화하는 것과 비슷한 건가 보군."

"딱히 틀린 건 아닐 거야."

그런 힘도 있는 건가.

"종족의 특수 능력이란 말은, 레인은 인간이 아니라고 생각해도 되는 거지?"

"맞아. 내 세계에서는 천인종(天人種)이라고 불렸고, 인간들은 우리를 천사라고 부르기도 했어."

"얼핏 보면 인간처럼 보이지만 아인이라는 거군."

세상이란 참 넓군……. 아니, 잘 생각해 보면 글래스와 테리스도 외모만 보면 한없이 인간에 가깝지만.

반투명해지거나 보석이 붙어 있거나 한 정도가 고작이니까.

"네 곁에 있는 세인 씨도 천인 아니니?"

"그랬어?"

세인 쪽을 쳐다보자, 세인 본인은 전혀 모르겠다는 듯 고개를 가로저었다.

"몰라."

"그치만……."

레인이 세인에게 다가가서, 어깨에 손을 얹고 기 같은 무언가를 흘려 넣었다.

"응. 힘의 흐름이 좀 약하긴 하지만, 세인 씨도 나랑 같은 힘을 낼 수 있을 텐데? 혹시 필요하면 가르쳐 줄까?"

"그게 좋겠군. 세인은 꼭 익히는 게 좋겠어."

솔직히 말하면 재봉 도구 권속기의 움직임이 이제 대놓고 불안해졌고, 세인 본인의 약체화도 눈에 띄게 나타나고 있었다.

요리 강화나 레벨 상승 등으로 버티고 있지만, 이제 슬슬 한계에 가까운 기색이 역력했다.

그런 상황에서 세인 본인의 능력 상승법을 알 수 있게 되었으니까, 익혀 둬서 손해 볼 건 없을 것이다.

"그런데 세인 양은 왜 모르고 있었던 거지?"

"세인, 네 세계에 레인 같은 힘을 쓸 수 있는 녀석이 있었어?"

내 질문에, 세인은 고개를 가로저었다.

그렇군. 대충 상상이 간다.

"멋대로 끼워 맞춘 추측을 하나 말해 보지. 신을 참칭하는 자들에게 그 빛의 날개라는 기술은 껄끄러운 존재였겠지. 그 때문에 레인의 종족은 녀석들에게 멸종당하고 역사 속에서 말소돼 버린 거 아닐까?"

변환무쌍류가 실전된 경위와 마찬가지로, 파도 입장에서 위협이 될 수 있는 요소를 제거하고 싶었던 거겠지. 하지만 세인은 가까스로 그 멸종으로부터 벗어나서, 혈통만 남은 후예로서 살아남은 것이리라.

"아니면 조상들 중에 누군가가 뭔가 사건을 겪는 바람에 금지당한 걸지도 모르고 말이지."

게임적인 발상으로 보면 충분히 가능성이 있는 이야기였다.

"다른 이세계에서는 쿠텐로에 해당하는 나라도 멸망당해서, 고유의 힘을 사용할 수 없게 돼 있었으니까."

글래스도 그런 사례에 해당했다.

"어찌 됐건, 세인. 녀석과의 싸움에 대비해서, 레인에게 사용법을 충분히 배워 두도록 해."

세인은 내 명령에 꾸벅 고개를 끄덕였다.

의욕은 있는 모양이군.

세인 스스로 강해질 방법을 모색한다는 건 정말 다행스러운 일이다.

그리고 내가 '녀석'이라는 표현을 쓴 건, 세인의 숙적이 자신의 언니이기 때문이었다.

자매끼리 서로 죽이려고 싸움을 벌인다는 이야기를 남들이 들으면 인상이 나빠질 테니 함구하기로 했다.

"이세계에 사는 미지의 인간…… 나도 관심이 있는데 말이야."

그런 모습을 보며 라트가 중얼거렸다.

전문 분야는 마물이지만, 그런 쪽에도 관심은 있는 모양이군.

게다가 레인과 나란히 놓고 보니…… 어쩐지 닮아 보이는 것 같기도 했다.

외모로 보면 세인의 언니 쪽과 더 비슷한 느낌도 들지만.

헷갈리게 이름까지 비슷하고 말이다! 조상인 게 분명해!

피트리아도 그랬지만, 요즘 들어 닮은 놈들이 많이 나오는 것 같단 말이지.

"나오후미 일행은 참 많은 곳들을 돌아다니고 있나 보네."

"듣고 보니 그렇긴 해. 마모루 쪽은 어떻지?"

"뭐……. 이 세계는 그럭저럭 돌아다니긴 했지만 말이지."

생각해 보면 나도 메르로마르크뿐만이 아니라 실트벨트며 쿠텐로, 포브레이, 키즈나 쪽 이세계 등, 참 많은 곳들을 돌아다녔다.

게다가 이번에는 과거에 오기까지 했다.

"이야기는 대충 정리된 것 같소이다."

"라프타리아와 관계를 가지라고 억지를 쓴 놈이 할 소리냐?"

정리되긴 뭐가 정리됐다는 거냐! 아직 알아야 할 것들이 산더미처럼 쌓여 있다고.

"그런데 마모루, 트라이 배리어는 어떤 방패에서 나오지?"

에어스트 실드에서 이어지는 연쇄계 스킬이라는 건 알고 있다.

잘만 운용하면 쾌적하게 싸울 수 있을지도 모른다.

뭐…… 아군을 보호할 때는 유성벽을 써도 되긴 하겠지만.

전제가 은근히 복잡해 보이기도 했고 말이지.

"오히려 내가 묻고 싶은데. 체인 실드는 어떻게 습득하는 거지?"

같은 방패 용사이기에 공유할 수 있는 유익한 대화군.

"체인 실드는……. 이 세계와는 다른 이세계에 갔을 때 싸웠던 마물인 백호 클론을 방패에 집어넣었더니 나왔어."

"트라이 배리어, 정확하게는 콤보 배리어라는 스킬은, 활의 성무기에 있는 강화 방법인 직업 레벨로 스테이터스를 올렸을 때 나온 스킬이야."

헤이트 리액션처럼 특수한 스킬 습득 방법을 통해야 한다는 건가?

그런 계통의 해방 조건은 찾아내기가 엄청 성가시단 말이지.

"나도 제법 해 봤지만 본 적 없었는데?"

"대공은 그런 강화를 해도 공격력을 올릴 수가 없잖아? 혹시 공격력이 조건인 것 아닐까?"

""……""

나와 마모루가 동시에 침묵에 잠겼다.

젠장…… 방패 놈. 그런 단점이 있으면 보완도 해 줘야 할 것 아니냐!

공격력이 조건이라면 나로서는 익힐 수 없는 스킬들이 너무 많잖아!

"백호 클론이라……."

마모루가 조용히 중얼거렸다.

하쿠코 종도 없는 상황에서 무슨 수로 익혀야 할지 고민되기는 하겠지.

"어이. 네가 그걸 입수하면 내가 손해 보는 거잖아. 대신 좋은 스킬이 나오는 방패가 있으면, 그거나 가르쳐 줘."

"하는 수 없지. 옛날에 재미 삼아 만든 방패가 창고에 있으니까 복제해 가도록 해."

"재미 삼다니 무슨 소리야?"

"그건 보면 알아."

그렇게 말하고, 마모루는 방패를 가져오도록 대신에게 지시했다.

녹색 모자가 트레이드마크인, 바위에 꽂힌 성검을 뽑은 용사의 피를 물려받았다는 정석적인 설정을 가진 캐릭터. 그 캐릭터가 주인공인 유명 게임 속 방패를 그대로 재현한 것 같은 방패가 들어왔다.

마모루…… 너도 확실히 게이머였군.

"쇠 방패 같은 거 아니었어?"

"그런 쪽은 세심하게 신경 좀 썼지."

나는 가만히 방패를 붙잡고 복제해 봤다.

**웨폰 카피가 발동했습니다.**

**이방의 왕국 방패의 조건이 해방되었습니다.**
**이방의 왕국 거울 방패의 조건이 해방되었습니다.**

**이방의 왕국 방패**

능력 미해방……장비 보너스, 「배면 방어력 상승(중)」

이방의 왕국 거울 방패

능력 미해방……장비 보너스, 「빛 내성 상승(중)」, 스킬 『샤인 실드』

약간 미묘한 성능을 가진 방패군.

왜 방패 하나만 복제했는데 거울 방패까지 나온 거지?

혹시 거울 권속기의 영향이 나타난 건가?

내 손에서 떨어지지는 않은 것 같으니까.

나는 신중하게 방패를 이방의 왕국 거울 방패로 바꿔 봤다.

"응? 그런 방패였던가?"

"그냥 실험이라고 생각해 둬. 샤인 실드!"

방패가 빛나고…… 회중전등 같은 빛이 일직선으로 뻗어 나갔다.

나는 실험 삼아 그 빛을 마모루에게로 겨누었다.

"눈부신데."

"……."

어째 효과적으로 보이지 않는데. 오늘 당한 일의 분풀이 삼아서 그림자에게도 비춰 주었다.

"눈부시오이다."

"뭐죠? 키르 군이 행상 때 구한 거울로 햇빛을 반사시키면서 놀던 모습이 떠오르는데요."

라프타리아가 가볍게 마법을 영창하자, 빛의 밝기가 조절되었다.

"렌의 섬광검처럼 되지는 않는 거냐!"

"기습적으로 쓰면 효과를 볼 수도 있지 않을까요?"

상당히 어중간한 스킬이군.

어떻게 쓸지 도무지 안 떠오른다. 기껏해야 조명 대신 쓰는 정도잖아!

"스킬 강화를 할 수 있으면……."

"그랬는데도 렌의 섬광검과 같은 수준이면 눈물 나잖아."

왜 하위 호환이냐.

애초에 상대의 눈을 멀게 해야 할 상황에서는 라프타리아의 빛 속성 마법을 사용하면 단번에 해결되잖아.

빛 속성 마법은 라프짱도 쓸 수 있고 말이다.

일단 재미용 스킬로 분류해 둬야겠다.

적과 드잡이를 벌일 때는 좀 도움이 될지도 모르고 말이다.

"뭐, 됐어. 그럼 한동안 신세 좀 지도록 하지."

"앞으로 잘 부탁해. 나오후미 일행이 원래 세계로 귀환할 수 있도록 우리도 협조할게."

이렇게 해서 마모루 일행으로부터 국내 활동 허가를 받은 후, 우리는 화해, 아니, 서로의 목적을 위해 협조하게 되었다.

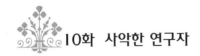 10화  사악한 연구자

마모루와 논의를 마친 우리는, 용각의 모래시계에 들러서 등

록한 다음, 우리 마을로 돌아가기로 했다.

그림자는 첩보를 위해 마모루의 성에 남겨서, 은근슬쩍 독자 조사를 해 보도록 지시했다.

"방패 형, 어서 와."

"나오후미, 이제야 돌아왔군!"

루프트와 렌, 윈디아가 우리를 맞이해 주었다.

에클레르도 있는 것 같은데…… 분위기가 왜 이래?

"다프~!"

라프짱 2호가 온몸의 털을 곤두세운 채 마을 안을 경계하고 있었다.

"있잖아, 외부에서 마을 안에 들어온 사람이 있어서, 윈디아가 무지 난감해하고 있어. 그 사람 본인은 자기가 선대 용사님과 함께 싸우는 동료의 지인이라고 했고, 싸울 생각은 없어 보이기는 했지만."

"우리가 마을을 비운 사이에 또 일이 벌어진 거야?"

"그래. 본인은 적이 아니라고 하고 있긴 한데……."

"위험할지도 모르니까, 만약에 대비해서 마을 사람들을 대피시켜 뒀어."

루프트의 판단력도 제법이군.

만약의 사태에 대비한 대처로서는 더없이 훌륭했다고 할 수 있었다.

"은근히 재빠른 녀석이라, 일단은 포울이 감시를 맡고 있지만, 그 녀석은 포울에게도 관심을 보이면서 밀어붙이고 있어."

왜 이렇게 말썽이 끊이지 않는 거지? 이쯤 되니 나도 짜증이

나지 않을 수 없었다.

"말로는 아무 짓도 안 하겠다고 했지만, 연구소를 어지럽힐 것 같았어!"

"뭐라구?!"

윈디아의 말에, 라트가 언성을 높였다.

"하아……. 대체 뭐 하는 놈이야?"

응? 이 흐름, 어디선가 본 적이 있었던 것 같은데?

"이 나라에서 보호하고 있는 연구자래. 선대 방패 용사의 동료가 그랬어."

"뭐야……? 라프타리아, 마모루를 좀 불러다 줄 수 있을까?"

"알았어요. 바로 돌아올게요."

귀로의 사본을 이용해서 마모루에게 다녀오도록 라프타리아에게 지시했다.

나 참, 마음 편히 쉴 틈도 없잖아. 왜 이렇게 연속으로 문제가 일어나는 거야?

"악! 뭐야뭐야뭐야~?!"

이때 필로리알 한 마리가 놀라서 비명처럼 외쳤다.

"모~짱, 메르티, 주인님, 살려 줘~!"

그 비명…… 응. 필로와 아주 비슷한 느낌이다. 필로리알이라는 생물은 규격이 하나로 통일되기라도 한 것처럼 하나같이 비슷한 성격을 갖고 있다는 걸 실감했다.

"이봐 당신! 이게 뭐 하는 거야?!"

메르티가 도움을 청하는 필로리알에게 달려가서, 촉진을 하고 있는 녀석을 제지했다.

"인간의 말을 할 줄 아네. 아주 특이한 마물이긴 한데, 이걸 신종 마물로 봐야 할지, 아니면……."

머리는 은백색의 장발, 피부는 갈색. 외모는 인간으로 보였다.

키는 아담한 편. 나이는…… 몇 살 정도지?

리시아보다는 약간 위로 보였고, 렌과 비슷한 정도의 나이로 보이기도 했다.

옷은 흰 가운을 걸치고 있었다.

그 외모, 아니, 분위기가, 내 옆에서 말문이 막혀 있는 녀석을 연상케 했다.

아마 마을 녀석들이나 렌이 하나같이 안절부절못하는 것도 이 녀석 때문이겠지.

"깃털이 풍성하네."

"그만해! 싫어하잖아!"

"잔말 말고 좀 진정해."

이후의 행동을 예측하고, 플로트 실드로 녀석 앞에 방패를 출현시켜서 필로리알로부터 이목을 돌렸다.

"이런."

흰 가운 입은 여자가 시야를 가로막는 나를 쳐다보는가 싶더니…… 곧바로 다시 시선을 옮겨서 라프 종들을 쳐다봤다.

"랏프?"

"오오, 얌전하네. 아까 그 창 든 애는 엄청 경계했었는데, 이 것 참…… 흐음흐음."

"이 녀석이냐?"

"그래!"

"형! 돌아왔구나!"

포울이 내게로 달려왔다.

"은근히 재빠른 녀석이야. 섣불리 다가가면 만져서 확인하려고 들어서⋯⋯."

"그래, 고생 많았어. 그나저나⋯⋯."

어쩐지 풍기는 분위기가 누군가를 연상케 하는군.

"이런, 보아하니 나―한테 관심이 있는 모양이네?"

라프 종에 대한 촉진을 마쳤는지, 내가 아는 어떤 인물을 연상케 하는 여자가 내 쪽을 쳐다봤다.

"이 마을에 머물고 있던 친구들한테 어느 정도 이야기는 들었어. 마모루와는 다른 방패 용사라지?"

"그래. 너는?"

아마 마모루가 만나게 해 주려 했던 채찍 용사 겸 연구자 녀석이겠지.

그래도 혹시 모르니 확인해 두고 싶었다.

"나―말이야? 나―의 이름은 호른 안스레이아. 친한 사람들은 호른이라고 불러."

"내 이름은 이와타니 나오후미야."

그리고 우리는 황당한 시선으로, 호른과 똑같은 성을 가진 여자 쪽을 쳐다봤다.

"흐음⋯⋯. 아까 이 마을 사람들과 지인들에게서 들은 이야기를 참고해 보면, 아무래도 여기에는 나―의 후손인 듯한 사람이 있다는 모양이던데?"

"그, 그래. 내 이름은 라트티르 안스레이아야."

"그럼…… 이 마을 사람들을 샅샅이 조사해도 괜찮다는 거네?"

"괜찮을 리가 없잖아."

"흐음……. 그럼 틈을 봐서 조사해 봐야 한단 이야기네."

뭐야…… 은근히 끈질긴 놈이잖아.

"계속 그렇게 막무가내로 우기면——"

호른에게 주의를 주려는 메르티를 내가 제지했다.

"이 이상 녀석을 자극하지 말고, 너희는 주위 녀석들을 데리고 멀찍이 떨어져. 내가 대처해서 타이를 테니까."

"그치만……."

"뭐, 별문제는 없을 거야. 어차피 이 녀석과는 한번쯤 이야기해 봐야만 할 테고."

"알았어."

메르티를 비롯해서, 나와 동행했던 자들 대부분을 마을 경호 임무에 배치했다.

무슨 일이 일어날지 알 수 없는 상황이니까.

"렌과 에클레르도 같이 가. 윈디아는 마을 마물들을 진정시켜 둬."

"응……."

이렇게 사람들을 분산시켜 두었다.

"라프~."

만약에 대비해서, 내 어깨 위에 라프짱을 태웠다.

"그래서? 너는 누구지? 마모루가 우리한테 너를 소개시키려고 했었는데 말이지."

"그랬겠지. 이런 사태에 나——보다 적합한 사람은 없을 테니까. 이런 상황에서 나—를 소개하지 않았더라면 방패 용사와 한 맹약을 깨 버렸을 거야. 뭐, 소개받기 전에 내—가 먼저 이변을 알아채고 여기에 도착했지만."

뭐지? 라트와는 달리 은근히 콧소리가 섞인, 자신감이 은근히 엿보이는 독특한 말투.

그러고 보니 라트의 집안 같은 건 한 번도 물어본 적이 없었지만, 원래는 포브레이 출신이었으니, 그럭저럭 괜찮은 집안에서 나고 자란 걸까?

"이봐, 라트. 네 집안은 어떤 집안이었지?"

"연구자적 가풍을 가진 혈통이기는 하지만, 그렇게 대단한 건 아니었어. 물론 먼 조상 중에 용사의 혈통과도 이어져 있긴 했지만."

그럼 이 성은 미래의 연구가 혈통 중에 제법 많은 성이려나?

"나는 연구 내용 때문에 일족 내부에서도 이단시되는 신세였지만 말이야. 그리고 타쿠토 휘하에 있던 흰 가운도 내 먼 친척이었어."

그 시조가 바로 이 녀석인 건지도 모르지만…… 섣불리 단정하는 건 위험하겠지.

"그건—그렇고, 이야기도 듣고 설비도 둘러봤는데, 미래 세계에서도 문명에 큰 발전은 없는 모양이네. 오히려 내—가 더 잘하는 게 아닐까 싶을 정도였으니까."

"파도의 흑막이 암약한 탓이야."

"그—렇구나. 한탄스러운 일이네. 더 좋은 걸 개발해도 파괴당한다니 말이야."

호른은 안타깝다는 듯 말했다.

"다만, 문명이 발달한 세계도 몇몇 있기는 한 모양이었어."

"시대는 변화하는 법. 그것도 인간의 본성이란 말이네. 적들은 그 과정에서 최종적인 문명 레벨을 조정하고 있는 걸 테고."

그 점은 부정하지 않는다.

중세 시대보다 로마 시대의 문명이 더 발달해 있었다는 건 유명한 이야기다.

"자, 잡담은 이쯤 해 두고, 네 목적은 뭐지?"

미래의 연구와 미래에 생긴 일들을 이런 녀석에게 보여 줘도 괜찮은 걸까?

우리의 작은 행동 하나에 미래가 크게 바뀌어 버릴지도 모르는 것이다.

"나─는 언제나 지적 호기심의 충족에서 기쁨을 느끼는 연구자야. 그 호기심에 걸릴 법한 곳을 찾은 것뿐이고. 미래의 방패 용사, 나─와 같이 뭔가 호기심을 느낄 만한 걸 생각해 보는 건 어때?"

"흐음……. 어차피 마모루를 통해 너에게 물어볼 생각이었어. 우리는 아마 적의 공격을 받아서 아득한 과거 시대로 날아온 모양이어서 말이지. 어떻게든 원래 세계로 돌아가고 싶어. 무슨 방법이 없을까?"

"예상했던 질문 그대로네. 그건 나─도 관심 있는 문제였으니까, 복귀 과정에 꼭 동참하고 싶은걸."

호른은 마을의 경계선을 이루고 있는 지점을 확인하며 대답했다.

"더 상세한 걸 보여 주려면, 연구소에 가서 확인하는 게 빠를 것 같은데."

"그럼 가지."

그렇게 해서 나는 메르티와 렌, 포울을 대기시켜 둔 채, 호른과 라트를 데리고 라트의 연구소로 향했다. 그리고 시설 안쪽에 있는 대규모 단말기…… 판타지풍 컴퓨터 장비 같은 석판 앞으로 갔다.

라프 종의 건강 진단 때도 온 적이 있었지만, 참 특이한 공간이란 말이지.

"이 건물을 구축하고 있는 식물, 참 재미있던걸. 이것도 미래의 기술이야?"

"과거의 연금술사가 만든 문제 식물을 방패를 통해 개조하고, 라트와 함께 발전시킨 거야."

"그렇게 된 거였네. 하지만 나─였다면 말썽을 일으키는 물건 같은 건 그냥 처분해 버렸을 텐데 말이야."

은연중에 자기가 만든 게 아니라고 주장하는 말투로군.

불현듯, 연구소 안의 수조에서 헤엄치던 정체 불명의 생물과 눈이 마주쳤다.

뭔가 엄청 호기심 가득한 얼굴로 우리를 쳐다보고 있잖아.

이 녀석은 대체 뭐지?

그러고 보니…… 라트가 가끔 미─군이라고 불렀던 기억이 났다.

한편 호른은 타닥타닥 뭔가를 재빨리 입력해서, 우리에게 마을 지도를 보여 주었다.

그리고 경계선을 구축……. 지금까지는 제대로 인식하지 못하고 있었는데, 나뭇가지에 달린 잎사귀 같은 형태를 하고 있었군.

"여기까지가 미래의 범위라는 건 다들 알고 있겠지?"

"그래."

"애석하게도 현재 보유한 장비만 가지고는 제대로 해석하기 힘들 것 같아서 인근에 있는 설비를 좀 사용해서 조사해 봤는데, 이 마을 고유의 식물에서 나오는 네트워크를 이용해서 공간을 절단한 게 아닐까 싶어."

"적이 앵광수를 이용해서 함정을 팠다는 거야?"

"꼭 그렇다는 건 아냐. 범위 지정 과정에서 기준점이 된 정도인 모양이야. 알기 쉽게 설명하자면, 방패 용사의 결계에 적이 점성 강한 액체를 뿌리면 어떻게 될 것 같아?"

"결계에 액체가 달라붙겠지."

"그 결계가 범위 지정의 기준이 됐다는 거야. 그리고 식물에서 나오는 수호의 힘을 역으로 이용하면, 이렇게 경이로운 기술이 완성되는 셈이지."

"흐음……."

조상의 상황 이해 능력이 더 뛰어난 것 같군. 라트도 결국은 후예일 뿐이었다는 건가?

"대공? 그런 눈으로 쳐다보지 말아 줬으면 좋겠는데."

"그 애의 실력이 부족한 건 아냐. 다만, 연구 내용을 살펴보니 마물 쪽에만 심하게 치우쳐 있더란 말이야. 경력을 바탕으로 추측해 보자면, 세상 사람들이 보기에는 사악해 보이지만, 연구 내용 자체는 건전한 식이겠지."

오오⋯⋯. 라트를 완전히 이해하고 있군.

알 것 같다. 라트도 천재라는 모양이지만, 이 녀석은 그보다 더 뛰어난 게 분명했다.

"완전히 상위 호환 아냐?"

"이 사람이 나보다 더 뛰어나 보인다는 이야기야?"

"그래."

아, 라트가 울분에 찬 표정을 짓고 있잖아.

라트도 그 부분에 대한 자부심은 있었던 모양이군.

"엉뚱한 연구를 하다가 마법 재해라도 일으키면 큰일이잖아?"

"그런 실수는 삼류들이나 저지르는 거야."

왜일까. 머릿속에서 좀비물을 소재로 한 서바이벌 게임의 설정이 떠오른다.

세균 재해 비슷한 제목이었지.

이 경우는⋯⋯ 라트의 말을 빌리자면 마법 재해? 매지컬 하자드라고 하면 폼 좀 날지도 모르겠군.

하지만 라트는 상당히 신중하게 반복해서 연구하는 타입이니, 그럴 염려는 없을 것이다.

⋯⋯그보다는 성과를 올리지 못해서 문제가 될 가능성이 더 높겠지.

바이오플랜트 개발도 '최대한 신중하게'를 모토로 삼아서 진행했었고 말이다.

내가 확 개조해 버린 덕분에 그나마 연구가 끝나긴 했지만, 라트에게만 맡겨 두면 시간이 지나치게 시간이 걸리는 경향이 있었다.

"다만."

"무슨 짓이야?!"

호른이 딸각딸각 장비를 만져서, 이번에는 라트가 만든 비밀 파일 같은 걸 출력시켰다.

해킹당했군.

이거 웃어야 하는 건가? 아니면 웃으면 안 되는 건가?

호른이 석판에 손가락을 얹자, 석판에서 액정 화면이 튀어나와서 설계도 하나를 표시했다.

어떤 물체가 3D처럼 구성되어 있었다.

전에도 본 적이 있었지. 쓰레기를 여기로 데려왔을 때였다.

마차형 마물이군.

"이런 물건을 만들어서 어쩌자는 건지 모르겠네? 마차는 제약이 많고 성가신 물건일 뿐인데 말이야."

냉정하게 평가 절하해 버리는군.

"자기 힘으로는 달릴 수 없는 마물이니까 어디까지나 시제품이야. 진척 상황에 따라 파기할 거야."

하긴, 이런 복잡한 마물은 본격적으로 만들기 전에 시제품을 만들어 봐야겠지.

다소 사이코적인 면이 있지만, 나는 그 점을 알고 있는 상태에서 라트를 수하로 받아들인 거니까, 이제 와서 어쩌겠는가.

"파기라니 무슨 뜻이지?"

"자아가 형성되지 않은 보디로 원격 실험을 하는 것뿐이라는 이야기야. 신경은 다른 애한테 접속시켜야겠지만."

"그렇게 하면 확실하게 결과를 알 수 있긴 한 거야? 연구에는 희생이 따르는 법이야."

"그렇다고 무의미한 희생을 치를 필요는 없어. 고작 이 정도 실험에 희생자를 낼 생각을 한다니, 조상님도 수준이 뻔하네."

"후후, 나—한테 이렇게 도발적으로 굴다니……. 재미있는데. 사악한 연구자를 자처하는 몸으로서 질 수는 없겠지."

사이가 좋은 거냐, 나쁜 거냐.

과거와 미래의 연구자가 손을 잡으면 무시무시한 물건이 완성될 것 같은데.

"좋아, 인정해 줄게. 하지만 나도 양보할 수 없는 부분이 있고, 내가 더 뛰어난 점도 있다는 걸 똑똑히 가르쳐 줄 거야."

"좋은 대답이네. 나—도 그런 감정을 가진 사람은 싫지 않아."

호른은 라트가 마음에 든 기색이었다.

"그나저나, 단도직입적으로 묻겠는데, 우리는 원래 세계로 돌아갈 수 있는 거야?"

"원인을 알면 해결 방법도 알 수 있어. 방법이 없는 건 아냐. 나도 그 과정에 꼭 협조하고 싶고 말이야."

"그래? 그럼 교섭은 성립될 것 같군."

"그래. 그나저나 이 연구의 다음 단계는 무기형 마물이겠지?"

"아냐. 그러고 보니 전에 대공이 이세계의 무기형 마물 이야기를 하긴 했었지."

"호오……. 남이 이미 완성시킨 것에는 관심이 없지만, 소식 정도는 들어 두나 보네."

"그래, 다른 이세계에서 쿄라는 녀석이 만든 무기였어."

나는 영귀의 힘을 악용해서 만든 무기에 대해 호른에게 설명했다.

"수호수의 힘을 매개로 삼다니 정말 사악한 녀석이네. 하지만 그런 힘을 사용해서 그 정도 물건밖에 못 만들다니 한심한걸. 아무짝에도 쓸모없는 물건이야."

"그 말은, 너라면 더 굉장한 걸 만들 수 있다는 거야?"

"그래. 정확하게 본 거야. 좋은 소재를 쓰면 좋은 물건이 나오는 건 당연한 일이지. 좋은 물건을 최고의 물건으로 만드는 게 진짜 실력자인 거고."

하고 싶은 말은 대충 알겠지만…….

"덤으로 미래의 방패 용사한테 하나 가르쳐 줄게. 성무기나 권속기 중에는 유전자 개조 시리즈가 있잖아? 그걸 쓰면 더 쉽게 개량할 수 있어."

"너 말이야……."

하지만 생각해 보면 나도 바이오플랜트를 개조하고 있으니, 결국 똑같은 일을 하고 있는 셈이라고 할 수도 있겠군.

상위 무기일 가능성이 있었다.

"어깨에 올라타고 있는 그 마물을 마음에 들어 한다는 이야기는 들었어. 더 취향에 맞게 강화시켜 보는 건 어때?"

"라프짱을 더 강하게 만들라는 거야?"

"라프~?"

"자기 힘으로도 여러모로 성장하고 있으니까 말이지……."

까놓고 말해서 지금도 라프짱은 내가 원하는 방향으로 변화하고 있고 말이다.

라트의 마차형 마물 연구를 본 직후인 만큼, 라프짱이 고양이

버스 같은 탈것으로 변하는 모습을 상상해 봤다.

커다란 라프짱의 배에 안기는 놀이는 이미 해 봤고…… 다음은 라프짱 형태의 탈것이라.

불현듯, 라프타리아가 내 어깨를 붙잡고 도로 협박하는 모습이 뇌리에 떠올랐다.

질색할 것 같단 말이지.

"랏프~."

내 상상을 알아챈 건지, 라프짱이 내 어깨에서 내려가서 네발로 걸으며 탈것 흉내를 냈다.

응. 제법 깜찍하군.

"자율 진화가 심해서 말이지. 섣불리 건드리지 않는 편이 오히려 더 좋은 결과로 이어질 거라는 게 내 판단이야."

"그랬구나. 제작자가 없어도 계속 진화한단 말이지……. 참고해 둬야겠네."

"한때 마을 아이들이 라프 종에게 침식당했을 때는 정말 큰일나는 줄 알고 불안했지만 말이야."

그런 이야기를 하고 있으려니, 타이밍 좋게 라프타리아가 돌아왔다.

"나오후미 님! 마모루 씨를 데려왔어요!"

위험했다. 자칫 잘못하면 라프짱 개조 계획이 라프타리아의 귀에 들어갈 뻔했다.

이야기에 끼지 않기를 잘했군.

"자기소개는 이미 마친 것 같아서 다행이네."

"당연하지. 여기에는 아주 재미있어 보이는 것들이 널려 있어서 호기심을 주체할 수가 없다니까."

호른과 마모루가 친근하게 대화를 나누었다.

"나오후미, 아마 벌써 이야기했겠지만, 이 사람이 실트란이 관리하고 있는 연구자야."

"그래, 뭔가 냄새를 맡고 여기에 왔다고 하더군."

"당연한 이야기지. 방금 이 사람들이 원래 시대로 돌아갈 방법을 찾는 데 협조하기로 약속했어. 협조한다고는 해도, 현황 파악은 물론 이것저것 조사해 보기 전에는 답을 내기가 힘들지만 말이야."

"길게 이야기할 필요가 없어서 다행이군."

"이렇게 흥미진진해 보이는 이야기에 끼지 않는 게 싫어서 그런 거니까 상관없어."

어쨌거나 뛰어나 보이는 녀석이 가담해서 다행이었다.

……퍼뜩 아이디어가 떠올랐다.

"과거로 전송된 거라면, 라프타리아가 가진 도의 권속기로 키즈나 쪽 이세계를 경유해서 돌아갈 수도 있는 거 아닐까?"

약간 귀찮은 과정을 거치는 셈이긴 하지만, 파도의 소환에 맞추어 전원을 파티에 편성하고 이동하면 적어도 이 시대를 벗어날 수 있을 것 같다는 생각이 들었다.

라프타리아 쪽을 쳐다보자, 라프타리아는 스테이터스 화면을 확인하듯 눈을 이리저리 움직인 끝에 고개를 가로저었다.

"안 될 것 같아요. 반응이 없어요."

"그렇다면 썩 추천할 만한 방법은 아니라는 이야기네."

그 말에 호른이 대답했다.

"이세계의 권속기가 반응하지 않는 데에는 이유가 있을 거야. 다양한 이유가 떠오르지만, 가는 데 성공한다고 해도 과거의 이세계로 가게 될 가능성이 높을 것 같아."

"끄응……."

충분히 일리 있는 이야기였다.

"알았어. 우선 원래 시대로 돌아가기 위한 조사부터 최대한 해 보는 게 좋다는 거지?"

"그러는 게 좋을 거야. 그럼 다시 한 번, 앞으로 잘 부탁할게."

"그럼……. 마모루, 괜히 번거롭게 했군."

"원래부터 소개할 생각이었으니까 괜찮아. 신경 쓰지 마."

"그럼 자손, 같이 이 문제 해결을 시작해 봐야겠네."

"하는 수 없지……. 그럼 대공, 나는 이 선조라는 사람과 같이 조사를 시작할게."

"그래, 맡겨 두지. 보이지 않는 조력자."

이렇게 해서…… 라트의 선조라는 채찍 용사 호른이 우리 마을에 쳐들어왔다.

참고로 야유 삼아 한 말은 무시당했다.


밤이 되어, 창고 안에 있던 식료품을 조리해서 저녁 식사를 한 마을 녀석들은 저마다 불안한 밤을…….

"형, 형! 우리는 다른 방패 용사가 있는 성에 안 데려다 줘?"

"맞아. 가 보고 싶어."

키르와 이미아가 호기심 어린 표정으로 내게 말을 걸었다.

뭐랄까, 불안한 기색은 티끌만큼도 없군.

비밀 기지를 만드는 꼬맹이들 같은…… 아니, 실제 나이로 보면 꼬마가 맞지만.

"역사에 접한다……. 우리는 그 어떤 역사 연구가도 오지 못했던 곳에 온 셈이네요, 메르티 여왕님."

"그러게 말이야. 어머니였다면 동심으로 돌아가셨을 거야."

"이 시대의 쿠텐로는 어땠을지 궁금한데……. 방패 형 말로는 이 세계에 메르로마르크가 없다고 그랬던가?"

"그래, 아마 없을 거야."

에클레르와 메르티, 루프트가 낯선 산 쪽을 쳐다보며 잡담을 나누고 있었다.

같이 지낸 시간이 길어서 그런지, 이 셋도 의외로 사이가 좋다니까.

"처음 보는 길~, 어디까지 뻗어 있는 걸까~?"

"라~프~."

필로리알과 라프 종들도 외부에 대해 흥미를 드러내고 있는 듯했다.

불안감 따위는 티끌만큼도 없어 보였다. 다부진 생활력이라고 할 수도 있겠지만.

으음…… 지금 우리는 마을이 통째로 표류 생활을 하는 중인데 말이지.

불안에 짓눌리지 않으려고 애써 태연한 척을 하고 있는 것뿐이라고 믿고 싶다.

"있잖아, 형. 내일은 마을 밖으로 나가도 되잖아? 나도 탐험하고 싶다고!"

"키르 군, 그러면 방패 용사님이 곤란해하잖아. 이럴 때는 도움이 되고 싶다는 식으로 이야기해야지."

"하긴 그래! 역시 이미아는 뭘 좀 안다니까! 형! 나도 형에게 도움이 되고 싶어! 행상 일을 하면서 정보를 수집하면 되지?"

"겁도 없는 녀석들이네."

그래, 이 녀석들에게 일반적인 정신을 기대했던 것 자체가 잘못이었는지도 모르겠다.

뭐, 너무 겁에 질려도 곤란하겠지만.

"으음……. 여러분, 뭔가 좀 잘못된 것 같은 느낌도 들지만, 조금 정도는 불안한 모습을 보이셔야 하는 것 아닐까요?"

라프타리아도 자기가 왜 이런 질문을 하는 건지 모르겠다는 표정으로 말했다.

대사만 듣자면 어쩐지 서글퍼지는군.

"응? 무슨 소리야, 라프타리아. 파도에서는 무슨 일이 일어날지 장담할 수 없으니까, 고작 이 정도 일에 불안해하면 파도를 이겨낼 수 없다고 형들이 가르쳐 줬잖아."

"아…… 하긴 그랬지."

무슨 일이 일어날지 장담할 수 없기에, 마을 녀석들도 그 어떤 사태에든 대처할 수 있도록 성장시키기 위해 애썼다.

바이오플랜트를 심어서 놀래 주기도 하고, 각종 사태가 일어날 때마다 대처해 오기도 했다.

그런 나날들이 마을 녀석들을 굳세게 키운 것이리라.

"검 형이나 창 형만 있었다면 불안했겠지만, 형이랑 라프타리아, 거기에 포울 형이랑 메르티까지 있잖아. 이 정도면 원래 세계로 못 돌아갈 리가 없는 거 아냐?"

키르의 기운찬 대답에, 모두 같은 생각이라는 듯 내 쪽을 보며 고개를 끄덕였다.

이거 점수 따려고 쇼 하는 거 아냐? 라고 내 마음속의 뒤틀린 부분이 따졌다.

뭐, 키르가 그렇게까지 고도의 사고력을 갖고 있을 리는 없겠지만.

"그리고 지금까지 여러 번 이세계에 다녀온 라프타리아라면 알잖아? 여기는 과거 세계라는 모양이지만, 우리 입장에서 보면 이세계에 온 거나 마찬가지야. 이번에는 우리 차례가 돌아온 거라고 생각하면 마음도 편해진다니까."

흐음……. 키르 말도 일리는 있군.

게다가 이번에는 레벨이 내려가지도 않았으니, 어느 정도 여유가 있는 셈이군.

"하긴…… 생각해 보면 지금까지 저희가 겪어 온 일과 별로 다를 건 없네요."

마모루와 이야기할 때도 언급한 적이 있었지만, 어차피 이세계 소환이 실제로 존재하는 마당에 타임 슬립이 일어난다고 해도 딱히 이해하지 못할 건 없다. 불안해서 어쩔 줄 몰라 하는 것보다는, 이렇게 신나게 지내는 편이 굳세게 살아남는 데 보탬이 될 것 같다는 느낌도 들었다.

"이번에는 형들에게만 맡기지 않고, 우리도 열심히 노력해서 형들에게 힘을 보탤 생각이야."

부모가 없어도 아이는 자란다는 말도 있듯이, 키르를 비롯한 꼬마들의 성장을 눈으로 확인한 기분이었다.

이런 다부진 생활력은 도리어 나에게 교훈이 될 정도군.

"하긴. 이세계에 온 거라고 생각하면 마음이 편해지긴 하네."

처음 키즈나의 세계에 갔을 때를 떠올려 보자.

레벨이 1로 초기화되고 대인 전투를 할 수 있는 동료라고는 리시아밖에 없는 상황에서도, 어떻게든 살아남아서 원래 세계로 돌아오지 않았던가.

애초에 나는 소환되자마자 누명을 뒤집어쓰고도 이렇게 지금까지 살아남았다.

지금은 그렇게까지 불리한 상황은 아니다. 예전과 딱히 다를 것도 없다.

의외로 키르와 꼬마들이 정신적으로 튼튼한 모양이다.

"그러고 보니 그렇군……. 형, 누님. 우리도 원래 세계로 돌아갈 수 있도록 노력해 보자."

포울도 키르의 말을 듣고 의욕이 샘솟은 모양이었다.

"그래, 당연하지."

이렇게 해서…… 마을의 시간은 의외로 평화롭게 흘렀다.

"과거 시대로 타임 슬립이라……."

렌이 뭔가 아련한 눈으로 그렇게 중얼거렸다.

"전에 즐겨 하던 게임 속 이벤트 중에 이런 내용 없었어?"

렌……. 소환 초기, 나를 제외한 사성용사들은 각자가 즐겨 플레이하던 게임 관련 지식에 따라 활동했었다.

이런 상황에서 게임 속 지식이 뭔가 도움이…… 되면 좋긴 하겠지만, 썩 신뢰는 안 가는군.

게임 속 지식은 파도의 흑막이 사전에 파 둔 함정일 가능성이 상당히 높으니 말이다.

"과거의 일을 경험한다는 설정으로 묘사되는 경우는 있어도, 필드나 이벤트 중에 과거의 파도 시대로 돌아가는 건 없었던 걸로 기억하는데."

"그렇군."

뭐, 그런 이벤트가 있었더라면, 이번에 우리가 타임 슬립을 했다는 게 밝혀졌을 때 나한테 이야기했겠지만.

"내가 조금 더 게임의 배경 스토리를 알아봤어야 했던 걸까?"

렌이 그렇게 말했지만, 온라인 게임을 하면서도 레벨업이나 PvP에만 관심을 갖는 녀석은 의외로 많다.

내가 플레이하던 게임에서는, 게임 내의 배경 스토리를 전혀 모른 채 즐기던 녀석들도 제법 많았다. 그런 녀석들은 배경 스토리 따위는 경험치를 주는 이벤트 정도로만 여겼기에, 심부름 퀘스트처럼 작업적으로 클리어하는 게 전부였다.

렌은 그 게임을 제법 깊이 즐겼던 모양이라 게임 지식이 풍부했지만, 이번에 모르던 부분이 드러난 것이리라.

"신경 쓰지 마. 어차피 파도의 흑막 때문에 여러모로 달라졌을 테니까."

렌도 좀 더 마음 편히 살면 좋으련만……. 뭐, 그렇다고 게임 뇌로 활동하는 것도 곤란하지만.

이츠키도 그렇고, 왜 다들 이렇게 극단적인 사고방식을 갖고 있는 걸까. 귀찮아 죽겠다.

렌의 매정하던 성격도 이 강한 책임감의 영향이었을까?

책임감이 워낙 강하기에 책임져야 하는 위치에 서기를 꺼리는, 모순적인 감각.

"너무 마음에 담아 두지 말고 내일에 대비해서 좀 쉬어."

"맞아요. 나오후미 님도 그렇고, 검의 용사님도 중요한 상황에 대비해서 푹 쉬시는 게 중요할 테니까요."

라프타리아의 진언에 렌도 고개를 끄덕였다.

"알았어. 아직 몸이 좀 안 좋아서. 오늘은 일찍 잘게."

렌은 아직 몸 상태가 온전하지 않은 상황인 것이다.

낮에는 제법 활약했던 모양이지만 말이지.

"에클레르, 렌을 집까지 배웅해 줘. 메르티는 필로 방에서 재울 테니까, 푹 쉬면서 제대로 요양시키도록 해."

적어도 렌이 방에서 검술 훈련을 하거나 하지는 못하게 하라고 에클레르에게 주의를 주었다.

"알았어. 자, 가자, 렌. 휴식은 반드시 필요한 일이야. 모든 사람이 이와타니 공 같을 수는 없는 노릇이니까."

"내가 뭘 어쨌다는 거냐?!"

환장하겠네! 왜 내 주위 녀석들은 하나같이 나에 대해 이상한 환상을 품고 있는 거야?

아, 맞다. 마을 녀석들에게도 거울 강화를 실시해야겠다.

라프타리아의 도도 어중간하게나마 작동하고 있다. 그러니 거울의 강화도 불가능하지는 않으리라.

저력 향상에는 보탬이 되겠지.

"나오후미가 있으니 마음이 놓이는군."

렌은 그렇게 말하고 에클레르와 함께 자기 집으로 돌아갔다.

그 뒷모습에서 알 수 없는 애수가 느껴지는 것 같기도 하고, 사성용사 가운데 최연소임에도 오히려 늙어 보인다는 느낌이 들기도 하는 건, 내 주관이 섞여 있어서 그런 걸까?

모토야스의 폭주에 시달리다 보면 저렇게 되는지도 모르겠다.

최대한 조심해야겠다. 최악의 경우, 메르티에게 떠넘기고 도망치는 게 좋겠군.

"나오후미, 나한테 무슨 용건이라도 있어?"

"아니, 아무 생각 안 했는데."

"그런데 왜 나를 쳐다보고 있었던 거야? 솔직히 뭔가 불길한 느낌이 들었는데 말이야."

정말이지, 요즘 내 주위 녀석들은 왜들 이렇게 감이 예리해진 건지 모르겠군. 어떻게든 화제를 딴 데로 돌려야겠다.

"그러고 보니 메르티, 아까 말하길 여왕의 공무를 수행하는 중에 휴식차 우리 집에 들렀다고 했는데, 결과적으로는 장기 휴양이 되겠군."

"그러게 말이야. 그렇다고 정말로 쉴 수는 없을 것 같네. 정말이지, 나오후미랑 같이 있으면 별일이 다 일어나서 정신이 없을 정도라니까."

"전부 내 탓이라는 거냐?"

모든 걸 다 내 책임으로 떠넘기면 화낼 줄 알라고.

뭐, 적이 많다는 점은 인정하지만.

"그런 뜻으로 한 말은 아냐. 꼭 나오후미가 없었더라도 이런저런 사건이 생기는 건 마찬가지였을 테니까. 그냥 요즘 너무 평화롭다가 이런 일이 생기니까 한 소리일 뿐이야."

이 점은 부정할 수 없겠군.

타쿠토 토벌 이후로, 메르티와 쓰레기 주위는 이렇다 할 사건도 없이 평화를 유지하고 있었다.

그러다가 내가 돌아오자마자 이런 사건이 일어났으니, 불만이 생기는 것도 이해가 갔다.

"언니가 관여한 일이겠지만, 이쯤 되니 넌덜머리가 나는걸."

"나도 동감이야. 따끔한 맛을 보고도 또 이 짓을 하다니, 끈질긴 녀석 같으니."

내가 불에 달궈지고 꼬치 신세가 되고 채찍으로 백 대를 맞아 죽었다면, 만약에 되살아난다고 해도 다시는 얽히기 싫다고 생각했을 텐데 말이다.

뭐, 그 여자가 고작 그 정도로 반성할 리는 없겠지만.

"나오후미는 여왕인 내가 속 편하게 휴양을 취하게 됐다고 생각하는 모양이지만, 나는 쉴 생각 없어. 낮에는 마을의 대표로서 실트란 사람들과 이런저런 의견 조정을 해 나갈 생각이니까."

그러니까 나오후미 쪽은 용사로서 원래 세계로 돌아갈 방법을 찾으라며 메르티는 말을 이었다.

겉으로 보이는 나이와는 걸맞지 않게 책임자다운 표정이 나오기 시작했군.

그 또래 어린애답게 좀 쉬면 좋으련만……. 그래도 도움이 되는 건 사실이다.

어찌 됐건, 소환된 용사가 그 세계의 공무에 개입하더라도 세세한 부분까지는 손길이 닿기 힘들 수밖에 없다.

제 딴에 괜찮아 보이는 방안을 내더라도, 결국 실패하면 한심

할 뿐이다.

이 세계에서 국가 대표자들의 역할은, 용사들이 수월하게 활동할 수 있도록 환경을 정비하는 일이라 해도 과언이 아니었다.

"렌에게도 이야기했지만, 쓰러지지 않을 정도로만 해 둬."

"고작 이 정도 일에 쓰러졌다면 지금까지 살아남지도 못했을 거야. 숨 돌릴 여유 정도는 챙기고 있으니까 걱정 마. 지금은 나보다 오히려 필로가 걱정이야."

"아……. 하긴 그렇지."

메르, 주인님, 어디 있어……?

필로따—앙!

싫어~!

이런 필로의 비통한 절규와 모토야스의 활기찬 목소리가 귓전을 때리는 것만 같았다.

"필로를 위해서라도, 지금은 할 수 있는 일을 조금이라도 더 해야 해. 당장의 생활 기반은 마을에 서식하는 바이오플랜트나 수렵을 통해 얻는 마물 고기로 해결할 수 있겠지만, 장기적으로 머물게 되면 금전 조달도 염두에 둬야 할 테고 말이야."

"그건 그래."

메르티가 주판알이라도 튕기는 것 같은 표정으로 내게 확인을 취했다.

"그 점은 나오후미의 주특기니까 미리 제안할게. 정보 수집도 해야 하는 상황이니까, 행상 활동을 시작하는 게 좋을 것 같아."

"흐음……."

행상 일을 하다 보면 자연스럽게 다양한 정보가 모인다.

다행히도 이 마을은 예전부터 내 지시에 따라 행상 활동을 많이 해 왔으니, 행상 일에 소질이 있는 녀석들이 많았다.

"아무리 미래의 정보를 알고 있다고는 해도, 실제의 정세와 맞는지 아닌지 확신할 수 없으니까."

그러고 보면, 내가 알고 있는 일본의 역사만 해도 사실에 대한 견해가 달라지곤 한다.

즉, 메르티의 말은 과거에 대한 기술이란 애매모호하기 마련이니 모험담 속에 나온 내용과는 다른 일이 일어날지도 모른다는 뜻이다.

파도의 흑막이 암약하고 있는 상황이기도 하고 말이지.

"지금은 강해지는 것도 중요하지만 정보와 금전도 중요하다는 이야기야. 그쪽 일은 나오후미가 맡아서 해 줘."

"말 안 해도 알아."

나 참, 메르티가 나에게 명령을 하다니.

한동안 못 보는 사이에 제법 여왕다워졌다고 해야 할까?

그런 생각을 하다 보니, 문득…… 봉황에게 맞서기 전의 상황이 떠올랐다.

결국 우리가 하는 일은 별반 달라진 게 없는지도 모르겠다.

"내일부터 바빠지겠군."

쉴 새 없이 말썽거리가 이어지고 있지만, 해야 할 일은 달라지지 않는다.

우리는 세계의 평화를 되찾기 위해 강해지고, 정보를 모아 나가는 수밖에 없다.

이렇게 메르티와 함께 앞으로의 방침에 대한 의논을 마쳤을 때……

"형! 역시 요리 실력이 예전보다 더 늘었잖아!"

키르가 밥을 말끔히 먹어치우고 외쳤다.

"저쪽 세계에서도 엄청나게 만들었으니까."

"좋겠다! 다음번에는 나도 꼭 형이랑 같이 이세계에 가고 말 거야! 아니, 지금도 이세계에 와 있는 거나 마찬가지지만 말이야! 열심히 해야지!"

흐음……. 마을 녀석들의 활기는 키르의 말에 영향을 받은 건지도 모르겠다.

이렇게 활달한 키르 덕분에 다른 마을 녀석들도 이렇다 할 불안감을 느끼지 않은 채…… 과거 시대에서 보낸 첫날이 지나갔다.

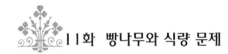

## 11화 빵나무와 식량 문제

이튿날 아침.

"끝내준다! 이런 건 처음 봤어!"

평소처럼 마을의 마물들에게 먹이를 주고 가벼운 운동을 하고 있으려니, 연구실 근처에서 키르의 목소리가 울려 퍼졌다.

인파로부터 약간 떨어진 곳에서, 포울이 곤혹스러운 표정으로 키르 쪽을 가리키고 있었다.

그리로 가 보라는 건가?

"왜 그렇게 호들갑이야, 키르?"

시끄러운 소리에 다가가 보니…… 마을 녀석들이 호른과 함께 신이 나서 떠들고 있었다.

라트도 그 인파에 섞여 있었지만 어쩐지 떨떠름해 보이고, 마을 녀석들은 은근히 흥분한 기색이었다.

포울이 인파에서 벗어나 있는 이유를 알 것 같았다.

호른을 껄끄럽게 느끼는 모양이었다.

그런데 이 반응, 필로리알들과 비슷하잖아?

야성적인 면이 있는 만큼, 위험한 상대에게 접근하는 걸 본능적으로 꺼리는 걸까…….

"아, 미래의 방패 용사구나. 기왕 온 김에 너도 보고 가. 나—의 첫 작품을."

호른이 낯선 나무를 가리켰다.

뭐야, 저건? 얼핏 보면 바이오플랜트 같지만, 열려 있는 열매가 달랐다.

바이오플랜트는 보통 토마토 같은 빨간 열매나 과일 같은 게 열리는 게 일반적인데, 그 나무에는 빵 같은 게 열려 있었다.

"형, 형! 이거 봐! 끝내주지 않아?!"

키르가 빵 같은 나무 열매를 내게 가져왔다.

혹시 모르니 일단 독 같은 위험한 물질이 없는지 확인해 봤다.

……응. 독극물 판정 기능은 아무런 반응도 없군.

열매를 반으로 쪼개 봤다. 음…… 평범한 빵이군.

시식해 봐도 딱히 이상한 점은 없었다. 평범한 빵 이상도 이하도 아니군.

아, 안에 씨앗 같은 게 들어 있잖아.

부드러운데. 그래도 먹어도 될 것 같았지만, 혹시 모르니 챙겨 두었다.

키르가 가져온 건 쿠페 빵이었지만, 나무에는 바게트 같은 것도 매달려 있었다.

"빵나무라는 거야?"

뭐 이런 애들 꿈에나 나올 법한 게 다 있어? 하는 황당함에 반쯤 말문이 막혔다.

"핫핫핫. 이 식물은 마음대로 건드릴 수 있는 범위가 넓어서 참 써먹기 편리한데. 실험 삼아 만들어 봤는데, 내가 의도한 그대로 나와서 놀라울 지경이라니까."

놀란 건 나란 말이다.

이건 대체 뭐냐. 바이오플랜트로 이런 것도 만들 수 있었어?

과도한 유전자 조작 기술을 통해 만들어진 위험한 음식처럼 보이기도 했다. 독성은 없지만.

"있잖아, 호른 누나! 크레이프 나무는 못 만들어?"

"크레이프라는 게 뭔지 몰라서 말이지."

"형, 형! 호른 누나한테 크레이프 좀 만들어 줘!"

"지적 호기심 차원에서, 미래의 방패 용사에게 꼭 한번 배워 보고 싶군."

"그 정도는 마모루도 알고 있을 텐데."

"알고 있다고 해서 꼭 실제로 만들 수 있다는 건 아니니까."

"대공, 이런 일을 해도 되는 건지 모르겠는데……."

하긴, 과거에서 돌아갔더니 미래에 당연하다는 듯 빵나무가 자라고 있을지도 모르니까.

굉장히 위험할지도 모르니까 관리는 엄중히 해야겠다.

그래도…… 이런 식물이 손쉽게 만들어진다면 마을의 식량 문제는 다소나마 해결될 수도 있지 않을까?

으음……. 이걸 어쩐다?

"있잖아, 형! 크레이프 먹고 싶어!"

이 혼란한 와중에, 내가 만든 크레이프가 먹고 싶다고 키르가 졸라대기 시작했다.

"아침부터 크레이프를 먹겠다고?"

키르가 좋아하는 건 달콤한 크레이프인데, 그건 식사라기보다는 디저트에 가깝다고.

오늘 아침으로 만들려고 어제 준비해 두었던 메뉴와 완전 딴판인 음식이라, 솔직히 말해 만들기 귀찮았다.

그 정도 과자라면 못 만들 건 없지만, 쓸데없이 물자를 소비하는 것도 문제가 있었다.

특히 내가 알기로, 밀가루는 현재 보유한 재고량에 한계가 있으니…….

이런 건 실트란 녀석들을 통해서 구해야만 한다.

있다면 상관없지만 없으면 비참해지는 식재료다.

뭐, 그런 점에서도, 호른에게 바이오플랜트 개조를 맡겨서 식량 자급률을 향상시킬 수 있다면 도움이 되겠지.

"만들어 주는 건 좋지만, 대신 일은 제대로 해야 해."

"좋았어—! 진짜 잘할 거야!"

"키르 군이라면 할 수 있을 거야."

"오오!"

하긴, 키르는 마을 녀석들 전체로 따져도 행상 성적이 좋은 편이긴 하니까.

따지고 보면 내가 행상 일을 안 한지도 제법 오래되었다.

필로는 아이돌적인 인기를 활용해서 메르티가 주최한 축제에 출연하는 식으로 돈을 벌곤 하지만, 지속적인 돈벌이로 따지면 키르가 한 수 위였다. 지금은 정보도 필요한 상황이니⋯⋯. 키르와 마을 녀석들의 의욕을 끌어올려 두는 건 결과적으로 좋은 영향을 미칠지도 모르겠군.

"우리의 내부 사정을 너무 떠벌리고 다니면 안 돼. 여기서는 무슨 일이 일어날지 장담할 수 없으니까."

"알았어, 형!"

정말 알고 하는 소린가? 나는 옆에 있는 이미아 쪽으로 눈길을 돌렸다.

이미아는 키르와 친한 사이다. 키르를 잘 통제하는 일을 부탁하고 싶군.

내 시선을 알아챈 이미아는, 약간 쑥스러운 듯 고개를 끄덕였다.

내 의도를 알아챈 모양이었다.

뭐랄까, 이미아는 처음 만났을 당시의 라프타리아를 생각나게 하는 구석이 있다니까.

"액세서리 제작은 나중으로 미뤄 두고, 키르와 같이 행상 일을 해 줘."

"아, 네. 하지만 뭐가 잘 팔릴지 판단이 안 되니까⋯⋯. 조사부터 해 볼게요."

"크레이프, 크레이프!"

키르가 강아지 모드로 신이 나서 떠들어대고 있었다.

"라~프~."

라프 종이 훈훈한 표정으로 그런 키르를 쳐다보고 있었다.

그 광경은 보는 이의 마음에 힐링을 주는…… 것 같기도 하다.

"내—가 살짝 마음만 먹으면 이 정도는 식은 죽 먹기지. 미래의 방패 용사, 이 식물을 잘만 쓰면 가설 가옥이 아니라 성이라도 손쉽게 만들어낼 수 있을 거야."

"그거 대단하긴 한데…… 토양에 문제가 생길 것 같은데."

"과제는 그 점이겠지. 아무래도 이 식물로 성까지 만들면 주위는 풀 한 포기 안 나는 땅이 될지도 모르니까."

위험한 소리를 태연자약하게 지껄이는군. 역시 라트의 선조답다니까.

아니, 둘을 비교해 보면 라트가 엄청나게 정상적인 녀석처럼 느껴질 정도였다.

"뭐야, 왜 이렇게 시끄러운 거야?"

졸린 표정의 메르티가 나타났다.

참고로 라프타리아는 불안감에 좀처럼 잠들지 못했다는 듯, 아직 자고 있었다.

더 이상 떠들면 라프타리아도 깰 것이다.

내가 빵나무를 가리키자, 메르티도 황당한 듯 미간을 찌푸렸다.

"참 별난 식물이 다 있네."

"그러게 말이야. 라프타리아도 일어나서 이걸 보면 놀라겠지."

"그렇겠지."

"미래에는 이런 거 없지?"

"으음…… 비슷한 걸 꼽자면, 겨울이 제철인 초콜릿 정도겠지."

"엉? 초콜릿?"

카카오가 아니라?

"나무에서 초콜릿이 열린다고?"

"그래. 과거의 용사가 퍼뜨린 발렌타인이라는 이벤트의 영향이야."

발렌타인…… 이세계에도 그런 이벤트가 있나 보군.

이제 파도 때문에 그런 걸 챙길 수도 없는 지경이 됐지만.

"초콜릿이 열리는 나무가 서식하는 지역이 있거든. 제철이 되면 거기서 대량으로 출하돼."

"호오……"

초콜릿이 열리는 나무…… 완성품 형태의 초콜릿이 열리는 걸까?

어디선가 들어 본 적 있는 이야기라고 생각하며 빵나무 쪽으로 시선을 돌렸다.

그 초콜릿 나무도 이런 식으로 만들어진 걸까? .

"번농기의 초콜릿 농가는 일이 참 고되다는 이야기를 들은 적이 있어."

초콜릿 농가…… 굉장한 단어군.

하긴, 초콜릿 나무가 실제로 존재한다면 농가로 분류되는 게 당연한 건지도 모르지만.

그나저나…… 이런 환상 식물이 존재하다니 놀라운 일이군.

참으로 꿈 같은 물건이다.

그것도 전생자가 만든 걸까? 아니면 정식 용사가 남긴 물건인지…….

바이오플랜트 없이 만든 거라면 정말 대단한 물건이라고 할 수 있겠지.

"그 이야기도 제법 흥미로운걸."

"문제는 그게 여기에는 없고, 그리고 실물을 보여 주기는 힘들다는 점이겠지."

애석하게도 지금 내게는 초콜릿이 없었다.

재료가 없으면 조달할 방법이 없으니까 말이지.

"흐음……. 차후의 연구 과제에 포함시켜 두는 게 좋을지도 모르겠네."

"그런 쓸데없는 거 말고 우리가 미래로 돌아갈 수 있는 방법이나 연구해."

호른의 실력이 뛰어나다는 건 알았다.

그러니 우리가 원래 시대로 돌아갈 수 있는 방법을 열심히 찾아 줬으면 싶었다.

"말 안 해도 알아."

정말 알고 있는 건가?

그렇게 생각하며, 나는 아침 식사 메뉴에 크레이프를 추가하기로 했다.


"저…… 나오후미 님? 이상한 바이오플랜트가 더 늘어났다고 들었는데요."

잠에서 깨자마자 마을의 상태에 대한 소문을 들은 듯, 라프타리아가 내게 물었다.

"대충 정확한 소문이긴 하지만, 내 탓은 아니라고."

"호른 씨가 만드셨다죠?"

"그래. 뜬금없이 그런 걸 만들다니, 나도 놀랐다니까."

"저……. 이대로 방치해 둬도 괜찮은 걸까요?"

"불안한 심정은 이해하겠지만 손해가 될 건 없으니까 그냥 받아들여."

"점점 제가 알던 마을에서 멀어져 가는 느낌인데요……."

자기도 모르게 투덜거리는 라프타리아의 고향 사랑은 나도 나름 소중히 여겨 왔지만…… 라프 종을 양산한 시점부터 그런 라프타리아의 고향 사랑을 내 손으로 날려 버린 셈이라는 사실도 잘 알고 있었다.

"생각해 보면 나오후미 님이 편리하다는 이유로 앵광수를 심었을 때쯤부터 이상해지기 시작한 것 같아요. 이제 그냥 신경 안 쓰는 편이 낫겠다는 생각까지 들기 시작했어요."

이건 위험한 전조일지도 모르겠다. 라프타리아의 상식이 흔들리고 있다.

라프타리아는 내 브레이크 역할을 맡아 줘야 하는데……. 그래도 일단은 괜찮을 거라고 생각해 두는 수밖에 없다!

그렇게 아침 식사를 마친 우리는 앞으로의 행동 방침을 정했다.

"그럼, 행상 일을 시작하기 전에 마모루에게 가서 인사라도 하고 와야겠군."

일단 실트란 국내에서의 판매에 힘을 쏟으면서 정보를 수집할 예정이지만, 그보다 먼저 정세를 확인하고 마모루의 허가를 얻을 필요가 있었다.

국내에서 활동해도 좋다는 허가는 얻었지만, 갑자기 행상 일을 시작하면 곤란해 할지도 모르니까 말이다.

사전에 협의해 두는 게 좋겠지.

"겸사겸사 마을 녀석들을 소개해 두는 것도 좋을 테고 말이야."

마모루가 성에서 전쟁으로 부모를 잃은 아이들을 돌봐 주고 있다는 이야기를 어제 들었었다.

그 녀석들과 키르를 비롯한 마을 아이들은 친하게 지낼 수 있을지도 모른다.

명랑해 보이지만 실은 불안해하는 녀석들도 있을 테고, 그런 아이들과 어울리는 과정에서 키르와 마을 아이들이 세계의 상식이나 흐름을 익혀 줬으면 하는 바람도 있었다.

용사의 부하라고 해서 거들먹거리며 설쳐도 된다는 식의 잘못된 상식을 갖고 성장하는 건 가능한 한 피하고 싶으니까 말이지.

"그럼 실트란의 성에 인사하러 갈 테니까, 다들 잘 따라와야 해."

"네—에!"

우리는 키르와 마을 아이들을 데리고 포털을 통해 실트란 성으로 이동했다.

아, 사전에 렌과 포울을 데려가서 위치를 등록하게 해서, 이동 가능한 환경은 충분히 확보한 상태였다.

"오오—! 여기가 실트란이라는 나라란 말이지?"

실트란 성 시내로 데려가자, 키르와 마을 아이들이 약간 흥분한 기색으로 주위를 두리번거렸다.

"어째 좀 시골 나라 같은 분위기네. 메르로마르크 외곽에 있는 소국들이랑 느낌이 비슷해."

키르 녀석, 눈치껏 좀 행동하란 말이다.

한편 이미아는 귀를 쫑긋 세우고 실트란 사람들의 목소리를 듣고 있었다.

"메르로마르크와 언어가 다르네요."

아, 그러고 보니 마을 녀석들은 다른 나라 말을 못 하는 녀석들이 많았지.

"그런 건 이걸로 해결하면 되는 거 아냐?"

키르가 가슴을 땅땅 치며 호언장담했지만, 그건 아니라고 지적하고 싶군.

"발음이 좀 옛날 느낌이 나네."

그리고 동행하고 있던 루프트가 나와 메르티에게 감상을 이야기했다.

아, 그러고 보니 루프트는 쿠텐로 출신이라서 언어적으로는 실트벨트에 가까웠던가?

그렇다면…… 최소한 2개국어를 할 수 있는 녀석을 행상에 동행시켜야겠군.

알고는 있었지만 의외로 만만치 않을 것 같다.

"키르는 실트란 말을 알아듣겠어?"

"하나도 못 알아듣겠어."

그럼 안 되겠군.

이 멍멍이도 말을 못 알아들으면 쓸모가 없다.

"메르로마르크 이웃 나라 말이라면 어느 정도는 알아듣지만 말이야."

"지역에 따라서 쓰는 말이 다르기도 하니까요."

"그리고 필로리알이 번역해 준 덕분에 외운 말도 있으니까 아마 괜찮을 거야."

"마을 아이들 중에는 말을 알아들을 수 있는 사람도 몇 명 있으니까, 행상 일을 하는 데에는 별 지장이 없을 거예요."

무작정 낙관적인 전망만 말하는 키르를 대신해서 이미아가 설명을 덧붙여 주었다.

"아, 그러셔……."

꼬맹이들의 성장 속도가 빠른 것 같긴 하지만…… 괜찮을까? 조금 불안해지는데.

이런 대화를 하면서 성으로 간 우리는, 마모루가 어디 있는지를 물어보고 성의 식당으로 향했다.

"아, 나오후미 왔어? 일찍도 왔네. 우리는 지금 막 아침 식사를 하던 참인데, 먹고 갈래?"

"아니, 출발 전에 먹고 왔어."

우리 마을은 의외로 하루를 일찍 시작하는 편이니까.

오히려 마모루 일행 쪽이 늦은 건지도 모르고 말이지.

"그래서? 이렇게 이른 아침부터 무슨 용건이지?"

"아, 우리는 앞으로 정보 수집과 돈벌이를 겸해서 행상 일을 해 볼 생각인데, 일단은 마모루의 허가를 얻어 두는 게 좋을 것 같아서 인사차 찾아온 거야."

"그렇군. 솔직히 말하면 우리 쪽에서는 유통 문제 때문에 골

머리를 앓던 참이었어. 그걸 맡아 준다면 우리야 오히려 고맙지. 하지만 타국에서 밀입국한 도적이 많아서 위험하다는 모양인데, 괜찮겠어?"

하긴, 지금 실트란은 대국의 침략에 시달리는 소국이라는 모양이니까.

"그 점은 문제 될 것 없어. 다들 공격을 받더라도 자기 몸 정도는 지킬 수 있겠지?"

"당연하지!"

키르를 비롯한 마을 녀석들은 그렇게 호언장담했다.

뭐, 레벨은 충분히 올렸으니 싸우는 데는 지장이 없을 것이다.

이 녀석들은 봉황이나 타쿠토를 상대로 한 큰 싸움도 경험한 바 있으니, 어중간한 마물이나 도적 따위에게 패배할 리는 없으리라.

"그러고 보니 나오후미 휘하에는 아인들과 수인들이 많더군. 하지만 강종족…… 강한 종은 별로 없는 것 같던데."

나는 마을 녀석들을 떠올려 봤다.

하긴 마을 녀석들 중에 종족적으로 강한 녀석은 포울과 사디나, 실디나 정도밖에 없다.

범고래 자매는 지금 없으니까, 실질적으로는 포울밖에 없는 셈이다.

라프타리아는 라쿤 종과 비슷하게 생겼지만, 쿠텐로 혈통이라 실제로는 다른 종족이다. 루프트도 마찬가지다.

"강하게 생긴 종족이 없는 건 사실이긴 하지."

수인 중에 가장 많은 것은 손재주가 좋다는 이유로 구입한 두

더지 수인 르모 종이었고, 나머지는 다양하게 분포되어 있다.

일단 이미아와 숙부가 르모 종의 대표인데…… 이미아의 숙부는 기본적으로 마을에서 지내지 않으니, 실제로는 이미아가 대표인 셈이었다.

"그럼 실트란에 적응하기도 수월하겠군."

하긴, 대충 보아하니 실트란 주민들은 싸움에는 별 재주가 없어 보이니까.

위압당할 일이 없다는 면에서는 행상 활동에 유리하다고 할 수 있을 것이다.

"단, 필로리알과 라프 종이라고 했던가? 그 두 동족은 여기에 없는 종족이고 너무 눈에 띄기도 하니까, 조금 신중하게 생각하는 게 좋을 거야."

그러고 보니 필로리알은 아직 이 세계에 없다고 했었지.

과거를 변조해서 역사에 이름을 남겨 주마! 라는 식의 사고방식이 아니라면, 괜히 이목을 끄는 건 피해야 한다.

하는 수 없지.

"그럼 사람들의 이목이 있는 곳에서는 라프 종을 통해 은폐시키도록 하지."

라프 종으로 변화한 마물들은, 마차를 끌 수 있을 만큼의 체력이 있다.

게다가 환각 마법도 쓸 수 있으니 외모를 위장하는 것도 가능했다.

사람들이 이목이 있는 곳에서는 말 같은 걸로 변신시켜서 이동시킬 수도 있고, 필로리알과 힘을 합치면 악당들이 나오더라도 대처할 수 있을 것이다.

"미래에는 다재다능한 마물들이 많은 모양이군."

"그건 그래."

아니면, 마모루가 어디선가 사역해서 데려온 마물들이라고 속이면 될지도 모른다.

하지만 그랬다가 쓸데없는 불씨를 일으킬 수도 있으니, 이 방법은 나중에 마모루와 상의해 봐야겠다.

"어제 왔던 형들, 이야기 끝났어?"

마모루가 돌보고 있는 꼬맹이들이 말을 걸었다.

키르와 마을 녀석들을 호기심 어린 눈길로 쳐다보고 있었다.

"형, 형. 그 애들은 누구야?"

"아, 마모루가 돌보고 있는 꼬맹이들이라나 봐."

"헤에~! 그렇구나!"

"그래. 말이 안 통할지도 모르지만 친하게 지내 줘."

마모루가 그렇게 말하자, 키르는 내 쪽을 쳐다봤다.

내 의견도 마찬가지였다. 앞으로 한동안은 이 나라에서 신세를 져야 할 테니까.

"알았어, 형들! 내 이름은 키르! 앞으로 잘 지내 보자!"

키르가 포즈라도 취하듯 퐁 하고 강아지 모드로 변신해서 인사했다.

"와~! 얘 되게 귀엽다!"

"응! 강아지!"

"멍!"

키르가 멍 하고 짖어서 대답하고, 보디랭귀지와 함께 마모루 쪽 꼬맹이들에게 다가갔다.

천진난만함 그 자체와도 같은 키르의 무방비한 움직임에, 처음에는 약간 주저하던 꼬맹이들도 이내 키르를 향해 웃음을 지었다.

복슬복슬한 털을 쓰다듬어 달라는 듯 어리광을 부리며 상대의 손이며 얼굴을 핥아대는 그 동작은, 완전히 개로 보였다. 훈도시도 이 상황에서는 일종의 매력 포인트 구실을 할 뿐이었다.

키르의 뛰어난 행상 실적은 이 애교 덕분이었던 건가.

"나도 키르 군이랑 라프 종들에게 배운 인사법으로 친해지고 올게!"

지금까지 잠자코 있던 루프트가 라프 종과 비슷한…… 요즘 들어 자주 짓곤 하는 약삭빠라 보이는 표정으로 꼬맹이들에게 다가가 말을 걸었다.

"내 이름은 루프트밀라. 얘는 키르 군. 앞으로 잘 부탁해."

루프트의 말은 실트란에서도 통하는 언어였는지, 꼬맹이들은 그 자기소개에 고개를 끄덕였다.

"복슬복슬~."

"얘들 귀엽다!"

"어때?! 나 멋있지?"

키르가 친근하게 되물었지만, 넌 방금 귀엽다는 소리를 들었다고.

이 녀석들, 아무래도 좀 어긋난 구석이 있는 것 같다니까.

"자, 잘 부탁드려요."

키르와 루프트에 이어서, 이미아도 친하게 지내자면서 꼬맹이들에게 다가갔다.

약간 어색한 느낌은 들었지만, 그래도 그럭저럭 무리에 섞여 들어간 것 같았다.

"훈훈한 광경이네요."

라프타리아가 꼬맹이들의 모습을 보며 미소를 지었다.

그건 그래.

"하지만 키르 군, 그래서는 멋있다는 소리는 못 들을 것 같은 데요……."

"너무 그러지 마. 이게 키르의 인기 비결이니까."

약간 멍청해 보이는 편이 더 귀여운 법이다. 천연 바보라는 건 참 무섭다니까.

"자, 얘들아. 식사 시간이니까 나오후미네 아이들과 노는 건 나중에 하렴."

레인이 소리 높여 손뼉을 치며 타일렀다.

"""네~에!"""

꼬맹이들은 일제히 고개를 끄덕이고 나서, 우리 마을 녀석들 에게 인사하고 자기 의자로 돌아갔다.

"밥 먹는 거야?"

키르의 친근한 태도를 본 꼬맹이들이, 키르에게 자기 밥을 나 눠주려 하고 있었다.

어째 눈에 익은 광경이다. 초등학생들이 유기견을 주워서 선 생님 몰래 키우려고 하는 모습과 비슷하군.

"키르, 우리는 아까 먹었잖아."

"앗~! 그치만 형!"

나는 말없이, 꼬맹이들을 잘 보라며 눈짓으로 키르를 다그쳤다.

"알았어, 형! 이건 너희가 먹어야 하는 밥이야."

꼬맹이들의 영양 상태가 약간 나빠 보였다.

성에 딸린 시가지의 모습과 종합해 보면, 식량 사정이 썩 좋지 않은 모양이었다.

파도에 의한 피해도 있을 테니, 제대로 된 식사를 하기 힘든 것이리라.

그런 녀석에게 적선을 받을 수는 없는 노릇이었다.

"얘, 밥을 줘도 안 먹는데?"

"그건 너희가 먹어야 한다는 이야기야. 먹이를 주고 싶으면, 나중에 내가 마련해 줄 테니까 같이 먹도록 해."

"정말?!"

꼬맹이들의 눈이 초롱초롱 빛났다.

지나친 선의가 아닌가 하는 생각도 들었지만, 마모루와 우호 관계를 구축한다는 측면에서는 괜찮은 수단이 되겠지.

"꼭이야!"

"그래. 그럼 키르, 앞으로 이 녀석들과 친하게 지내도록 해."

"당연하지!"

기운이 넘쳐 보여서 다행이군.

"나오후미 님, 방금 키르 군의 밥을 '먹이'라고 하셨는데요. 혹시 알고 계세요?"

상대가 키르니까 어쩔 수 없잖아.

"그럼 밥 다 먹고 나서 이야기하지."

"미안하게 됐어, 나오후미."

식사 시간에 온 우리가 잘못한 거다.

그리고…… 마모루 쪽의 식량 사정을 아는 건 차후의 방침을 결정하는 데도 많은 도움이 되니까.

역시 식량은 돈이 될지도 모르겠다.

마물 고기도 적절하게 손질하면 먹을 수 있을 테고……. 현재의 실트란에서는 어중간한 귀금속이나 보석보다 식량의 수요가 더 많을 것 같았다.

더불어 약도 제법 수요가 있을 것 같고 말이지.

그렇게 해서 나는 마모루 일행의 식사가 끝날 때까지 기다렸다가, 우리 마을 녀석들과 마모루 쪽 꼬맹이들의 친목회 같은 모임을 열었다.

역시 나이가 가까운 만큼 친해지는 것도 빨랐다.

집단 따돌림 같은 게 생기지 않을지 걱정했지만, 우리 마을 녀석들도 행상 등을 통해 쌓은 경험이 있는 덕분인지, 꼬맹이들의 심기를 거스르지 않으면서 상대하고 있는 것 같았다.

"이것 참, 나오후미 덕분에 왁자지껄해져서 참 좋은데."

"내 밑에 있는 녀석들은 호기심을 억누를 줄 몰라서 말이야. 일단 그 녀석들이 국내를 순회하면서 유통을 활성화하고 돈을 벌어 볼 생각이야."

"저 애들과 금방 마음을 터놓는 걸 보고 놀랐어. 사실 꽤 낯가림이 심한 애들이 많은데 말이야."

"뭐, 그 녀석들과 비슷한 상처를 가진 녀석들이라 그런 걸지도 모르지."

라프타리아를 비롯한 마을 아이들은 하나같이 파도 때문에 가족을 잃었다.

가족을 잃은 슬픔을 알고 있는 만큼, 상대의 아픔을 빨리 눈치채고 이해할 수 있는 것이다.

그러면서도, 한편으로는 상대의 상처를 자극하지 않도록 하는 배려도 베풀 수 있다.

서로 비슷한 상처를 가졌기에, 친해지는 것도 빠른 것이리라.

그리고 어제 나를 함부로 대했던…… 시안이라는 고양이 귀 꼬마는 약간 안절부절못하는 표정으로 나와 마모루 근처에서 쭈뼛거리고 있었다.

넌 또 왜 그래?

"너는 저 녀석들한테 안 가는 거냐?"

"나는 보고 있기만 해도 돼."

뭐, 그렇게 무리에 끼지 않는 애들도 있긴 하지.

나도 딱히 마음씨 좋은 형 노릇을 할 생각은 없는 만큼 신경 쓰고 싶지 않았다.

"아, 그러셔."

그래서 퉁명스럽게 대꾸했다.

마을 녀석들과 마모루 쪽 꼬마들의 친목회를 대충 지켜보면서 실트란 내에서 어디를 돌아다녀야 할지, 어떤 물자를 수송해 주는 게 좋을지를 마모루와 의논했다.

역시 성 앞 도시의 재건과 발전을 위해 필요한 물건이 많은 모양이었다.

돈 될 만한 것들이 곳곳에 널려 있음을 알 수 있었다.

문제는 실트란의 국력과 물가일 것이다.

뭐, 당분간은 투자라고 생각하고 순회하는 수밖에 없다.

원래 세계로 돌아가려면 어떻게 해야 할까.

그렇게 마모루와 이야기를 정리해 나가고 있으려니, 시안이 호기심 어린 눈길로 지도를 응시하는 게 보였다.

"행상 일에 관심이라도 있어?"

"응? 아, 아니……."

내 질문에, 시안은 애써 퉁명스러운 말투로 말하며 시선을 외면했다.

그 태도는 대놓고 관심이 있다고 말하는 거나 마찬가지라고.

마모루도 따스한 시선으로 쳐다보고 있군.

흐음……. 내가 먼저 이 이야기를 꺼내는 게 득이 될지 어떨지는 모르지만, 아이디어 자체는 썩 나쁘지 않을 것이다.

"마모루, 양쪽 녀석들이 서로 친하게 지낼 수 있을 것 같으니까, 네 밑에 있는 꼬맹이들도 같이 행상 일을 시키는 건 어때?"

"응?"

"딱히 이상한 제안은 아니잖아? 우리가 이상한 짓을 못 하게 감시할 수도 있고, 네 밑에 있는 녀석들도 어느 정도 싸우는 방법을 익힐 수 있는 기회가 되기도 할 테니까."

일하지 않는 자 먹지도 말라.

게다가 여기 있는 꼬맹이들은 성장이 빠른 아인인 것이다.

키르도 강아지 형태일 때는 애완동물처럼 보이지만, 아인 상태일 때는 나이에 비해 제법 성장한 외모였다. 뭐, 라프타리아만큼 성장한 건 같은 종족인 루프트, 그리고 노예들 중에는 원래 나이가 많은 편이었던 포울 정도였지만.

불쌍하다면서 품에만 끼고 살면 발전이 없는 법이다.

"자칫 잘못해서 다치거나 마물에게 져서 죽거나 하면 안 된다고 생각한다면, 당분간 마모루도 행상에 참여하면 될 거 아냐?"

"와—오. 마모루, 나오후미한테 완전히 끌려 다니겠는걸!"

칫! 레인이 쓸데없는 소리를 지껄이잖아!

"나오후미 님, 뭔가 못된 꿍꿍이라도 꾸미신 건가요?"

"아니, 그런 적 없는데?"

나는 그저 선대 방패 용사를 행상의 보초로 활용할 수 있으면 편리하겠다는 생각을 한 것뿐이었다.

"나오후미 쪽에서 괜찮다면 우리 입장에서도 불만을 가질 이유는 없어. 저 애들에게도 좋은 자극이 될 테니."

마모루는 시안과 잠시 시선을 주고받고 나서 그렇게 대답했다.

"그럼 결정된 거군. 그나저나…… 선대 방패 용사는 행상 활동을 한 적이 없는 거야?"

"국가에서 여러모로 지원해 줬으니 말이지……."

부러울 따름이군.

나와는 차원이 다르다. 그렇다면 철저하게 가르치는 게 좋겠군.

상대가 아무리 대국이라도, 물자와 전력을 단단히 갖추면 함부로 넘보지는 못한다는 것을.

"이제부터 이 나라 중진들 간의 대화에는 우리 쪽의 메르티도 참가해야겠어. 그 대가로, 행상에 의한 유통 활성화 방법을 꼼꼼하게 가르쳐 주도록 하지."

"너무 오랫동안 동행할 수는 없겠지만, 가르쳐 준다면 감사히 배울게."

이렇게 해서, 그날부터 당분간 마모루 등과 함께 마차로 국내를 돌아다니기로 했다.

"좋았어! 그럼 이제부터 실트란 국내를 돌면서 행상 일을 시작하는 거다!"

"오~!"

"무슨 일이 생기려는 건지는 모르지만, 어쩐지 가슴이 뛰는데!"

"우리가 열심히 노력하면 사람들의 생활이 편해질 거야."

마을 녀석들도 다들 다부져서, 과거, 그것도 낯선 지역으로 떠나는 행상 일에 두려워하는 기색도 보이지 않고 마모루 휘하의 꼬맹이들과 함께 저마다 길을 떠났다.

"그럼 이제 출발할 시간인데……."

"다녀오십시오, 마모루 님!"

"이번 부흥안이 성공하기를 기도하겠습니다!"

"함께 실트란을 일으켜 나가는 겁니다!"

마모루가 마차에 올라타자, 실트란의 성 앞 도시에 있던 사람들이 일제히 경례를 하며 배웅했다.

엄청나게 신뢰받고 있군.

마모루와 싸웠을 때 단단하다는 인상을 받았던 건, 실트란 국민들의 절대적인 신뢰 때문이었는지도 모른다.

방패의 성무기가 가진 강화 방법 중에는 서로를 신뢰하고 신뢰 받음으로써 강해진다는 게 있었다.

내 경우는 막연한 수준의 무의식적인 신뢰만을 가진 상태에서도 그럭저럭 높은 방어력이 작동했지만, 명확한 강화 방법을 자각하자 한층 더 굳건한 방어력을 갖게 되었었다.

하지만…… 그건 실트벨트 사람들이나 지금까지 오랜 세월을 함께해 온 메르로마르크 사람들에 중점을 두고 있어서, 다른 녀석들의 신뢰는 그에 못 미치는 것 같다는 느낌이 들었다.

마모루의 경우는…… 응. 단순한 성인 정도의 차원이 아니라, 명확한 신뢰를 얻는 영웅 같은 느낌이었다.

"이게 용사의 격이라는 건가?"

"뭐가?"

"마모루의 카리스마."

"그런 게 아냐. 내가 사람들을 지키고 싶다는 생각을 갖고 있으니까, 사람들도 나를 믿어 주는 거지."

우와……. 역사서에 남아도 이상할 게 없을 만큼 느끼한 대사가 튀어나왔다.

이 정도는 돼야 역사에 이름을 남기는 용사가 되는 건가?

"이건 도저히 못 따라 할 것 같은데."

"나오후미 님도 충분히 잘하고 계신 것 같은데요."

라프타리아가 격려해 주었지만, 아무래도 마모루와의 차이를 자각하지 않을 수 없었다.

나는 방패의 악마로 불리는 신세니 그럴 만도 하겠지.

"그냥 남의 떡이 커 보이는 걸 거야. 나오후미도 입은 험하지만 시안이 잘 따르는 걸 보면 나쁜 사람이 아니라는 걸 알 수 있으니까."

"시안이라니……."

나는 마모루에게 착 달라붙어서 나를 쳐다보고 있는 시안에게로 눈길을 돌렸다.

"얘가 나를 잘 따르고 있다고?"

고양이 같다는 생각에 일본에서 지내던 시절에 길고양이를 달래던 감각으로 손짓해 불렀다. 본능을 자극하듯 까딱까딱 손가락을 흔든다.

관심이 가는지, 시안은 내 손가락을 응시하며 상황을 지켜보고 있었다.

나는 그대로 목에 손가락을 대고 가만히 쓰다듬었다.

"그르그르그르……."

시안은 그 손길에 기분 좋아 보이는 목소리를 내면서, 마모루의 무릎 위에서 졸기 시작했다.

응, 이 녀석, 완전히 고양이군.

키르가 강아지라면 이 녀석은 아기 고양이다.

다루기 편해서 좋군.

"충분히 잘 따르는 것 같은데. 신기할 정도로."

"으음……. 역시 나오후미 님은 아이를 달래는 재주가 뛰어나신 것 같아요."

"그래?"

아인보다도 아기 고양이라는 느낌으로 대한 것뿐인데…….

이걸 신뢰의 표현으로 보는 건 뭔가 문제가 있는 것 같다.

적어도 마모루의 카리스마와는 다른 부류일 것이다.

마모루가 용사로서의 카리스마라면, 나는 펫 트레이너라고나 할까?

"방패의 강화 방법은 같을 텐데, 내 건 과거로 온 뒤로 좀 어중간해진 것 같은 느낌이 든단 말이지."

스테이터스를 확인해 보니, 어째 생각보다 방어력의 향상률이 낮았다.

이건 역시 방패 용사에 대한 막연한 믿음과 마모루 본인에 대한 절대적인 믿음의 차이일까?

그리고 마모루의 믿음을 받고 있는 녀석들도 방패의 강화를 받은 덕분에 제법 움직임이 좋더란 말이지.

꼬맹이들은 상황이 다르지만.

"같은 용사를 만나는 건 나도 처음이지만, 여러모로 차이가 있는 모양이군."

"그래."

같은 방패 용사인데도 이렇게까지 차이가 난다면, 앞으로 고생이 많을 것 같군.

뭐, 내 경우는 내 자신이 아닌 방패 용사에 대한 신뢰만으로도 효과가 있으니, 마모루보다 효과는 낮을지언정 어느 정도는 움직일 수 있을 것이다. 해 보는 수밖에 없다.


"키르, 우선 손님을 끌어. 훈도시 강아지 모습으로 이목을 끌어 모으고, 말이 통하는 녀석들이 나서서 음식을 파는 거야."

그리고 역시 내 예상대로 식량의 수요가 많았다.

"알았어! 그나저나, 이번에는 형이 밥을 만든다고 했지?"

"마을 녀석들도 어느 정도 만들 수 있을 걸로 해 뒀어. 지금은 요리법 교육에 중점을 두면서, 노점으로 돈을 벌 거야."

과거 시대에는 파도나 전쟁 등의 영향 때문에 식량이 부족한 것 같았다.

실트란의 국민들은 전투 소양이 부족하다 보니, 먹을 수 있는 마물을 잡을 수 있는 수단을 알지 못했다.

물론 국가의 병사들이나 기사들이 마물을 처치하고 있어서, 치안 유지 정도는 가능한 상태였다.

하지만 마물 고기를 적절하게 손질하는 방법은 몰랐다.

마모루도 어느 정도는 요리할 줄 알았지만, 일본에서 배운 가벼운 식사류 정도를 만들 수 있는 수준에 불과한 모양이었다.

고기를 구워 먹거나 스테이크를 만들려고 해도, 해체하거나 손질하는 작업이 필요하니까 말이지.

방패의 보정이나 자동 조리를 이용해서 해결하고 있는 것 같았지만, 그렇게 하면 맛있지도 맛없지도 않은 평범한 음식만 나올 뿐이다.

지금까지는 그걸로 버텨 온 모양이었다.

아무래도 방패의 조리 기능만 가지고 국민들의 굶주림을 전부 해결해 줄 수는 없을 테니까.

그 해결책으로써, 시험적으로 필로리알과 라프 종이 힘을 합쳐 끄는 마차를 이용한 행상 일이 시작되었다.

마모루도 국내 물가에 대해서는 어느 정도 알고 있었고, 면식 있는 상인을 통해서 시세 관련 정보 정도는 얻고 있는 것 같았다.

그런데 이번 행상 활동은, 라프타리아나 필로와 같이 행상을 하던 시절이나, 키르와 마을 녀석들에게 장사를 맡기던 때와는 약간 다른 양상을 띠고 있었다.

참고로 말 형태의 마물은 전쟁 때문에 수가 적다고 했다. 정말 힘든 시대군.

"형! 꼬치구이 열 개 추가 주문 들어왔어."

"그래, 그래!"

뭐랄까…… 어느새 행상은 이동 포장마차가 되어 있었다.

도시 사이로 이동하는 중에 조우한 마물을 처치하고, 적절하게 처리해서 식량으로 만든 다음 도시에서 조리해서 판매했다.

국내 사람들 중에는 돈이 없는 녀석들이 많아서, 물물교환 방식까지 동원해서 음식을 먹였다.

과거로 전이하기 전이었더라면 받지 않았을 물자인 목재나 석재도, 재건에 사용하기 위해 받아 주었다.

이렇게 모인 자재는 성 앞의 도시로 운반해서 재건 작업에 충당했다.

성 앞 도시의 재건 작업이 날로 활발해지는 모습은 놀랍기까지 할 정도였다.

거기에 내 휘하의 르모 종들이 건축에 참여해서, 튼튼한 집 건설에 한몫 거들고 있었다.

"미래의 방패 용사에게는 듬직한 동료들이 많군. 여러모로 고마워."

옛날 RPG에서는 마물을 처치하면 돈이 떨어졌지만, 실제로는 돈 같은 건 떨어지지 않았다.

렌이며 이츠키, 모토야스는 의뢰라는 형태로 국내의 문제를 해결해서 돈벌이를 했다고 했는데, 그 점에서는 마모루도 별반 다르지 않은 모양이었다.

물론 장사로 한 밑천 단단히 번 용사나 타쿠토 같은 녀석이 없는 건 아니었던 모양이지만.

어찌 됐건 파도로 황폐해진 국가 정세에서 이런 행상을 통한 돈벌이를 하다 보면, 의외로 기회가 널려 있는 법이었다.

행상 활동은 그렇게 순조롭게 시작되었지만…… 우리가 과거로 온 지 일주일이 경과했을 때.

사건이 일어났다.

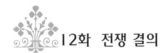 **12화  전쟁 결의**

심야……. 마을에서 판매 상품의 손질 등을 하고, 메르티를 비롯한 마을 녀석들과 차후 방침에 대한 의논도 마치고, 이제 슬슬 잠자리에 들려 했을 때 마모루가 내 집 문을 두드렸다.

밖으로 나가 보니, 마모루가 심각한 표정으로 레인을 비롯한 동료들과 함께 서 있었다.

불온한 기척을 느낀 건지, 마을 녀석들도 집 밖으로 나와서 이쪽을 쳐다보고 있었다.

온 마을 녀석들이 다 모여들었다. 다들 이런 분위기에 민감해진 것이리라.

"나오후미, 긴급하게 할 이야기가 있어."

나는 한숨을 짓고, 마을 광장으로 가서 마모루 일행과 이야기하기로 했다.

"무슨 일인데?"

"피엔사를 비롯한 연합국이 다시 실트란으로 진군하고 있어. 너희 일행이 말려들면 안 되니까, 피난 준비를 해."

"뜬금없는 이야기군. 꼭 피난까지 해야 하는 거야?"

내 질문에, 마모루는 고개를 끄덕였다.

"될 수 있으면 말려들게 하고 싶지 않아."

아아……. 그러고 보니 처음 조우했을 때 마모루가 이야기했었지.

국경 쪽에서 시찰을 하고 있었다고.

그때도 그 과정에서 렌과 조우하고 교전을 벌였으니, 이렇게 긴장한 것도 이해가 갔다.

"그런 소리를 해서 마을을 텅 비게 만들어놓고 우리 기술을 탈취하려는 꿍꿍이는 아니겠지?"

의심 섞인 내 말에 기가 막혔는지, 라프타리아와 세인은 할 말을 잃고 있었다.

"뭐야……. 이제 막 잠들었는데……."

메르티가 졸린 눈으로 필로의 방에서 나왔다.

"아, 마모루 일행이 찾아오더니, 다른 나라의 침공 때문에 여기가 전쟁터가 될 것 같으니 마을을 포기하고 도망치라고 해서 말이야."

내 대답에 메르티는 졸리던 눈에 순식간에 힘을 넣고는 당찬 표정으로 내 옆에 섰다.

전환 속도가 빨라서 좋군.

"나도 실트란의 성에서 이런저런 이야기를 들어서 알고는 있었어. 설마 이런 정세에서 쳐들어올 줄이야……."

"마모루에 대한 피엔사와 연합국의 적의가 그렇게나 강렬한 거야?"

"자기들의 속국이 되지 않는 것에 대해 불만을 가진 거겠지. 하지만 그것 말고 다른 이유도 있는 것 같아. 선대 활의 용사를 보유하고 있다는 자신감도 있지만, 이 시대보다 더 과거에 등장했던 용사가 건국한 나라의 터…… 성지를 자기들 영토로 차지하고 싶다는 게 주된 이유라는 모양이야."

메르티가 지도를 펼치고 한 곳을 가리켰다.

피엔사라는 나라 자체와는 제법 거리가 있군. 이웃 나라는 아니었다.

하지만 그 나라는 현재 한창 국토를 확장하고 있는 중인 것 같았다.

그리고 우리가 있는 실트란이라는 나라는, 피엔사가 탐내는 땅을 침략하기에 최적의 루트상에 위치하고 있는 모양이었다.

"성지라면……."

"그래, 나오후미도 가 본 기억이 있을 텐데?"

삼용교에 의한 메르티 유괴 날조 소동 때 피트리아가 데려다주었던 폐허였다.

거기에 그런 귀중한 의미가 있었던 건가?

"아마 이 시대에 거기는 세계를 제패한 패왕의 땅……이라고 여겨지는 것 같아. 어떻게든 거기를 점거하기만 하면……."

"체제가 반석에 오를 수 있다는 거야?"

그렇게 편리한 게 있을 수 있는 건가?

"그것뿐만이 아냐. 강력한 무기, 힘, 마법……. 그런 무언가가 거기에 잠들어 있다는 옛날이야기가 전해지고 있다나 봐. 내 시대에는 못 들어 본 이야기지만."

그래서 성지라는 건가……. 으엑, 그런 뜬구름 잡는 이야기를 근거로 전쟁을 벌이느니, 차라리 용사의 힘만 믿고 쳐들어오는 게 그나마 봐줄 만하겠다는 생각까지 들 지경이었다.

뭐, 침략의 명분일 뿐이라고 쉽게 상상할 수 있었지만.

"'파도가 벌어지고 있는 마당에 싸움이나 하고 있을 수는 없다. 우리 나라가 세계를 통일하고, 성지에서 축복을 받아 파도를 이겨 내겠다!'. 이게 바로 피엔사 왕의 웃기지도 않는 주장이지."

호른이 다가와서 보충했다.

이 나라, 입지가 왜 이 모양인 거냐……. 넌덜머리가 나는군.

여기가 정말로 미래의 실트벨트가 되는 게 맞는지 불안해질 지경이다.

뭐, 나도 행상 일을 하면서 국가 정세에 대한 이야기는 제법 듣긴 했다.

실트란이 유통 문제 때문에 골머리를 앓고 있는 것에도 이 피엔사라는 나라가 얽혀 있다고 했다.

게다가 피엔사는 활의 용사가 있는 나라……. 마음껏 설치지 못할 이유가 없다는 것이리라.

"어느 시대에나 활의 용사는 말썽의 원흉인가?"

이츠키도 그렇고 과거의 용사도 그렇고, 활의 용사들은 쓸데없이 문제 행동을 일으키는 경우가 많아 보였다.

활의 성무기 그 자체에도 설교를 퍼붓고 싶어지는군.

"파도에 대항하기 위해서는 국가 통일에 의한 평안이 필요하다는 주장에 납득하는 인물인 셈이지."

아……. 생각해 보면 이건 우리 시대의 메르로마르크에 해당하는지도 모르겠다.

포브레이와의 전쟁에서 승리한 덕분에, 인근 국가들은 물론 전 세계적으로, 무의미한 전쟁을 자제하자는 분위기가 구축되어 있는 것이다.

반면에 그런 분위기를 구축하지 못한 키즈나의 이세계는 지금도 항상 전쟁의 위험을 끌어안고 있는 상황이다. 라르크가 그 교섭에 내몰리고 있기도 했고……. 그 라르크는 지금 우리가 담당하는 이세계에 와서 액세서리 제작 수련을 하고 있지만.

라르크, 설마…… 그런 살벌한 교섭에 진절머리가 나서 우리 쪽 세계로 도망쳐 온 건 아니겠지?

글래스에게 업무를 모조리 떠넘겨 버리기까지 했으니…… 의혹이 떠나지를 않는군.

"아무리 파도 극복이라는 목적이 있다고 해도, 무의미한 침략을 정당화시킬 수는 없어. 그래서 나는 피엔사의 명령을 거부하기로 마음먹고 적대해 온 거야. 이 나라 국민들의 의견도 마찬가지고."

마모루의 말에, 마모루의 동료들은 하나같이 결의 가득한 표정을 보였다.

전쟁이 벌어지면 말단들이 제일 비참한 꼴을 당하는 법이다.

대국이 마음먹고 쳐들어오면 소국은 순식간에 멸망하는 것이 섭리.

용사들 간에 협력해서 파도에 맞서자는 발상은…… 이 세계에도 없었던 모양이군.

대화라는 건 힘으로 굴복시킬 수 없는 상대에게나 효과가 있는 법이니, 힘을 이용해서 자기 마음대로 조종할 수 있는 상대의 이야기를 순순히 들을 리는 없었다.

대화를 유도하려면, 자신은 쉽게 굴복할 만큼 만만한 상대가 아니라는 걸 상대에게 인식시켜야만 한다.

그러니까 최소한의 힘이라도 없으면 아무것도 할 수 없다.

게다가 전쟁은 비참한 일이다. 약탈쯤은 당연하다는 듯 벌어진다.

쓰레기와 메르티도 그런 문제들에 골머리를 앓았던 모양이다.

그 덕분에 마모루 일행의 의견도 이해할 수 있었는지, 메르티는 별다른 이의를 달지 않았다.

하지만 훗날의 역사를 보면 피엔사라는 나라는 멸망했잖아? 그것도 실트벨트에 의해서……. 어떻게 보자면 적대하던 방패 용사에 의해 멸망한 나라라고 해도 좋으려나?

그때 메르티가 나를 쿡쿡 찌르고 귓속말로 속닥였다.

"메르로마르크가 국교로 삼던 삼용교는 말이야, 원래 사성교에서 파생된 종교였긴 하지만…… 방패 용사를 증오하던 종교의 신도들을 개종시켜서 흡수한 덕분에 교세를 확장한 측면도 있었어. 어쩌면 이 시대부터 그 문제의 발단이 있었던 건지도 모르겠어."

역사의 어둠 속에서 소실된 사실 중에, 삼용교와의 악연이 있었던 건지도 모른다는 건가…….

뭐, 메르로마르크에서 성행하던 삼용교의 기초는 창과 검의 세계에 있던 종교겠지만. 활의 용사가 거기에 쉽게 녹아든 것은, 멸망당한 피엔사의 후예들을 흡수한 덕분인지도 모른다.

이런 역사의 어둠은 참 싫군.

"이야기는 대충 이해했어. 하지만……."

나는 불안한 표정으로 상황을 지켜보고 있는 키르와 마을 녀석들 쪽으로 시선을 돌렸다.

"형! 나도 싸울 거야! 멍멍!"

키르는 기운이 넘치는군. 그야말로 키르답다고 해야 할까.

필로와 마찬가지로 분위기 메이커 역할을 착실히 수행하고 있었다.

"방패 용사님의 명령이라면 저희도 싸우겠습니다."

이미아를 비롯한 르모 종 녀석들도 싸움에 대한 결의를 보이며, 각자 휴대한 무기를 움켜쥐었다.

르모 종 녀석들은 손재주가 좋아서인지, 단검이나 활을 들고 싸우는 녀석들이 많단 말이지.

그리고 손톱…… 아니, 주먹이라고 해야 할까? 그것 말고 흙마법도 잘 쓰는 것 같았다.

성격적으로 전투와는 맞지 않는 면이 있어서, 마을 녀석들 중에서는 싸움에 대해 비교적 소극적이던 녀석들이었지만…….

"이제 다시는 빼앗기기 싫으니까요."

이미아와 르모 종들도 노예 사냥꾼들에 의해 마을을 잃은 과거가 있었다.

키르와 다른 아이들과 빨리 친해진 데는 그런 이유도 있었다.

"적의 규모는 어느 정도죠?"

루프트가 차분하게 물었다.

"병사의 수와 숙련도, 레벨로 따지면 열 배는 훌쩍 넘을 거야."

왜 그렇게 전력 차가 심한 거냐.

"인간, 아인, 수인, 그 인재 전부가 전투에 특화된 자들로 구성돼 있어. 그런 군대가 마음먹고 소국에 쳐들어온다는 거야. 열세도 보통 열세가 아니지. 나나 호른이 마모루 편에 들어가지 않았더라면, 지금쯤 여기는 흔적도 안 남았을 거야."

"방패 용사는 동료 없이는 아무것도 못해. 동료를 다 잃는 순간, 나도 끝나는 거야."

마모루는 자조하듯 중얼거렸다.

그건 같은 방패 용사인 나한테도 해당하는 이야기라고. 알고 하는 소리냐?

"피엔사를 필두로 한 연합국은 주력 부대인 드래곤 군단까지 동원해서 쳐들어오고 있어. 그리고 용사인 내가 나서면, 용사를 전쟁에 활용하는 것은 잘못이라는 명목으로 활의 용사를 출전시킬 거야."

"흐음……. 그럼 적의 본대는?"

"그 후방에서 천천히 쳐들어올 꿍꿍이겠지."

이걸 효율적이라고 해야 할지, 아니면 비효율적이라고 해야 할지…….

"모든 걸 다 남들에게만 떠맡기다니……. 군인으로서 부끄러운 줄도 모르는 건가?"

이때 에클레르가 멸시하듯 말했다.

"피해를 최소화하면서 명목은 확실히 세울 수 있는 포진을 짠 거겠지."

싸움에는 분명히 참가하고 있을 것이다.

후방 지원이라는 명목으로, 용사나 주력 부대의 손이 미치지 못하는 곳을 커버하는 식이리라.

"형! 여기서 도망치려는 거야?"

포울도 참전에 찬성하는 의견인 듯, 힘껏 주먹을 움켜쥐고 있었다.

"포울, 너도 맞서 싸우자는 거냐?"

"당연하지. 마을을 버리는 건 아트라의 소원을 저버리는 짓이야!"

"말이야 그럴싸하지만 말이지. 그런 쓸데없는 싸움에 휘말리느니 차라리 거점을 버리고 도망친다는 선택지도 있어. 포울……. 네가 지켜야 하는 것은 장소야? 아니면 동료들이야?"

장소를 지키는 게 목표라면, 그 목표는 이미 무너진 셈이었다.

마을이 통째로 과거 세계로 전이해 버린 상태니까 말이지.

하지만 지켜야 할 대상이 동료라고 한다면 장소는 별로 중요하지 않다.

"그래……. 형의 논리도 이해는 돼. 하지만 여기서 도망쳐도 되는 거야?"

"그 수는 썩 추천하기 힘들겠는데."

"맞아. 여기를 버리고 도망치는 방법은 최대한 피하는 게 좋을 거야."

호른과 라트가 그렇게 지적했다.

"그건 왜지?"

"우선, 여기는 미래에서 온 땅이라는 점이야. 과거로 돌려보내는 데 필요한 무언가가 이 땅에 깃들어 있을 수도 있는데, 이 땅이 전투에 말려들어서 망가지면 그게 사라져 버릴 가능성이 있어."

"또 하나, 피엔사의 진군에 의해 영토를 빼앗기게 되면 영토 회복에 시간이 걸릴 수밖에 없고, 그만큼 연구가 늦어지게 된다는 점이야. 지금 여기에 있는 것들에는 그만큼의 가치가 있다는 이야기지."

"그리고 여기에 있는 기술을 빼앗기면, 적들에게 더 날개를 달아 주는 격이 될 거야."

적들이 미래에서 온 기술을 탈취하고 분석이라도 해 버리면 상황이 더더욱 악화된다는 건가.

애초에 과거를 바꾸면 우리가……라는 식의 귀찮은 전개가 벌어질 가능성도 있으니, 나아가든 물러나든 마찬가지겠군.

그러니 최대한 현재 상황을 유지하는 쪽이 좋다는 게 호른과 라트의 견해인 모양이었다.

"적이 도착하려면 얼마나 걸리지?"

"이르면 내일 정도면 쳐들어올 거야."

그 전에 마을을 철저히 파괴하고 도망칠 수도 있지만…… 그 작전은 좀 마음에 안 드는군.

"드래곤……."

내가 결론을 내리기 전에, 윈디아가 적대하는 상대의 이름을 중얼거렸다.

"대화해 보려는 거야?"

렌이 윈디아의 어깨에 손을 얹고 말을 걸었다.

"응……. 그치만 드래곤들도 목적을 위해 싸우는 거라면……."

"애석하지만 드래곤들과는 대화가 안 통해."

그때 호른이 윈디아의 말을 부정했다.

"왜 그런 소리를 하는 거야?"

"그것들은 내─가 초기 구축을 맡았던 개조형 드래곤의 발전 판이니까."

"뭐라고?"

"말하는 걸 깜박했네. 나─는 원래 피엔사 소속 연구자였어. 하지만 피엔사에 있는 활의 용사와 사고방식이 안 맞는 것 같아 서 여기로 망명해 온 거야."

이 녀석……. 경력만 봐도 라트의 조상이 확실하군.

원래는 대국 소속이었다가 모종의 사정이 생겨 방패 용사 휘 하로 흘러 왔다는 점이 완전 판박이었다.

"활의 용사의 사고방식이라는 게 뭐지?"

"이번 활의 용사는 마물을 사육해서 전력화하는 데에 관심이 많아. 드래곤 부대가 위협적인 수준으로 성장한 데에는 그 영향 도 있었지. 하지만…… 드래곤 이외의 다른 마물은 아군에 받 아들일 필요도 없다는 식의 차별주의자라서 말이지."

동일 레벨일 경우에 드래곤의 성장도가 다른 마물들보다 압도 적으로 빼어난 건 확실하다.

재력을 아끼지 않는다면 효율적인 전력 향상 방법이라 할 수 도 있었다.

"언젠가 온 세계의 마물을 드래곤으로 물들이기라도 하려는 건가 몰라."

과거에나 미래에나, 이 세계의 드래곤은 다른 마물들을 지배할 수 있는 모양이었다.

그리고 호른의 이야기에 따르면, 활의 용사는 군대에서 사역하는 마물들을 모조리 드래곤으로 바꿔 버렸다는 것이다.

"약육강식의 법칙이라고는 해도, 드래곤이 마물의 왕 노릇을 한다는 건 가능성을 내버리는 짓일 뿐이야. 나―의 호기심은 그런 바보짓을 절대 용서 못해. 활의 용사가 그렇게 나온다면 나는 벌룬을 최강의 마물로 만들어내고 말겠어."

그것도 좀 이상한 거 아냐? 최강의 벌룬이라니, 그건 좀 아닌 것 같은데.

한편으로는…… 우리 쪽 이세계에 마물들 간의 통치 조직이 갖춰지지 못한 이유가 호른의 연구 때문이라면…… 하는 생각도 들었다.

키즈나 쪽 이세계에서는 마룡을 필두로 한 조직 체계가 갖춰져 있었으니까.

"마물 중에서 드래곤의 힘만 인정하는 활의 용사라……."

나는 윈디아 쪽을 쳐다봤다.

윈디아는 라프 종으로 변한 캐터필랜드를 쓰다듬으면서 호른 쪽을 쳐다보고 있었다.

우리 마을에서는 드래곤도 필로리알도 라프 종도, 누가 제일 위인지를 두고 다투는 일은 없었다.

클래스 업할 때 어떤 종으로 변이할지를 두고 마물들끼리 다투는 경우는 있지만.

서로 자기가 라프 종이 되고 싶다면서 다투는 것이다. 듣자 하니…… 라프 종이 부러워서 그런다나 뭐라나.

렌이나 이츠키가 키운 마물들 중에서도 그런 경향이 나타나서, 라트가 주의 깊게 지켜보고 있었다.

"그중에 용제도 있는 거야?"

"나―도 거기까지 조사한 건 아니라서 장담은 못 하겠는데."

그렇다면 있다고 판단해야겠지.

"어쩔 거지, 윈디아?"

렌은 에클레르와 시선을 주고받고 나서, 윈디아의 눈을 마주 보며 물었다.

"먼저 우리가 아는 방패 용사에게 물어보는 게 낫지 않아?"

"난 나오후미의 생각보다 윈디아의 의견을 먼저 듣고 싶어."

렌은 진지하기 그지없는 표정으로 윈디아에게 캐물었다.

"나는 윈디아…… 네 아버지를 죽이고 말았어. 그러니까 이제 다시는 함부로 드래곤을 죽이지 않기로 결심했어."

"누구 마음대로 그런 결정을……."

"그래, 나는 나밖에 모르는 놈이야. 하지만 나는 이런 결의를 가슴에 품고 타쿠토의 용제와 싸웠어."

"그때는 가엘리온이 숨통을 끊었다고 했어!"

그렇다. 그때 렌은 타쿠토의 용제를 상대로 싸우기는 했지만, 숨통을 끊지는 않았었다.

왜 그랬는지 이제 알 것 같았다. 렌 자신에게도 그 일이 트라우마로 남았던 건가.

"그래도 나는 싸웠어. 하지만 이번에는 달라. 윈디아…… 내가 사람들을 지키기 위해 드래곤 부대를 상대로 싸워도 될까? 그 결정을 너에게 맡기고 싶어."

그러면서 렌은, 필로리알의 성역에 아무렇게나 굴러다니고 있던 검을 복제해서 등록해 두었던 아스칼론으로 무기를 변화시켰다.

윈디아는 마을을 둘러보고, 라프 종으로 변한 캐터필랜드와 눈길을 마주치고 나서…… 대답했다.

"내가 싫다고 하면 어떻게 할 건데?"

"그러면 다른 수단을 강구해 볼 거야. 교섭이든 뭐든 다 해 봐야겠지."

"……"

윈디아는 생각에 잠겼다가 말했다.

"나도 이제 드래곤만이 특별한 존재라는 생각은 안 해. 마을을…… 사람들을 더 이상 잃지 않을 수 있도록, 싸워 줘. 부탁이야, 렌……."

"알았어, 윈디아. 그럼 너를 위해, 그리고 사람들을 지키기 위해 검을 휘두르지. 이것이 나의 속죄야!"

……신내는 건 좋지만, 자기 멋대로 분위기를 싸우는 쪽으로 몰고 가지는 말았으면 좋겠는데.

"형! 응전하지 않을 거야?!"

키르가 아직까지 명확한 답을 내놓지 않는 나에게 따졌다.

"형이 그랬잖아! 스스로 선택하라고! 우리는 마을을, 동료들을 지키기로 마음먹었어!"

"키르 군……."

그런 키르의 태도를 본 라프타리아가, 약간 감동에 젖은 목소리로 중얼거렸다.

한 방 먹었군.

평소에 나는, 스스로 선택해야 한다고 마을 녀석들에게 입버릇처럼 말했었다.

그렇기에 클래스 업 같은 것도 임의로 하게 했고.

"일리 있는 말이군……. 하지만 그렇다고 무턱대고 싸워서는 안 돼. 그 점은 너희도 알고 있겠지?"

"당연하지! 활의 용사를 죽이면 안 된다는 거잖아?"

"그 점은 두말할 필요도 없겠지."

아마 과거의 세계에서도 파도의 성질은 그대로일 것이다.

성무기의 용사를 살해하면, 남아 있는 용사들의 부담이 그만큼 커진다.

그 정도라면 그나마 낫지만, 성무기의 용사가 파도가 발생한 가운데 전멸하면 세계가 멸망……한다는 모양이었다. 실제로 멸망한 세계에 대해서 세인과 그 언니 세력에게서 들은 적이 있으니, 아마 틀림없는 사실이겠지.

아무리 적대세력이라 해도, 성무기의 용사를 죽였다가는 악영향만 생길 뿐이다.

뭐…… 말 안 듣는 용사 따위는 해치워 버리는 편이 빠를 거라는 생각도 갖고 있긴 하지만.

그런 의미에서 보면, 나는 그나마 나은 편이었는지도 모른다.

렌과 이츠키는 이제 내 말을 잘 들어 주니까.

이것도 파도의 흑막, 신을 참칭하는 자가 파 놓은 함정일 거라고 생각하니 넌더리가 나는군.

"단, 너희가 솔선해서 싸움에 참가하는 건 옳지 않아."

"뭐?! 하지만 지키지 않으면 아무것도 못 하잖아!"

"그 문제는 다 방법이 있으니까 좀 참아."

굳이 키르와 마을 녀석들이 적극적으로 전쟁에 참여할 필요는 없다.

"내가 등장할 차례이오이다."

그림자가 스윽 하고 모습을 드러내서, 메르티와 루프트에게 인사하고 내게 다가왔다.

"불온한 분위기를 감지하고 정찰에 나서 봤소이다. 이와타니 공, 실트란 사람들의 증언에 문제는 없는 것 같아 보이오이다."

그림자는 실트란 국경 너머에 대규모 군대가 접근 중이라는 것을 비밀리에 확인하고 있었던 모양이었다.

"가장 먼저 여러분께 전하고 싶었소이다만, 상대의 움직임이 빨라서 좀 고생했소이다."

나는 한층 더 목소리를 낮추어 그림자에게 물었다.

"마모루가 우리의 전력을 믿고 다른 나라에 싸움을 건 흔적은 없었어?"

피해자인 척하며 우리를 이용하려 들 가능성도 부정할 수 없었다.

사사건건 우리에게 기대려고 하면, 그냥 도망쳐 버리기로 마음먹고 있었다.

"잠입해서 조사해 본 결과, 그런 건 아닌 것 같소이다. 오히려 이와타니 공 일행 때문에 재건 속도가 빨라진 게 원인인 것 같더이다. 그게 상대방 입장에서 문제가 된 모양이오이다.”

행상을 통한 재건 지원 때문에 상대방이 행동을 앞당겼다는 건가…….

실트란을 점령할 꿍꿍이를 가진 녀석들 입장에서 보면 재건 속도가 빨라지는 게 싫을 만도 하겠지.

단번에 몰아붙일 작정인 모양이다.

“흐음…….”

섣불리 움직였다가 과거가 바뀌어서 미래에 영향을 끼치는 것 아닐까 하는 불안이 있긴 하지만…… 적어도 현재까지는 별다른 변화가 없어 보였다.

미래의…… 메르로마르크에서 이세계에 소환된 존재인 내가, 이 세계의 시간에 큰 영향을 받지 않다는 건 확실해 보였다.

마을을 포기하고 미래로의 복귀 작업을 늦출 것인지, 아니면 싸워서 역사 변조가 발생할 위험을 선택할 것인지……. 이야기 속에나 나올 전개 아니냐고 따지고 싶을 만큼 고민스러운 문제군.

어찌 됐건 본래 역사와는 다른 사태가 벌어질 건 틀림없다.

과거의 변화가 미래의 변화로 이어질지 모른다는 염려는, 오랜 세월을 거치면서 역사의 수정력이 보정해 주기를 기대하도록 하자.

어쨌거나.

“정면에서 요격하는 것만이 능사는 아니야.”

나도 제법 전쟁에 참가해 본 경험이 있지만, 전쟁에서 정면 충돌한 적은 의외로 많지 않았다.

쿠텐로에서 벌어진 내란 때만 해도, 루프트가 저지른 어리석은 정책을 이용한 무혈입성이었다.

포브레이와의 전투도 쓰레기의 작전을 통해 승리했다.

쓰레기가 이 자리에 없는 게 은근히 뼈아프군.

"다양한 작전을 생각해 볼 수 있을 테니까 그 점은 걱정 마. 그렇지, 메르티 여왕?"

이때 루프트가, 둘만이 알고 있는 무언가라도 있는 것처럼 메르티에게 말을 걸었다.

"응?"

뭐야, 메르티는 모르겠다는 반응이잖아.

"그야, 쓰레기 씨가 고안한 수많은 작전들을 기억하고 있다면, 그중에 쓸 만한 작전이 나오지 않겠어?"

"루프트는 쓰레기가 고안한 작전들을 기억하고 있는 거야?"

"어? 응……. 다양한 작전이 있어서, 재미있게 볼 수 있었어."

라프타리아가 사람들의 이름을 완전히 파악할 수 있는 것처럼, 루프트도 기억력이 뛰어난 모양이었다.

그러고 보면 비교적 짧은 시간에 메르로마르크의 언어를 습득하기도 했으니, 유능하다는 점은 확실할 것이다.

"방패 형."

루프트가 목소리를 낮추어 내게 물었다.

"실트란이 완전히 승리하면 곤란해질 수도 있는 거지? 메르티 여왕 이야기로는, 피엔사가 멸망하는 건 좀 더 미래의 일이라고 했으니까."

"그래."

우리 입장에서 보면, 이 단계에서 피엔사를 멸망시키는 건 문제가 있을 것이다.

"그럼, 너무 지나치지 않을 정도로만 해 둘게."

그리고 루프트는 목소리를 약간 높여서 메르티와 함께 대화를 시작했다.

"실트란과 피엔사의 싸움은 여러 단계를 거칠 걸로 예상된다고 그랬지?"

"맞아."

"정리해 보자면…… 제1단계, 드래곤 부대의 침공. 제2단계, 용사의 전투. 제3단계, 본대의 도착. 그 후에는 패자에 대한 유린이겠지. 하지만 드래곤 군단과 용사의 전투는 단계의 경계선이 어중간하지 않아?"

"용사는 상대방이 정당성 확보를 위해 내세우는 명목이기도 한 것 같으니까."

"그 외에 적이 쓸 법한 작전을 생각해 보자면, 이미 실트벨트 내에서 양동 작전을 벌이고 있거나 하지 않을까?"

루프트가 마모루 일행을 슬쩍 흘겨봤다.

그러자 마모루는 말없이 고개를 끄덕였다.

"국내의 도시와 마을들이 갑작스러운 도적의 습격을 받고 있다는 보고가 들어왔어. 동료들이 진압에 나선 상황이야."

"철두철미한 작전이네. 비열한 정도가 누군가를 방불케 할 정도야."

그건 타쿠토 같은 전생자들을 가리키는 말인가?

하긴 적국에는 활의 용사도 있으니, 충분히 있을 수 있는 이야기겠지.

"있잖아, 활의 용사가 어디 있는지는 알아냈어?"

루프트가 그림자에게 물었다.

"위치를 완전하게 파악하지는 못했소이다만, 대략적인 위치 정도는 알아냈소이다."

"그럼 선대 방패 용사가 먼저 활의 용사를 만나서 이야기해 보는 게 좋지 않을까?"

상대가 명목을 내걸기 전에 사정을 캐내는 것이다.

그렇게 하면 대답하기 궁해지는 건 오히려 활의 용사겠지.

"쳐들어온 건 상대방 쪽이고, 이쪽에서는 아직 전의를 드러내지 않은 시점에서 용사들 간에 조우, 그 대화를 나누는 사이에 드래곤 군단이 침공해 오게 되는 거지. 그렇게 되면 전쟁의 결과가 나왔을 때 어느 쪽이 유리해질까?"

음흉한 방식이다. 패배하더라도 핑계를 대기 쉽도록 판을 짜는 게, 그야말로 쓰레기가 고안할 법한 작전이라는 생각이 들었다.

루프트의 성장을 칭찬해야 하는 건지 한탄해야 하는 건지.

"드래곤 부대는 어떻게 할 생각이오이까? 그냥 침공을 용납하려는 것이오이까?"

"아버지의 작전을 이용한단 말이지……. 그렇다면 상대의 혼란을 유도하는 게 좋겠는걸. 상대방은 병력도 많은 것 같으니, 기습도 할 겸 검의 용사와 포울 씨가 상대하는 게 어때?"

어디까지나 소수 정예로 나가자는 작전인가.

"검의 용사가 펼치는 분투를 보면 상대방도 혼란에 빠질 거야. 하지만 상대편 쪽 비장의 카드인 활의 용사는 그 시점에 이미 선대 방패 용사와 조우한 상태가 되는 거지."

"피엔사와 활의 용사 간의 연계를 와해시키는 데 성공하면 횡재하는 셈이겠지."

"맞아. 그리고…… 강력한 드래곤 군단은 방해물이 되니, 미안하지만 수를 좀 줄여서 약화시키는 편이 교섭에 유리할 거야. 다만…… 초반에는 검의 용사라는 걸 들키지 않는 범위 안에서 싸워 줬으면 좋겠는데…… 아마 힘들겠지?"

"일방적으로 결정해 버리면 곤란한데."

이때 마모루가 끼어들었다.

"이건 어디까지나 제안일 뿐이야. 받아들일지 말지는 나라의 대표인 당신들이 결정해. 우리는 우리가 할 수 있는 최선의 방안을 궁리할 테니까."

메르티를 비롯한 꼬맹이들이 전쟁에 대해 궁리한다는 것도 뭔가 좀 아닌 것 같다 싶었지만, 쓰레기에게서 배운 작전을 참고로 하고 있으니 결과는 기대해 볼 만할 것 같았다.

"그 작전으로 가자면 나나 라프타리아, 세인은 어딘가에 잠복해서 복병으로 활동하는 게 좋을까?"

"활의 용사와 대화할 곳에…… 라프타리아 씨가 동행해 주면 고맙겠어."

"제가 말인가요?"

"그래. 그러는 편이 더 좋은 결과를 끌어낼 수 있을 거야. 억지력 과시에 보탬이 될 것 같으니까."

이건 라프타리아와 비슷하다는, 쿠텐로에서 온 녀석으로 오인하도록 유도하려는 꿍꿍이군.

이 시대에도 앵천명석이 존재하는 거겠지.

앵천명석의 이름이 붙은 무기들은 용사에게 특효를 발휘하는 성질을 가졌고, 앵천결계를 작동시키면 손쉽게 용사를 무력화 시킬 수도 있다.

하지만 우리의 목적은 이기는 게 아니었다. 전쟁을 벌이기 까다로운 상황을 조성하는 것이다.

"다수의 용사가 실트란에 있다고 선언하면 상대방도 쳐들어오기 힘들어지겠지만, 반발이 생길 가능성도 있겠지."

키즈나 쪽 세계가 그 노골적인 사례였다.

나쁜 수는 아니지만, 이런 상황에서 억지력으로 작용할지는 의문이었다.

싸움을 선동하는 녀석이 무슨 짓을 꾸밀지 알 수가 없게 된다.

가능하면 그런 과격파들만 먼저 처리해서 우리가 돌아갈 때까지 시간을 벌고 싶었다.

이기적으로 들릴지도 모르지만, 이 시대의 문제는 이 시대 녀석들이 해결하게 하자.

적국의 용사와 마모루 일행이 먼저 조우해서 대화하는 사이에, 적국이 용사의 힘을 제대로 쓰지 못한 채 후퇴할 수밖에 없을 만큼의 대미지를 줘야 한다.

"문제는 적국의 병력인데……."

머릿수로 따져서 열 배 이상이다. 아무리 일기당천이라고 해도, 용사 몇 명의 힘만으로 상대하자면 애를 먹을 수밖에 없을 것이다.

무엇보다 적들이 실트란 국내에 침략하면 일이 복잡해진다.

"대규모 마법 대책은 있어?"

"미안. 딱히 대책은 없어."

마모루 휘하의 녀석들 중에 대규모 술식 마법을 쓸 수 있을 법한 부대는 찾아볼 수 없었다.

이 세계의 전쟁은 술식 마법의 공방전 같은 구석이 있는데 말이지.

당장 눈앞에 있는 드래곤 부대를 상대하는 사이에, 후방으로부터 술식 마법이 빗발처럼 쏟아질 가능성도 충분히 존재한다.

우리도 집단 공격 마법을 쓸 수 없는 건 아니지만, 그것도 한계가 있다.

게다가 상대가 활의 용사 휘하에서 철저히 육성된 부하이니 효과도 약할 것이다.

그런 술식 마법을 얻어맞으면 용사라도 상당히 아플 테고, 키르를 비롯한 마을 녀석들도 무사하지는 못할 것이다.

상대는 인원이 충분한 반면, 이쪽은 부족한 상태.

그리고 만약 대처에 성공할 수 있다 해도, 키르를 비롯한 마을 녀석들을 전력으로 활용하는 건 영 내키지 않았다.

마모루 일행이 우리 힘에만 의존하느라 제대로 힘을 키우지 않다가 우리가 돌아간 후에 패배해 버리기라도 하면 큰일이지 않겠는가.

결정적으로 전력…… 머릿수가 부족했다.

"상당히 험난한 상황이군……."

불현듯, 게임 경험에서 비롯된 계책 하나가 떠올랐다.

"이봐, 이런 작전은 어때? 머릿수가 부족하다면…… 수를 불리면 되잖아. 렌, 내가 라프타리아를 걸고 모토야스와 결투를 벌였을 때, 어떻게 모토야스에게 대미지를 입혔는지 기억나?"

나는 렌에게 시선을 돌리고 물었다.

엄청 오래 전 일처럼 느껴지는 일이었지만 내가 경험한 첫 번째 파도 이후에 결투가 벌어졌다. 공격 수단을 전혀 갖고 있지 못했던 나는 비장의 카드로서 벌룬을 숨겨 두고 있다가 그 벌룬이 모토야스를 물게 하는 식으로 대미지를 입혔었다.

"응? 기, 기억은 나는데……."

"이야기는 들은 적 있어. 뭘 어쩔 생각인데?"

"아까 말한 대로, 전력을 불리는 거야. 최대한 빨리 행동하는 게 좋겠어. 적의 진군도 빠를 테니까."

결정타가 되지는 않겠지만, 확실한 효과는 기대할 만 했다.

무엇보다, 앞으로 작전이 어떻게 변화하건 적에게 확실한 타격을 입힐 수 있다.

최소한 적의 발을 묶는 데에는 보탬이 될 것이다.

그사이에 다른 작전을 짜든 함정을 파든 하면 된다.

"내가 이제부터 하려는 행동은, 너희가 어떤 작전을 짜든지 확실하게 효과가 있을 거야. 하지만 사전 준비가 좀 필요해서 말이지. 미안하지만 먼저 좀 움직여야겠어."

"알았어. 나오후미에게도 기대하겠지만, 우리도 나름대로 최선을 다해 둘게."

"라프타리아는 마모루와 동행하면서 시간을 벌어. 그리고…… 발 빠른 녀석과 라프짱이 있으면 되려나?"

"크에!"

"라프~."

"다프~."

그러자 히요짱이 앞으로 나서서 내 옆에 앉았다.

이어서 라프짱 1, 2호가 내 어깨에 올라탔다.

"방패 형, 나도 같이 가도 돼? 라프타리아 씨 대신 도울게."

"떨어지지 않게 꼭 잡아."

"응! 메르티 여왕, 뒷일은 그쪽에 맡길게."

루프트는 라프타리아와 마찬가지로 환영 마법을 쓸 수 있고, 라프 종과 같은 성질을 지니고 있다.

이 작전에는 필수 불가결한 존재인 것이다.

"마모루 쪽은 활의 용사와 조우하거든 최대한 대화를 길게 끌고 가도록 해. 그럼 나는 다녀올게. 적들의 놀라는 표정이 벌써부터 눈에 선하군."

크크크 하고 사악하게 웃어 주었다.

"저기……. 나오후미 님? 괜찮은 것 맞죠?"

라프타리아가 불안한 기색으로 내게 물었다.

"걱정 마. 전투라는 건 먼저 시작한 쪽이 이기는 거라는 식으로 생각하는 녀석들에게…… 똑같이 비열한 수를 써 주려는 것뿐이니까. 오히려 알기 쉬워서 좋을 거야."

지금 나는 게임 속 비매너 행위를 할 작정이니까.

"나오후미, 전쟁에 참전해도 괜찮은 거냐?"

마모루가 확인하듯 물었다.

"어쩔 수 없잖아. 이 녀석들이 싸우겠다고 나서는 마당이니까……. 만약에 네가 실트란 녀석들을 살리기 위해서 나라를 버리라고 했는데, 실트란 녀석들이 상대에게 맞서려는 결의를 보인다면 넌 어떻게 할 거지? 그게 자살 행위라는 걸 알고 있다고 해도 말이야."

"——?!"

마모루는 내 말에 눈을 부릅떴다가 몸을 부르르 떨었다.

오버스러운 반응이군.

"마모루……."

레인이 걱정스러운 얼굴로 그런 마모루를 부축하고 있었다.

"협조해 준다면 거절할 이유도 없겠지. 정말 고맙다."

마모루가 그렇게 말하며 깊숙이 고개를 숙였기에, 나도 고개를 끄덕여 주었다.

이 작전을 실행하자면…… 그래, 양동의 의미도 더해서, 나 자신은 위장하는 게 좋겠군.

라프짱과 루프트가 있으니 마법으로 은폐하면 그만일 것이다.

그리고…… 거울의 권속기가 방패에 같이 곁들어 있는 것도 활용해 둬야겠군.

나는 렌에게 손거울을 던져 주었다.

"렌, 그걸 갖고 있으면 너희의 행동을 나도 어느 정도 알 수 있게 돼. 내가 신호를 보내면 네 무기로 강화한 지원 마법을 영창해. 원군이 누구인지는 그때가 되면 알 수 있을 거야."

거울을 매개로 한 스킬인 전이경(轉移鏡)을 응용한 작전이다.

방패가 메인인 만큼 기본적으로 거울의 스킬은 작동하지 않지만, 미리 마련한 거울을 통해서 영상 일부나 음성을 보고 듣는 정도는 가능하다.

거울에는 물과 지원 마법 속성이 있으니까. 참고로 모토야스는 불과 회복 마법, 이츠키는 바람과 땅의 속성 마법이다.

방패로 마법 레벨을 상승시킬 수 없다면, 상승시킬 수 있는 렌의 힘을 활용하면 된다.

"아, 알았어."

"다음은……."

"……."

말없이 나를 응시하는 세인에게 눈길을 돌렸다.

"세인은 나를 이정표 삼아서 전이할 수 있으니까……. 아직까지는 네 언니가 있는 것 같은 분위기도 없고…… 실트란 내부에서 설치고 있다는 피엔사 병사들을 포박해 줄 수 있겠어?"

"……알았어. 나만 믿어."

"내가 위험에 빠졌다고 판단되거든 나타나면 돼. 단, 레인인 척하는 걸 잊지 마."

"응."

마모루와 레인이 협력 관계라는 건 널리 알려져 있는 모양이니까.

나와 세인이 설치고 다니면 상대는 무기만 보고 착각할 테니, 활동도 한결 편해질 것이다.

"좋아, 그럼 다녀오지."

나는 라프짱, 루프트와 함께 히요짱의 등에 올라타서 목적지를 가리켰다.

"크에에에에!"

타타탓 하고 내달리는 히요짱.

우리는 꼬박 하룻밤을 들여 기습을 준비했다.

 ## 13화 온라인 게임의 비매너 행위

이튿날 아침, 해가 제법 높이 떠올랐을 무렵.

"오…… 마모루가 거짓말한 건 아니었나 보군."

우리는 전망 좋은 언덕을 가로지르며 전선 쪽을 살펴봤다.

대량의 드래곤이 땅과 하늘에 걸쳐 무리 지어 진군하고 있었다.

게다가 대형 드래곤까지 있었다.

공룡 영화를 방불케 하는 광경이다. 워낙 많아서 징그럽다는
생각밖에 안 드는군.

이렇게 보니 드래곤 군단은 싸움을 유리하게 만들어 주는 존
재 같다는 생각도 들었다.

우리도 드래곤을 좀 더 늘리는 게 나았으려나?

"캬오오오오오오오오오오! 캬──!"

"하아아아아앗!"

스킬을 쓰지 않고 갖고 있는 검만 가지고도 일기당천의 싸움
을 벌이며 드래곤을 베어 넘기는 렌의 모습은, 그야말로 전설
속 영웅 같았다.

압박감을 이기지 못하고 쓰러져서 마을에서 요양하던 녀석이
라고는 믿기 힘들 정도군.

너무 무리하지 말라면서 에클레르가 렌에게 주의를 주고 있는 것 같았다.

지나치게 무리하는 감이 있는 렌을 보좌하듯, 포울과 키르가 앞으로 나서서 드래곤들과 맞서 싸우고 있었다.

이쪽은 약간 고전을 벌이고 있는 것 같군.

나중에 들어 보니, 역시 일반적인 마물들과는 뭔가 달랐다는 모양이었다.

뭐, 포울을 비롯한 마을 녀석들은 나나 렌 같은 용사들의 가호 덕분에 선전을 펼칠 수 있지만.

포울과 키르를 비롯한 마을 녀석들, 그리고 실트란의 의용병들이 그 선두에서 버텨선 채 악전고투를 벌이고 있었다.

의용병들은 실트란 내의 얼마 안 되는 전투 특화 종족이 참전하고 있는 것 같았다.

렌과 포울은 자신들이 용사라는 것을 감추기 위해, 스킬은 쓰지 않고 기술과 마법만을 구사해서 싸우고 있었다.

이건 내 작전에 맞춰서 상대를 묶어 두는 게 목적이니까.

마모루 쪽은 어디서 싸우고 있는 걸까. 전장에 있는 게 아니라 잘 모르겠군.

그리고 적군 후방 쪽을 보니…… 아, 보인다.

인간, 아인, 수인, 이렇게 세 부대로 구성된, 후방 지원이라는 명목으로 뒤에서 구경만 하는 녀석들.

실트벨트와의 전쟁 때와도 좀 다른…… 지금까지 본 적 없는 구성의 적이군.

포브레이와 싸우던 때의 메르로마르크 군과 비슷한 것 같기도 했다.

멀리서 보기에도 병력이 다르다는 걸 한눈에 알 수 있었다.

녀석들 입장에서 보자면 약소국의 발악 정도로만 보이겠지.

"방패 형."

"라프~."

"크에."

"그래, 알았어. 이제 슬슬 가 볼까."

정말이지, 샤인 실드가 이렇게 편리할 줄은 몰랐다.

표식 역할을 제대로 해 준 덕분에, 생각보다 많이 모을 수 있었다.

들이는 시간은 반으로 줄고 모이는 수는 두 배로 늘었다. 이제 반격의 서막이 열릴 시간이다.

루프트가 조명 마법을 영창했기에, 나도 호흡을 맞추어서 방패를 치켜들었다.

합성 스킬 작동이 가능해졌군.

『힘의 근원인 내가 명한다. 다시금 이치를 깨우쳐, 저자들을 비추는 빛을 만들라!』

"드라이파 라이트 업!"

"그에 이은 합성 스킬! 프리즘 라이트 실드!"

우리는 쓸데없이 장엄한 빛을 내뿜으며, 드래곤 군단과 그 후방 부대까지 모조리 휘감을 기세로 돌진했다.

"캬오오오오—!"

"크아아아아아아!"

"가—가우우우우우!"

"케에에에에에에!"

……수많은 야생 마물들을 이끌고 말이다.

이것 참, 야생 마물들은 의외로 다양한 곳에 서식하더라니까.

히요짱이 지치지 않을 정도의 속도로 산속을 달려 통과하면서, 마주친 마물들에게 모조리 헤이트 리액션을 걸었다. 혹시 우리를 놓치지 않도록 샤인 실드를 발동시킨 채 뛰어다녀 마물들을 긁어모았다.

중간에 뒤처지는 마물에게는 레벌레이션 아우라를 걸어서 속도를 높여 주면서 도망쳐 다녔다.

마물들끼리 서로 싸우면 어쩌나 하는 걱정도 했지만, 기를 담은 헤이트 리액션의 위력은 대단했다.

단순한 사고방식을 가진 마물들은 서로 싸우지 않고, 오직 나만을 노리고 따라왔다.

원래부터 방패는 마물들을 유인하는 성질이 있는 모양이니, 그 특성을 이용하지 않을 이유가 없었다.

"뭐, 뭐야?!"

"마물 무리?!"

"저기 저건 방패 용사?!"

"말도 안 돼! 활의 용사와 교전 중일 텐데?!"

"왜 방패 용사가 여기 있지?!"

"으, 으아아아아아아아아아악!"

우리가 끌고 온 수많은 마물 군단의 돌격에, 눈앞의 적에만 정신이 팔려 있던 피엔사 군은 통솔이 무너지고 혼란에 빠졌다.

"몹 몰이를 통한…… MPK……. 머릿수가 모자란다면 마물을 끌어다가 적을 날려 버리면 그만. 실제로 보니 압권이군……."

MPK. 온라인 게임 용어로, 몬스터 플레이어 킬러의 약자다.

말 그대로 마물(몬스터)을 이용해서 다른 플레이어를 죽이는 비매너 행위다.

PK…… 이른바 플레이어 킬이 불가능한 게임에서, 마음에 안 드는 플레이어를 죽이기 위해 이용하곤 한다.

게임에서는 비매너 행위이니 반칙이지만, 이 세계는 게임이 아니니까 이런 행위도 못 할 건 없다.

애초에 드래곤 군단을 육성해서 다른 나라를 침략하는 것도 반칙일 테고 말이지.

드래곤 지상주의자인 활의 용사에게 딱 좋은 벌이지 않을까?

대량으로 육성해서 절대적인 확신을 갖고 투입한 드래곤 군단이 야생 마물들의 기습에 의해 괴멸……까지는 무리더라도, 큰 타격을 받을 건 확실하니까.

버릇없는 드래곤들에게는 화끈하게 뜨거운 맛을 보여 줘야 하지 않겠어?

"이와타니 공은 항상 우리를 놀라게 만드는군."

"렌, 언제까지 넋 놓고 있을 거야? 방패 용사가 충돌하기 전에 영창하지 않으면 전부 헛수고가 돼!"

"아, 알았어!"

렌이 신호에 따라 마법 영창을 시작했다.

후방에서 마법 보조를 하다가 나의 접근을 감지하고 렌에게 주의를 주었던 에클레르와 윈디아를 비롯한 마을 녀석들이, 내가 도착한 걸 보고 웃음을 지으며 마법을 구축시켜 나갔다.

렌이 대표로 나서서 지원 마법을 영창하려는 모양이군.

『나, 검의 용사가 하늘에 명하고, 땅에 명하고, 이치를 끊고, 연결하여, 고름을 토해내게 하노라. 용맥의 힘이여. 내 마력과 용사의 힘과 함께 힘을 이루어, 힘의 근원인 검의 용사가 명한다. 다시금 삼라만상을 깨우쳐, 저자들에게 힘을 주어라!』

"알 레벌레이션 블레스 파워 X!"

방금 렌이 영창한 마법은, 내가 영창하는 전 능력 향상 아우라와는 달리, 힘과 속도 같은 특정 스테이터스를 끌어올리는 마법인 것 같았다.

회복과 지원에 특화된 나보다는 성능이 약간 떨어지지만, 현재 상황에서는 렌이 더 강력한 지원 마법을 발휘할 수 있다. 내가 끌고 온 마물 군단은 그런 렌의 지원 마법을 받아서, 한층 더 빨라진 속도로 우리를 향해 돌격해 왔다.

뭐, 내가 온 힘을 다해 유성방패를 전개해 두고 있으니, 공격을 받더라도 돌파당할 일은 없겠지만.

"크에에에에!"

게다가 렌의 마법은 우리에게도 걸렸으니 말이지. 히요짱이 날개를 펼치고 한층 더 가속했다.

우리는 마치 한 줄기 빛과도 같이 드래곤 군단과 피엔사 군에게로 돌진, 그대로 어마어마한 속도를 유지한 채 적진 한가운데를 통과했고…….

"에잇."

"랏프!"

"다프~."

루프트와 두 라프짱의 환영 마법이 발동해서, 우리의 모습을 지워 버렸다.

동시에 헤이트 리액션과 프리즘 라이트 실드도 해제.

적들의 눈에는 빛을 내뿜던 우리가 별안간 사라진 것처럼 보였을 것이다.

"캬오오오오오오!"

"가―가우우우우우!"

"크에에에에에에에!"

표적을 상실한 마물들은 가까이 있던 드래곤 군단과 피엔사 군에게 덮쳐들었다.

"뭐, 뭐야, 이놈들은?! 엄청나게 빠른데 공격력도 강하잖아!"

"드, 드래곤들이 밀리고 있어!"

"우, 우와아아아아아아아악!"

"뭐, 뭣들 하는 거냐! 빨리 전선을 재정비해! 실트란 군이 한 것처럼 드래곤들에게 지원 마법을 걸어 주란 말이다!"

"하지만 워낙 심한 혼란 상태라, 공격, 회복, 지원 중에 어느 마법을 써야……."

"멍청한 것! 용사님이 제공해 주신 드래곤들을 죽게 내버려둘 거냐?!"

피엔사 군이 순식간에 붕괴되기 시작했군.

어디 보자……. 활의 용사는 마모루 쪽에 발이 묶여 있을 테고, 이 상황에서 재정비를 시도할 법한 녀석은……. 우왕좌왕하는 피엔사 군 무리 속을 재빨리 내달리면서, 지휘관을 찾았다.

나와 루프트의 예측에 의하면, 전장에서 가장 멀면서도 상황이 한눈에 보이는 곳에 대장이 있을 것이다.

가장 안전한 곳에서 전쟁 행위를 기꺼이 일으키는, 야심 넘치는 대장……. 피엔사의 왕이라면 제일 좋을 테지만, 상대도 그렇게까지 안이하진 않겠지.

"당황하지 마라! 실트란의 비열한 책략에 놀아나면 어쩌자는 거냐! 녀석들이 끌고 온 건 야생 마물들이다! 무적의 드래곤 군단이 고작 이 정도 놈들에게 질 것 같으냐?! 다들 들어라! 용사님을 믿고, 비열한 책략을 동원한 실트란을 타도하라!"

마술사 스타일의 화려한 옷을 입은 남자가 공허한 격려를 하고 있군.

이 녀석이 대표라고 봐도 되겠지.

"실트란에 있는 방패 용사, 마모루가 이런 작전을 쓸 리가 없어……. 아니, 이건 녀석들이 그만큼 궁지에 몰려 있다는 증거! 즉 최후의 발악이다! 몰아붙여라! 나는 녀석을 잘 알아!"

"오오! 역시 분수도 모르는 실트란 왕을 타도하신 마술사님이십니다!"

이 녀석이었냐! 이 녀석이 바로 그 배신자였냐!

"드래곤 군단이 편히 싸울 수 있도록, 우리 군은 전선을 뒤로 물려서──!"

"이런, 그렇게 쉽게 대처하면 우리가 곤란해서 말이지. 좀 더 혼란에 빠져 줘야겠어."

척 하고 대표의 어깨를 붙잡고, 우리는 은폐 상태를 해제해서 모습을 드러냈다.

아, 만약에 대비해서 나는 루프트와 라프짱의 환각 능력을 통해 마모루의 모습으로 위장했지만 말이다.

"뭐야?! 왜 여기에 방패 용사가 있는 거지?! 활의 용사와 교전 중 아니었어?!"

"굳이 비밀을 밝혀 줄 필요는 없겠지."

"에잇, 이거 놔! 오늘 멸망할 소국의 용사 주제에!"

"우리 군사님께 무슨 짓이냐!"

"캬오오오오오오오오오오오오오!"

버둥거리는 대표를 구하기 위해, 그 부하들, 그리고 복병으로 배치된 듯한 보디가드 드래곤들이 덮쳐들었다.

오오……. 다소 공격력을 갖고 있는 마모루로 위장하고 있어서 그런지, 이런 상황에서도 방심은 하지 않는군.

유성방패를 전개했다가는 이 대표까지 튕겨나가서 도망쳐 버릴 것 같았다.

흐음……. 그렇다면 내가 쓸 수 있는 방법은 하나뿐이군.

이대로 공격을 받아 내면서 카운터 효과로 대미지를 가하는 게 좋겠지.

"에어스트 실드! 세컨드 실드! 드리트 실드! 체인지 실드!"

전개한 방패를 변화시켜서, 날아오는 마법이며 화살을 막아 냈다.

적들은 그렇게 내가 만들어낸 방패 사이를 빠져나와 접근해서, 일제히 내게 공격을 퍼부었다.

응? 약간 근질근질한 통증이 느껴지잖아. 활의 용사가 병사들을 제대로 육성했다는 증거인가?

방패가 반응해서 카운터 효과가 작동했다.

현재 내가 장비하고 있는 방패는 영귀의 마음 방패로, 카운터 효과인 「C매직 스내치」와 「C그래비티 샷」이 공격한 당사자와 그 주위로 확산해 나갔다.

"우와아아아아악!"

"으…… 마력이 빨려 나가잖아!"

"몸이 무거워……."

"이건 덤이다. 받아들 뒈."

거기서 그치지 않고, 나를 물어뜯고 있던 강화된 스네이크 벌룬을 던져 주었다.

"끄아아아아! 뭐야?!"

"스네이크 벌룬이잖아?! 끄악! 아파! 하지 마!"

그래 봤자 어차피 치명상까지는 입히지 못하는 공격으로 인식된다는 점은 좀 열 받지만.

지난날의 일이 그대로 재현되는 것 같아서 썩 유쾌한 기분은 아니었다.

"방패 형!"

루프트가 가만히 환상 마법을 구사해서 분신을 만들고는, 적병에게서 빼앗은 도끼를 옆으로 힘차게 휘둘렀다.

오오……. 라프타리아를 연상케 하는 동작으로 제법 강력한 공격을 하는군.

수인 모습일 때보다 한층 더 용맹하게 보이잖아.

혹시 그런 건가? 기술의 라프타리아, 힘의 루프트밀라라는 식의 전개인가?

"라프~."

"다프~."

라프짱 1호와 2호가 힘을 모아 피엔사 병사에게 덤벼들었다.

2호 쪽은 최근에 애용하고 있는 비스트 랜스를 능숙하게 휘두르고 있군.

"쿠―히히―잉!"

히요짱이 덮쳐드는 피엔사 병사를 뒷발질로 걷어찼다.

이번에는 일단 말로 위장하고 있으니까, 종족 특유의 울음소리를 내서는 안 된다고 판단한 거겠지.

메르티의 이야기에 따르면, 필로와는 달리 제법 머리 좋은 필로리알이라는 모양이니까.

평소에는 아양이 지나치다는 생각도 들지만, 성대모사에 대한 소질은 필로리알의 특징일까.

"캬오오오오오오오오오오오오!"

보디가드 드래곤이 팔을 휘두르면서 나를 겨냥하고 공격하려 들었다.

플로트 실드에서 왈칵 하고 검은 불길이 솟구쳐 올라서, 내 시야 안에서 존재감을 과시했다.

『호오……. 우리에게 대드는 드래곤이 있는 건가』

어이, 너는 내 마법 영창에 대한 지원만 하는 거 아니었어?!

『유사 인격이다. 내 장점이지 ♪』

마룡의 목소리는 그 말을 남기고 슥 사라져 버렸다.

영 마음에 안 든다니까. 설마 실은 정신만 나에게 기생하고 있다거나 하는 건 아니겠지?

"캬악?!"

어쨌거나 공격에 대비해야겠다는 생각에 시선을 집중했을 때, 보디가드 드래곤이 공포에 질린 표정으로 흠칫 놀라 몸을 젖혔다.

혹시 내 몸에 깃들어 있는 마룡의 기운을 감지한 건가?

"어쨌거나…… 지금 네놈들이 전열을 정비하면 우리가 곤란해서 말이지. 좀 더 혼란에 빠져 줘야겠어!"

우리가 완승을 거두는 결말은 피해야 한다.

하지만 피엔사의 병사들에게 정신적인 좌절을 심어 줄 만큼의 참패 정도는 안겨 줘야 했다.

지금 무의미한 전쟁이 벌어지면 엄청 곤란하니까 말이지.

"이, 이 자식, 너는 마모루가 아――."

"이런."

건방져 보이는 마술사의 입을 틀어막고 인질로 잡았다.

결국 알아챘군.

어찌 됐건, 지금의 나는 마모루의 대역으로 활동하는 게 좋을 것이다.

마모루는…… 어쩐지 키즈나와는 다른 진지한 녀석이라는 인상이 있긴 하지만, 그것 말고는 잘 모른단 말이지. 그래서 비슷하게 연기하기가 영 쉽지 않았다.

하지만 이 녀석의 반응으로 보아, 이런 술수를 쓰는 타입은 아닌 모양이었다.

어쨌거나 용사만이 쓸 수 있는 스킬을 선보인 덕분에 상대방도 혼란에 빠졌다는 건 한눈에 알 수 있었다.

"비겁한 놈! 그게 방패 용사가 할 짓이냐!"

"터무니없는 만행이다! 용사가 그런 짓을 저지르다니 용서 못해! 싸움을 더럽히는 비열한 용사 놈!"

어련하시겠어. 야망에 찬 자신들의 침략 행위는 정당한 전쟁이고, 우리의 작전은 비열하다는 거냐.

드래곤 군단의 힘에만 의존하는 녀석들이 무슨 소리를 지껄이는 건지.

그래도 악마라는 소리까지는 안 듣는다는 점에서는 내 세계보다 낫다는 생각이 드니, 참으로 슬픈 일이군.

"뭐, 됐어. 보아하니 이 녀석이 사령관인 것 같으니, 선물용으로는 딱 좋겠지. 루프트! 라프짱!"

"응!"

루프트가 도끼 자루로 버둥거리는 배신자의 복부를 구타했다.

"으윽──."

뭐야, 무기 쓰는 솜씨가 제법이잖아……. 아직 우리 마을에 온 지 그렇게 오래되지도 않은 것 같은데 말이지.

쿠텐로에 있던 시절에는 전투 같은 건 해 본 적도 없다고 그랬던 것 같은데…….

루프트의 성장 속도는 라프타리아에게 필적했다. 무시무시할 정도의 적응력이었다.

"군사님!"

"못 보낸다! 군사님도 실트란에 돌아가느니, 차라리 죽음을 선택하실 거다! 그 충의에 보답하라!"

오오……. 생포 당한 배신자 녀석이 정보를 털어놓을 걸 경계

한 건지, 머리가 좀 돌아가는 병사들이 입막음을 하려 드는군.

"어림없어."

그때, 순식간에 전이해서 나타난 세인이 가위를 움켜쥔 채 실을 전개해서 주위 녀석들을 옭아맸다.

"이, 이세계의 재봉 도구 용사가 나타났잖아?!"

"역시 방패 용사가 여기 있는 게 분명해! 어서 활의 용사에게 보고해!"

"과연 제때 연락이 갈까?"

"큭······."

세인이 배신자를 실로 옭아매서, 내가 들기 쉽도록 가공해 주었다.

좋아, 그럼 슬슬 내빼 볼까.

"간다!"

우리는 히요짱의 등에 올라타서 즉시 이탈했다.

"좋아! 다음 작전으로 가자!"

그리고 루프트가 신호용 조명탄을 쏘아 올렸다.

그러자 전장에서 대규모 폭발이라 해도 과언이 아닌 선풍이 일어났다.

"멸룡검(滅龍劍)······에 이은 유성검 X! 헌드레드 소드 X!"

검은색이 감도는 보라색 검신에 깃든 부여 스킬을 작동시킨 렌이, 유성검과 함께 수많은 검들을 빗발처럼 퍼붓는 스킬을 내쏘았다.

용에게 특화된 공격임을 한눈에 알 수 있었다.

"캬아아아아악?!"

"캬오오오오?!"

렌의 공격을 받은 드래곤 군단이, 온몸이 찢어발겨져서 하나하나 죽어 나갔다.

"너희 잘못이 아니라는 건 나도 알아. 이건 다 사람들이……너희를 전쟁에 끌어들인 거겠지. 나는 내가 지켜야 할 사람들을 위해 싸울 뿐이야."

렌이 엄청나게 용사다운 소리를 했다. 좀 도취된 거 아니냐?

"사람들을 지키기 위해서! 아트라, 나에게 힘을 빌려 줘! 멸룡격(滅龍擊) X! 에어스트 러시 V! 세컨드 러시 V! 드리트 러시 V! 월광각(月光脚) V! 그리고…… 맹호파암격(猛虎破巖擊) V!"

포울이 연속으로 스킬을 발동시키며 물 흐르는 듯한 동작으로 대형 드래곤들을 몰아붙였다.

일단 드래곤을 연상케 하는 돌진으로 목을 후려치고, 드래곤의 몸이 젖혀진 틈에 배를 강타하고, 물 흐르듯 유려하게 연속으로 후려친 다음, 발길질을 네 번 날리고, 자세를 회복해서 자신을 후려치려는 드래곤의 안면을 서머솔트 킥으로 다시 올려친 다음, 낙하 시의 궤도를 활용한 강타.

마지막 일격이 들어가는 동시에, 땅바닥이 함몰하고 대형 드래곤의 숨통이 끊어졌다.

아까 포울은 힘을 빌려 달라고 아트라에게 기도한 것 같았지만, 아마 아트라라면 그런 포울에게 협조해 주지 않았겠지.

공격이 너무 허술하다는 지적 정도는 했을지도 모르겠다.

어째 방패의 보석이, 라프타리아를 도발할 때처럼 빛나고 있는 것만 봐도 그렇고 말이지.

틀림없다. 아트라는 여전히 포울에게 신랄한 것이다.

그래도 그 목소리가 들리지 않으니 그나마 다행이다. 포울이 참으로 활력 넘치게 싸우고 있으니 말이다.

"포울 형 멋져! 우리도 지면 안 돼!"

키르는 우리가 데려온 마물들의 관심을 피엔사 군 쪽으로 유도하기 위해 멍멍이 모드로 분주하게 뛰어 다니고 있었다.

전장을 뛰어다니는 강아지……. 뭔가 감동적인 영화의 한 장면 같지만, 실제로는 크레이프에 환장하는 훈도시 개다.

드래곤들과 마물들은 하나같이 키르를 만만한 사냥감으로 판단했는지, 키르를 향해 돌격했다.

"우와! 개! 개잖아!"

"이런 약소 종족에게 질 수는 없지!"

"뭐야, 너희? 나랑 붙어 보자는 거야? 미안하지만 그렇게 꾸물대서는 나를 붙잡을 수 없을 텐데?"

하지만 키르도 명색이 우리 휘하에서 성장한 녀석이다. 마물들의 돌격 따위는 아랑곳하지도 않고 피엔사 군 안에 뛰어들어서, 사람들 발밑을 지나 탈출했다.

끈질기게 쫓아온 적에게는 능숙하게 돌려차기를 날렸다.

"우와아아아아악!"

그 발길질에 걷어차인 남자 늑대 인간이, 그대로 나가떨어져서 자기편 병사들에게 부딪쳤다.

"뭐야, 이 개?!"

"알 게 뭐야. 멍멍!"

오오…… 대단한데.

어쩌면 긴장감을 모르는 게 키르의 장점인지도 모르겠군.

"뭐, 뭐야?! 저 자식들! 용사님이 쓰는 것 같은 신비로운 기술…… 스킬을 썼잖아!"

"설마…… 저 녀석들 혹시 이세계에서 온 성무기 용사와 그 일행 아냐?! 왜 방패 용사와 협력하고 있는 거냐?!"

그래, 좋아. 적절하게 전선이 혼란에 빠졌군.

"재봉 도구의 용사가 돕는다는 이야기를 들은 적이 있어."

"비겁한 방패 용사와 채찍 용사 놈들! 무슨 수로 다른 세계 용사를 끌어들인 거냐?!"

나는 기운 넘치는 장군 같은 녀석들 옆을 은폐 상태로 통과하면서 생각했다.

마모루의 카리스마나 방패 용사의 위엄 같은 건 안중에도 없나 보군.

실제 전쟁이란 원래 다 이런 걸까…….

"여러분! 여기서 적의 침공을 막을 거예요! 메르티 씨, 윈디아 씨, 가요."

"그래."

"응!"

이미아가 대표로 나서고, 메르티와 윈디아가 힘을 모아 마법을 자아냈다.

『전란의 대지, 그 슬픈 싸움에 휘말린 용맥의 흐름을, 그 막힌 피를 토해내기 위해 우리가 기원한다. 용맥이여. 우리의 바람을 들으라. 힘의 근원인 우리가 기원한다. 이치를 다시금 깨우쳐, 우리 앞의 대지를 벌려라!』

"집단 의식 마법! 『대지 균열』!"

콰쾅 하는 소리와 함께 실트란 군과 드래곤 군단 사이의 땅에 균열이 발생하고, 양옆으로 크게 분단되었다.

"크에에에에—!"

우리를 태운 히요짱이 드높이 도약해서 그 균열을 뛰어넘었다.

그러자 날지 못하는 마물들은 드래곤 군단을 비롯한 피엔사 군 쪽으로 공격 목표를 압축한 모양이었다.

마물을 끌고 온 우리의 간섭과 지원 마법, 사령관으로 보이는 인물의 탈취, 그리고 자신들과 싸운 것이 다른 세계 용사로 보이는 인물이었다는 것에 대한 피엔사 군의 경악 때문에, 피엔사 군의 지휘 계통은 엉망진창으로 망가지고, 결국 후퇴할 수밖에 없는 처지에 놓였다.

드래곤들도 형세의 불리함을 알아챈 듯, 뿔뿔이 흩어져서 도망쳤다.

"아! 형들!"

키르가 돌아온 우리에게 말을 걸며 달려왔다.

"어서 와! 형 진짜 끝내주던데!"

"그야 뭐. 싸움이란 이런 방식도 있다는 거야."

"오—! 그런데 그 녀석은 누구야?"

내가 마구잡이로 붙잡고 있는 녀석을 본 키르가 물었다.

그와 동시에 렌 일행도 피엔사 군을 경계하면서 우리 쪽으로 다가왔다.

"아, 상대편 사령관 대리인데, 원래 실트란에 있던 마술사였다나 봐. 선물 삼아서 생포해 왔어."

자신만만하게 말하자, 키르를 비롯한 마을 녀석들이 찬사를 보내듯 나를 쳐다봤다.

내 생각에도 일이 제법 수월하게 풀린 것 같았다.

"나오후미, 좀 지나쳤던 건지도 모르겠는걸."

"아……."

나는 고개를 돌려서, 가까스로 마물들을 물리치며 패주하는 피엔사 군을 쳐다봤다.

단순히 머릿수만 많은 오합지졸은 아니었다……. 하지만 어째 찜찜한 게 한둘이 아니군.

뭐, 이것도 지략이라 치고 넘어가기로 하자.

드래곤 이외의 사망자는 그렇게 많지 않아 보이기도 했고……. 마물은 사망자로 칠 필요 없겠지.

"이것도 작전이었나?"

나는 제법 깊은 낭떠러지를 이룬 땅의 균열을 쳐다보면서 중얼거렸다.

이세계의 작전이란 굉장하군. 현대 일본에서도 이렇게 지형을 바꾸어 버리는 전쟁은 없지 않을까?

물론 참호나, 폭탄을 이용한 함정 같은 건 있을 수 있겠지만.

"뭐, 됐어. 어쨌거나 피엔사 군도 참패했으니까. 한동안은 쳐들어올 생각이 안 들겠지. 그보다 메르티, 알고 있겠지?"

"물론이지! 빨리 선수를 쳐서 온 세계에 정보를 퍼뜨려야지! 실트란이 위기에 처했을 때 마물들이 도와주러 달려와서, 드래곤 군단을 거느린 피엔사 군을 물리치는 맹렬한 활약을 펼쳤다고 말이야!"

이런 싸움은 단순히 승리했다고만 해서 끝나는 게 아니다.

패배해 놓고는 상대방이 비열한 짓을 했다는 식으로 변명하는 것도 모자라서, 상대방이 악당의 대표라는 양 전 세계에 선전하는 것이 이런 녀석들의 상습적인 수법인 것이다.

그러니 선수를 쳐서 광고에 힘을 쏟아 부어야 한다.

"있는 일 없는 일 다 퍼뜨려도 지금은 전부 유리하게만 작용하게 돼 있어! 전쟁과 정보전은 승리한 뒤부터 시작되는 거니까!"

"소인이 맡아 해결하겠소이다!"

그림자도 의욕이 넘치는군.

이만큼 해 뒀으니, 피엔사 군도 한동안 전쟁은 꿈도 꾸지 못하겠지.

성역 침공은 당분간 미룰 수밖에 없을 것이다. 본래 역사에서 침공이 성공했는지 어떤지는 모르지만.

"다만…… 나오후미. 어쩌면 미래 시대에 방패의 악마라는 소리를 듣게 되는 이유가 여기에 있을지도 몰라."

메르티의 지적이 내 가슴을 후벼 팠다.

그건 좀 싫은데……. 방패 용사의 오명을 만들어낸 게 나 자신이었다는 식의 전개라니.

"마물을 끌고 적군을 유린하다니, 완전 방패의 악마잖아?"

내가 싫어한다는 걸 알아챈 건지, 메르티가 비꼬듯이 말했다.

헛…… 그런 건 이미 다 적응했단 말씀이지.

적이 나를 방패의 악마라고 욕한다면, 나는 그걸 이용해서 사악한 웃음을 지어 주면 그만이다.

"크크크…… 어슬렁어슬렁 후퇴하는 잔챙이 놈들 얼굴 봤어?

아주 걸작이던데? 이 정도면 되겠어?"

메르티도 그게 농담인 걸 알았는지, 쓴웃음을 짓고 있었다.

어쨌거나, 이해해 주는 동료가 있다는 건 참 기분 좋은 일이군.

"자, 이제 남은 건 마모루와 라프타리아 쪽인데, 그쪽은 어떻게 됐지?"

메르티에게 그렇게 묻고, 마모루 일행이 갔을 것으로 여겨지는 방향을 다 함께 바라봤다.

전장에서 약간 떨어진 숲 속인 것 같았다.

연기가 피어오르고 있는데…… 괜찮을까?

우리는 연기가 나는 쪽으로 향했다.


연기가 피어오르고 있는 곳에 다가갔을 때는 이미 전투가 끝났는지 아무런 소리도 들리지 않았다.

전장 쪽으로 가니 싸움의 자국인지 땅바닥이 후벼 파인 흔적이 있었다.

"나오후미 님!"

우리가 가까이 온 것을 알아챈 라프타리아가 마모루 일행과 함께 달려왔다.

보아하니 활의 용사는 없는 것 같군.

"그쪽 작전은 순조롭게 돌아갔어?"

"네. 이쪽 활의 용사는, 마모루 씨가 있는데도 전장에 방패 용사가 나타났다는 소식을 듣고 놀란 기색이었어요."

아마 기습은 대성공을 거둔 모양이다.

"그래서? 활의 용사는 어떤 녀석이었지? 이츠키 같은 느낌?"

"뭐라고 해야 할지······. 이야기는 제대로 들어 주고, 상황에 따라서는 협조도 해 줄 것 같았지만, 말하는 걸 들어보니 자신의 목적을 우선시하는 것 같았어요."

"아마 맞을 거야. 활의 용사는 원래 그런 성격이야."

"예전 검의 용사 같은 분이셨어요. 단, 그보다는 시야가 좀 더 넓어 보였어요. 하지만 우리 입장에서는 썩 반가운 일은 아닐 것 같아요."

으엑······ 성가신 성격을 가진 놈 같군.

"파도의 첨병과는 달리, 용사의 역할에 대해서는 똑바로 인식한 것처럼 보였어요. 동료들과 연계하는 능력도 뛰어나서, 힘으로 밀어붙이기는 힘들 것 같고요."

뭐, 명색이 사성용사의 일원인데 우리를 속인 건 아니겠지.

그나저나 마모루는 대화 안 하고 뭐 한 거야?

"마모루 씨도 교섭을 시도했지만, 아무래도 대화가 평행선만 그리는 게······ 뭔가 속사정이 있어 보였어요."

으음······. 라프타리아도 알 수 없는 속사정이라. 몇 가지 패턴이 있을 테니 섣불리 단정하기는 힘들지만, 그 수단으로 전쟁까지 동원한다면 응전하는 수밖에 없겠지.

먼저 조우했으니 우리 입장에서도 대의명분을 주장할 수 있는 형국을 만든 셈이다.

남은 건 녀석들이 허튼소리를 하기 전에 선수를 치는 것뿐.

사실 이런 홍보는 쓰레기의 전매특허인데 말이지.

그런 쓰레기의 작전을 가까이서 찬찬히 관찰해 온 메르티와 루프트의 장래가 걱정될 만큼 능수능란한 실력이었다.

"제가 모습을 드러내니까 주위에서 다들 식은땀을 흘렸어요."

"용사와의 전투에 특화된 앵천명석은 꺼냈어?"

내 질문에, 라프타리아는 약간 쓴웃음 섞인 얼굴로 고개를 끄덕였다.

"나오후미 님이 즐겁게 물어보실 건 알고 있었지만……. 네, 권속기라는 걸 상대가 알아채지 못하도록 처음부터 앵천명석의 도로 바꾼 상태에서 상대했어요. 상대방도 상성 면에서 자신들이 불리하다는 걸 알고 있는 눈치였어요."

호오……. 쿠텐로에서 온 녀석과 상성이 안 좋다는 건 이미 알려져 있었다는 거군.

어떻게 된 상황인지 마모루에게 물어보는 게 좋을 것 같았다.

"나오후미 님 쪽 활약 덕분에 피엔사 군이 패주한 걸 알자마자 서둘러 후퇴했어요. 다만, 마지막에 활의 용사가 마모루 씨를 걱정하는 것처럼 보이기도 했어요."

"그런가……."

뭐, 사실 활의 용사도 싸우고 싶어 싸운 게 아닐지도 모른다.

나는 내 마음대로 하겠다는 태도는 대충 졸업한 용사인가.

아니면 뭔가 이유가 있어서 적대하고 있는 거겠지.

과거 시대에도 용사들 사이의 분쟁은 성가신 문제였군.

"어쨌거나, 우리가 상정했던 범위 안에서 정리됐군."

활의 용사를 죽이지 않은 채 진군을 단념시켰으니, 우리의 승리다.

나중에 또 싸울지도 모르지만, 지금은 이 정도에서 마무리하는 게 좋겠지.

그나저나…… 방패 용사와 활의 용사 사이의 악연은 이 시대부터 있었던 건가?

서로 협력하지 않았던 걸까? 그런 생각을 하고 있으려니, 마모루가 동료와의 대화를 마치고 나에게 말을 걸었다.

"나오후미가 활약해 준 덕분에 활의 용사를 유인할 수 있었어. 고마워. 듣자 하니, 당분간은 안 쳐들어올 것 같더군."

"상대편의 내부 사정이 어떤지는 알 수 없지만 말이지. 아, 그리고 마모루, 선물을 가져왔어."

나는 적의 본진에서 거들먹거리던 군사라는 녀석을 생포해 왔다는 사실을 이야기했다.

원래 실트란 녀석이었다는 모양이고 말이지. 배신자에게는 제대로 벌을 줘야겠지.

지금은 실트란 군 본진에 철저히 포박해 두었다.

피엔사 쪽이 양도를 요구하더라도 넘겨줄 필요는 없겠지.

"최대한 정보를 캐내고 나서, 지지고 볶든 알아서 해."

"나오후미 님, 웃고 계세요."

"뭐 어때? 배신은 큰 죄야. 어찌 됐건 우리가 여기 머물고 있는 동안에는 녀석들이 쳐들어올 수 없게 만들어 둬야 해."

"그, 그래……. 여러모로 협조해 줘서 고마워. 한두 번 해 본 솜씨가 아니던데, 미래는 정말 험난한 시대인가 보군."

"그렇지 뭐."

나는 소환되자마자 누명을 뒤집어쓴 것도 모자라 동료도 없이 무일푼 신세로 쫓겨났으며, 공격 능력이라고는 전무한 방패 용사 신세였으니까.

다소나마 공격 수단을 가진 마모루는 이해하지 못하겠지.

터프하지 않았으면 살아남을 수 없었다. 고작 이 정도 일 가지고 징징거릴 수는 없었단 말이다.

"이제 나—의 연구 대상은 지켜낸 셈이네. 내 입장에서는 현상 유지가 제일 중요했으니까, 잘됐지 뭐야."

"마을은 네 게 아니라고……."

"나오후미 일행 덕분에 살았네. 이렇게 아무 피해 없이 끝난 건 전례가 없는 일 아냐? 마물들을 이끌고 적진에 돌입하다니, 이야기만 들어도 소름이 돋는다니까. 드래곤을 상대로 그런 작전이 통한다는 것부터가 놀라워. 마모루도 같은 방패니까 따라 하면 되는 거 아냐? 내 말 맞지, 마모루? 내 이야기 듣고 있는 거니?"

레인이 대수롭지 않게 떠들었다. 진짜 말이 많네……. 세인을 좀 보고 배우라고 말하고 싶지만, 세인도 실은 수다쟁이일지도 모른다는 의혹이 있고 세인의 언니는 레인처럼 수다스러웠다.

혈통이라는 게 이렇게까지 영향을 미치는 건가……. 무서운 일이군. 마모루도 표정이 굳어 가고 있잖아.

그러고 보면 이 시대에는 라프타리아의 조상 같은 녀석이 용사들을 상대로 뭔가 일을 저지르고 있는 모양이고 말이지. 만날 날이 벌써부터 두려워지는데.

뭐, 만에 하나 적대하게 되더라도, 같은 앵천명석의 무기로 응전하면 대처할 수 있겠지.

힘만 가지고 다 해결할 수 있을 거라고 생각하면 오산이라고.

"자…… 그럼 우리는 그만 돌아가 봐야겠어. 회의 같은 건 나중에 하지. 그런 건 메르티나 루프트 같은 녀석에게 맡기면 돼."

"왜지? 이제부터 피해 보고와 격려회를 열어야 할 거 아냐?"

"너 말이야……. 놈들이 밤에 쳐들어오는 바람에, 우리는 잠도 안 자고 작전 준비를 했다고. 더는 졸려서 못 버텨. 어차피 이제 곧 해가 뜰 거야. 승전 기념회는 밤에 하면 되잖아."

마모루는 기운이 넘치는군.

물론 나도 졸음을 참고 버틸 수 없는 건 아니고, 방패의 가호가 있으니 장기간 활동도 가능하긴 하다.

하지만 나도 이제 지쳤단 말이다. 제발 잠 좀 자자.

"요리 재료 준비는 그럭저럭 해 놨어. 그거나 기대하라고."

마모루네 물자는 썩 풍족하지 못했지만, 호른이 바이오플랜트를 개조하고 있기도 하니 식량 문제는 앞으로 조금씩 개선될 것이다.

일단은 내 마을에 있는 물자로 해결하자……. 먹보들이 너무 많다 보니 재고가 좀 불안할 정도까지 떨어져 있긴 하지만, 이런 때에 격려의 잔치라도 열어 주지 않으면 녀석들의 사기가 떨어질 것이다.

마모루가 나를 쳐다봤다가, 라프타리아에게 시선을 옮겼다.

"저희는 지금까지 쭉 이런 식으로 싸워 와서요……."

"그렇군……. 알았어. 그럼 자잘한 잡무는 우리가 처리해 두지."

"그럼 돌아가자!"

이렇게 해서 우리는 전장에서 철수하게 되었다.

참고로 키르와 마을 녀석들은 교전 전의 준비 시간에 그럭저럭 눈을 붙였는지 철수 작업을 거들었다고 한다.

내가 끌고 온 마물과 드래곤들의 시체가 하나하나 운반되고, 적절한 처리를 거쳐서 마을로 옮겨졌다.

내가 한숨 자고 집에서 나왔을 때는 마물이 대량으로 쌓여 있어서 난감할 지경이었다.

전투에 참가하지 않았던 요리반이 열심히 처리하고 있었다.

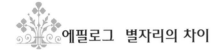# 에필로그 별자리의 차이

인원이 엄청나게 늘었기에, 마모루네 병사들과 협력자들을 내 마을로 불러서 대규모 승전 기념 파티를 벌였다.

마을에서 펼쳐진 야외 파티였다.

축제라고 해도 과언이 아닐 정도의 인원이 모여들었군.

"오? 이거 맛있는데."

"특이한 식물이네. 이것도 먹을 수 있는 거야?"

"나무에서 빵이 열리다니…… 굉장한데."

저마다 마을의 명물 요리며, 나와 요리반이 손질한 드래곤 등의 고기 요리를 만끽하고 있었다.

과거에나 미래에나 이런 파티는 큰 차이가 없는 것 같았다.

그래도 작은 동물 같은 아인이나 수인이 많아서 그런지, 예전과는 분위기가 좀 다르군.

게다가 가난한 지역 출신 특유의, 배고픔을 아는 눈빛이라고 할까.

지금 안 먹으면 앞으로 살아남을 수 없을 거라는 절박함이 가득한 녀석들이 정신없이 음식을 먹어치우는 모습은, 아무래도 마음에 걸렸다.

"계속 가져와서 계속 구워. 맛은 신경 쓰지 말고 먹어."

사전에 준비해 둔 음식은 눈 깜짝할 사이에 바닥을 드러냈기에, 이번에 처치한 마물들의 시체를 가져와서 고기구이로 배를 채웠다.

통구이 같은 걸 생각하는 녀석이 있을지도 모르지만, 그건 의외로 손이 많이 가고, 맛도 없다.

자칫 잘못하면 생고기를 씹는 사태가 벌어진다.

그래도…… 이런 파티는 우리 요리반의 경험치 축적에 좋을지도 모르겠군.

마물 고기는 완전히 피를 빼고 힘줄을 자르지 않으면 도무지 먹을 수가 없다.

손질이 잘못돼서 맛에 문제가 있는 고기는 마물들의 먹이로 주거나, 가공해서 비료로 쓰는 게 나을 때도 있다. 그 외에 방패의 조합에도 쓸 수 있으니, 버리는 것 없이 다 이용하는 셈이다.

"흐음흐음……. 뼈의 구조나 근육의 형태는 지식으로는 알고 있었고, 촉진을 통해서도 어느 정도는 파악하고 있었지만, 찬찬히 해부해 본 적은 없었단 말이지. 마침 좋은 기회니까, 이 기회에 나—도 같이 끼고 싶은걸."

연구에 대한 호른의 열의는 대단하군.

"어머나? 조상님은 마물의 어디를 어떻게 베어야 하는지도 모르고 있었던 거야? 이 마물은 말이지——."

라트가 선배처럼 생색을 내고 있다.

"여기랑, 여기랑, 여기쯤을 자르면 돼. 그리고 여기를 자르면 못 걷게 되지."

"대공은 마물의 움직임을 보는 데 일가견이 있다니까. 무기다운 무기를 쓸 수만 있으면 전투 중에 상대를 요리해 버릴 수도 있는 거 아냐?"

"그럴지도 모르지. 하지만 마물은 마력을 통해서 근육을 강제로 재생하기도 하니까 너무 기대하지는 않는 게 좋아."

이제 못 움직이겠지 생각했는데 움직이는 경우도 많다.

회복 마법이 존재하는 이세계 특유의 법칙 같은 걸까?

사실 회복 마법 중에는 충치를 치료하는 마법 같은, 별건 아니지만 편리한 마법도 있다.

육체에 간섭해서 뼈에 칼슘을 모아 재생하기라도 하는 건가?

나도 마법에 조예가 싶은 건 아니라서 잘 모르겠다.

"맛있게 요리할 수 있도록 마물을 죽이는 방법도 따로 있는데…… 너희도 알고 싶어?"

"알고 싶고말고!"

호른의 지적 호기심이 꿈틀거리는 모양이군. 뭐, 가르쳐 줘도 안 될 건 없겠지.

"사냥꾼에게 물어보면 바로 알 수 있는 일이지만, 우선 사냥감에게 스트레스를 주지 않고 죽이는 게 제일 좋아. 스트레스가 있으면 그만큼 고기가 맛없어지니까. 가능하면 일격에 처치하는 게 좋지."

"그건 기본 아니야?"

"기본은 중요하다고. 그리고 이건 이 세계나 이세계 특유의 법칙 같은 건지도 모르지만, 반대로 마물 자체가 충분히 죽음을 납득한 상태에서 죽어도 맛이 좋아지는 것 같더란 말이야."

치열한 전투를 벌인 끝에 처치한 마물은, 의외로 맛이 떨어지지 않는다. 자신의 죽음을 헛되이 하지 말라는 식의 발상일까. 마룡이 스스로 제공한 피의 품질이 뛰어났던 것처럼, 마물 자체의 의식 같은 게 육질에도 영향을 미치는 것 같았다.

일본에서는 상상도 하기 힘든 법칙이었다.

가축으로 사육하는 마물에게서 얻을 수 있는 재료들, 즉 알이나 젖 같은 것도 여기에 해당하는 건지도 모르겠다.

"전에 들어 본 적이 있는 것 같아. 접전 끝에 얻은 마물의 고기는 맛이 좋다는 이야기였는데, 단순한 근성론이 아니었나 보네."

"그리고…… 내 연구에 따르면, 기를 담아서 처치한 마물의 고기는 살아 있을 때와 같은 힘이 한동안 남아 있어서 손질하기 쉬운 것 같았어."

피비린내가 고기에 배지 않고 한동안 살아 있을 때와 같은 상태가 유지되기에, 핏물만 잘 빼면 비린내 없이 맛있게 먹을 수 있다.

원래는 숙성하는 것이 더 맛있지만.

"그건 세포에까지 기가 전해져서 활성화되는 걸 거야."

"아마 그런 구조겠지. 요리뿐만이 아니라, 물건을 만들 때도 기를 사용하면 품질이 향상되는 게 밝혀졌으니까."

"지식의 폭이 참 넓네. 연구에 큰 보탬이 되겠는걸."

"우리가 원래 세계로 돌아가는 방법에 대한 연구도 좀 해."

"말 안 해도 알아."

정말 알고 있는 걸까? 어째 대답이 경박해 보이는 느낌을 지울 수가 없다.

그나저나 드래곤 군단에게 큰 타격을 줘서 그런지, 호른의 기분이 엄청 좋아 보이는군.

드래곤을 싫어하는 건가?

뭔가 좀 마음에 걸리지만…… 괜히 신경 쓰지 말기로 하자.

"그리고…… 이건 용사만이 갖고 있는 비장의 카드야. 품질이 나쁜 마물 시체는 무기에 넣어서 고기로 변환, 품질을 보통 정도까지 올리고 나서 요리 실력으로 얼버무릴 수도 있어."

"우와…… 용사만이 쓸 수 있는 비겁한 수법이네. 게다가 맛있게 먹을 수 있도록 마물을 처치하는 방법도 아니네. 처치한 후의 치사한 품질 개선이네!"

"참으로 대공다운 수법인걸. 이번에 요리하면서 몇 번이나 써먹은 거지?"

"시끄러! 맛있으면 장땡이지."

"자—아, 그럼 나—는 이제 슬슬 연구에 복귀해 봐야겠어."

마치 당연하다는 듯 연구소 쪽으로 걸어가는 호른을, 라트가 의심 섞인 눈초리로 쳐다보며 쫓아갔다.

"뭐지?"

"당신, 내 미—군을 응시하던데, 설마 이상한 짓을 한 건 아니겠지?"

"그건 그 친구 본인이 결정할 일 아닐까? 엄청나게 감정이입하고 있는 것 같은데, 그건 대체 뭐지? 안 가르쳐 주면 나도 물러설 수 없어."

"미―군은 내 소중한 연구 샘플이야! 어리바리하지만 미워할 수 없고, 사고 때문에 거기서 나올 수 없게 됐지만, 언젠가는 나올 수 있게 될 거야."

뭔가 말다툼을 벌이는 것 같았지만, 그래도 일은 잘 풀리고 있는 것 같으니까 그냥 내버려 둬야겠다. 이상한 짓을 하면 보고하도록 윈디아를 시켜서 감시하고 있기도 하고 말이지.

"이쪽이 방패 용사 마모루의 협력자, 나오후미가 이끄는 행상단입니다. 기억해 주시길."

"다~프~."

루프트가 병사들에게 설명하고 있었다.

라프타리아와 달리 정치적인 동시에 장사에 대한 이해도도 뛰어나서 다행이란 말이지.

우리 마을이 출현한 곳이 하필 국경 근처다 보니, 앞으로 무슨 일이 생기면 국경 경비병들이 드나들게 될지도 모른다.

평화로운 상황이라면 나쁘지 않은 입지가 될 수도 있다. 다른 나라 물건을 들여오기 쉽다는 의미에서.

"정말 고맙다."

"소문으로는 들었지만, 마모루 님에게 든든한 협력자가 생겨서 다행이야."

"덕분에 우리 나라 사람들도 살아남을 수 있게 됐어."

"힘을 한데 모아서 파도를 이겨내야지."

제법 진지한 표정으로, 실트란 병사들…… 약간 비실비실해 보이는 아인들과 수인들이 사기를 끌어올리고 있었다.

"형, 형! 고기를 더 굽지 않으면 먹을 게 순식간에 동나겠어! 자, 포울 형도 좀 거들어! 요리 할 줄 알잖아."

"아니, 잠깐! 나는 형만큼 잘하지는 못한다고!"

"그래도 형 말로는 포울 형 취향의 양념이 이 나라 사람들 입맛에 맞는다는 모양이니까, 분명 맛있을 거야!"

"열심히 해—!"

"크윽……. 왜 내가 이런 곳에서 요리 따위나 하고 있는 거지? 아트라, 이것도 마을 사람들을 위한 일이야? 이 오빠는 이제 모르겠어. 계속 이대로 형을 따라가도 되는 걸까?"

"포울 형, 어째 좀 정신이 나간 거 아냐?"

키르의 지적이 제법 날카롭군. 하지만 그 원인은 바로 네놈들이라고.

뭐, 이런 식으로 마물들의 시체를 허비하지 않고 꼼꼼히 손질해서 먹도록 했다.

마모루 일행도 승전 파티 자리에 꼬맹이들을 데려온 덕분에, 꼬맹이들도 음식을 마음껏 먹고 있었다.

"마모루, 우리도 나오후미 애들에게 뭔가 보답해 줘야 할 텐데 말이야."

"그건 그래……. 뭘 해야 할지……."

실트란은 재건 작업에 내몰리고 있는 상황이니까.

보답이라고 해 봤자 대단한 건 받을 수 없겠지.

"그러고 보니까, 피엔사가 탐내던 성지라는 곳에는 안 가는 거야?"

"거기 가 봤자 썩 대단한 건 없을 텐데……. 가고 싶다면 나중에 안내해 주지. 하지만 이건 보답이라고 하기에는 좀 그런데. 으음……. 우리 쪽에는 돈도 식량도 물자도 없으니, 우리가 해 줄 수 있는 거라고는 기껏해야 국내에서의 권리나 다른 나라에 대한 통행증 발행 정도밖에 없어……. 그 외에는 지위 정도겠지."

"지위는 필요 없어."

과거의 세계인 이곳에 오래 머문다면 어느 정도 지위가 있는 게 편하겠지만, 어차피 마모루가 원조해 주고 있는 상황이니 딱히 필요성은 느끼지 않았다.

기껏해야 메르티에게 임시로 지위를 줘서 교섭을 용이하게 하는 정도의 용도밖에 없을 것이다.

하지만 그것도 마모루가 있는 한은 별 필요 없다.

"그렇겠지. 그렇다면 너희가 원래 시대로 돌아갈 수 있는 방법을 찾는 데 호른이 협조하는 정도밖에 없겠는데."

"그건 이미 하고 있어. 뭐, 이번에는 여러모로 도움을 받았으니까, 그 점은 마음 쓸 것 없어."

오히려 어느 정도 빚을 남겨 두는 편이, 마모루 쪽에 미안함을 느끼게 만들어서 교섭을 유리하게 이끌어나가는 데 보탬이 된다.

약점을 잡아 두는 건 중요한 일이라니까. 그래도 어느 정도 타협점은 필요하겠지.

"그럼 지금까지 마모루와 실트란 사람들이 모은 마물 소재를 나눠줘. 내가 뭘 원하는지 알겠지?"

용사는 세계에 있는 각종 소재를 통해 새로운 무기를 얻을 수 있다.

권력자를 통해 그런 물건들을 제공받으면 충분한 도움이 될 것이다.

"알았어. 나중에 준비시키지."

"온천에서 맨살로 우애를 다지는 것도 괜찮지 않겠니?"

레인…… 너 설마. 나를 상대로 음란한 접촉을 하려는 꿍꿍이는 아니겠지?

"기회가 있으면, 내가 발견한 비밀 온천으로 안내해 주지. 거기가 좋을지도 모르겠어."

"뭐, 그런 선의를 보면 마모루의 도량이 어느 정도인지 감을 잡을 수 있겠지."

이세계에 온 뒤로, 제법 자주 온천욕을 하고 있는 것 같다는 생각이 들었다.

카르밀라 섬에서도 그랬고 말이지.

그런 생각을 하고 있으려니 마모루가 진지한 표정으로 중얼거렸다.

"필로리알이라……."

마모루의 시선이 향하는 곳에는…… 마을 안에서 모이를 먹어치우는 필로리알들이 있었다.

이 시대에는 없는 마물이니 호기심이 생기는 것이리라.

마모루가 보면 우리는 미지의 기술을 가진 자들이다.

적절하게 기술을 제공해서 파도 대비에 필요한 물건들을 만들게 해야겠다. 세인의 언니 세력이 발명한 정체불명의 무기들에 맞서서, 호른과 라트가 녀석들을 깜짝 놀라게 할 만한 발명을 해 주기를 기대해야겠다.

빵나무처럼 편리하긴 해도 시시한 물건 말고 말이다!

"마모루······."

그런 나와 마모루의 대화를, 레인이 약간 불안해 보이는, 어쩨 마음에 걸리는 표정으로 쳐다보고 있었다.

"마모루 오빠."

시안이 마모루와 나를 번갈아 쳐다봤다.

"지금은 모두가 살아남은 걸 기뻐해야 할 상황이잖아?"

"······그래, 네 말이 맞아. 시안, 너도 많이 먹고 빨리 커야지."

"응! 나, 더 강해지고 싶어! 사람들을 전쟁에서 지켜 줄 수 있을 만큼!"

우리 마을 녀석들에게서 영향이라도 받은 걸까. 시안이 결의가 가득한 표정으로 마모루에게 말했다.

그런 대화를 나누고 있으려니, 윈디아와 에클레르와 함께 식사하는 렌의 모습이 눈에 들어왔다.

어쩨 이 세 사람은 자주 같이 다니는 것 같다는 느낌이 든단 말이지.

엄밀하게 말하자면 렌이 약간 두 사람에게 눌려 지내는 것 같아 보이기도 하는데······. 나는 마모루 일행과의 대화를 중단하고 세 사람에게 다가갔다.

"내 눈치 좀 그만 봐."

윈디아가 언짢은 표정으로 렌에게 볼멘소리를 늘어놓았다.

"아니, 그게······."

"보호자 노릇 하려고 들 필요 없어! 나는 혼자 살아갈 수 있고, 지금은 여기가 내 집이야! 렌도 그렇잖아?!"

윈디아 녀석, 반항기라도 시작된 건가?

아니. 보호자 노릇을 하려고 드는 렌의 태도가 마음에 안 든 것뿐이겠지.

"그래도, 아까도 말했지만…… 고마워."

"그래……."

"그나저나, 새삼 느끼지만 참 놀라운 곳에 왔군. 아버지께서 이런 상황에 맞닥뜨리셨다면 어떤 표정을 지으셨을지……."

"에클레르의 아버지는 원래 나오후미의 영지를 통치하고 있었다고 했지?"

"그래. 나도 그렇게 훌륭한, 사람들의 신뢰를 받는 영주가 되고 싶지만……. 지금 이런 상황에서 어떻게 해야 좋을지 고민되는군."

현재, 에클레르는 렌과 함께 마을에서 활동하는 중이니까.

일단은 메르티의 호위 활동도 하고 있지만, 썩 든든하지는 않단 말이지.

변환무쌍류 수행은 계속하고 있다는 모양이지만.

"전에도 이야기한 적이 있었던 것 같다만. 나는 이와타니 공이나 메르티 여왕 폐하가 영지를 재건하는 모습을 지켜봐 왔어……. 그런 두 사람의 발끝만치도 따라가지 못하는 내 자신의 무능함이 한심할 뿐이야."

"노력하면 에클레르도 할 수 있어. 나도 협조하지."

"렌이 도와주겠다고 나서면, 검의 용사를 숭배하는 신자들이 모여들 것 같군."

"나오후미도 마찬가지잖아. 나는 안 되는 거야?"

"음……. 으음, 고민되는군. 렌을 이용해서는 안 되는 것 아닌가? 아니, 이와타니 공이나 메르티 여왕 폐하, 전 여왕 폐하도 왕이나 이와타니 공을 이용하고 있긴 하지. 하지만 그러면 내 실력이……."

에클레르가 팔짱을 낀 채 고민에 잠겼다.

고지식한 무인이다 보니, 통치자다운 사고방식을 갖기가 힘든 거겠지.

"이와타니 공이나 왕…… 쓰레기 공을 보면서, 수단 방법을 가리다가는 소중한 것을 잃을 때도 있다는 걸 알게 되기는 했어. 하지만…… 대체 어느 정도에서 선을 그어야 하는 거지?"

"그렇게 고민될 때일수록 나나 윈디아, 나오후미와 메르티 여왕을 활용해야 하는 거 아냐? 언제든지 의논에 응해 주지."

"그, 그러지……. 그럼 렌, 첫 번째로 의논에 응해 줬으면 좋겠군."

"뭐지?"

"요즘 들어 나는, 비교적 신참인 라프타리아의 사촌, 루프트 밀라에게 여러모로 뒤처지고 있는 게 아닌가 하는 생각이 들기 시작했어. 이번 싸움에서나, 앞으로의 싸움에서나, 그 모든 면에서……. 어떻게 하면 그렇게 성장할 수 있는지 가르쳐 줘."

"으……."

시작부터 난이도 높은 질문이군.

어쨌거나 에클레르는 루프트와 접점도 많고 지내는 위치도 가까우니까 말이지.

그런 의미에서 라이벌 의식을 갖는 건지도 모른다.

현재 에클레르가 루프트에게 밀리고 있는 건 사실이긴 하다.

전투 면에서 어떨지는 미지수지만, 루프트가 기를 습득하게 되면 에클레르가 우세를 보일 부분은 거의 없어질 것이다.

나중에 렌에게 가르쳐 줘야겠군. 사람은 라이벌이 있으면 성장하는 법이라고.

날이 다르게 눈부신 성장을 보이는 루프트를 상대로, 앞서거니 뒤서거니 하는 관계로 성장해 나가면 될 것이다.

애초에…… 내가 제대로 통치하고 있다고?

까놓고 말해, 장사 지시만 하고 있는 것 같다는 느낌도 들었다.

사기가 오를 법한 말을 하거나, 온라인 게임 길드 운영 경험을 바탕으로 해서 마을 사람들이 활동하기 편한 환경을 구축하는 정도의 활동은 했지만 말이지.

쿠텐로에서 라프타리아를 천명의 자리에 올리기도 했다.

하지만 이것들은 통치자의 역할과는 뭔가 다른 것 같다는 느낌이 드는 게 사실이었다.

문득, 나는 마모루 쪽을 처다봤다.

마모루가 실트란 사람들의 뜨거운 기대를 한 몸에 받고 있다는 것은, 마을에 모여 있는 병사들을 보면 한눈에 알 수 있었다. 드래곤 군단이 쳐들어왔다는 소식을 접하고도, 그 병사들은 한 발짝도 물러서지 않고 싸울 결의를 보였다는 모양이고 말이다.

아인과 수인 기준으로 썩 전투력이 뛰어난 편이 아닌 녀석들까지도 싸움에 나설 의지가 있는 것이다.

그건 내 마을 녀석들도 마찬가지여서, 종족적으로 강한 녀석들은 얼마 없다.

그래도 키르를 비롯한 마을 녀석들은 한 발짝도 물러서지 않고 싸운다.

잃는다는 것의 무서움이 그 몸에 각인됐기 때문이리라.

뭐, 방패 용사라는 측면에서 보자면, 사람들의 신뢰를 얻는 게 제일 중요할지도 모르는 거겠지.

한편 에클레르에게 권해야 할 것은, 검술 훈련이나 신체 단련이 아닌 제왕학일 것 같았다.

"저…… 쓰레기와 메르티의 일 처리를 보는 관점에서, 에클레르와 루프트 사이에 차이가 있는 게 아닐까? 에클레르는 쓰레기가 생각한 작전안을 대충 훑어보는 정도지만, 루프트는 꼼꼼하게 살펴본 거겠지."

"그렇군. 하지만 그 수많은 작전안들을 전부 보는 건 솔직히 내 힘으로는 역부족일 것 같은데……. 그래도 해야 하는 건가?"

"너는 영주가 되고 싶은 거잖아? 그건 능력 있는 사람에게 맡기면 되는 거 아냐?"

굳이 따지자면 에클레르는 라르크처럼, 누군가 유능한 녀석에게 일을 떠맡겨 놓고 중요한 결정을 내릴 때 앞장서서 역할을 떠맡는 스타일 같아 보이니까 말이지.

리시아나 에스노바르트처럼 자기 분수에 맞는 일이나 하면 좋으련만, 왜 다들 이렇게…… 소질에 맞지도 않는 일에 도전하려는 건지 모르겠다니까.

에클레르를 보고 있자면, 어쩐지 메르티의 심정을 이해할 수 있을 것 같다.

그렇게 생각하면서 라프타리아와 메르티 쪽으로 시선을 돌리니, 두 사람은 사람들에게서 약간 떨어진 곳에서 하늘을 올려다보고 있었다.

예전에 메르티 유괴 사건 때 노숙했던 일이 떠오르는군.

그대는 필로도 있었지만, 이 자리에는 없다.

빨리 원래 세계로 돌아가야겠다.

돌아가는 게 늦어지면, 모토야스 때문에 필로가 스트레스를 이기지 못하고 쓰러질 것 같다.

내가 아는 어떤 검의 용사처럼 말이지.

"왜들 그러고 있어? 하늘에 뭐라도 있어?"

"아, 나오후미 님. 메르티랑 같이 별을 보고 있었어요."

"그랬군……. 뭣 좀 알아낸 거라도 있어?"

"으음…… 유명한 별자리 몇 개가 안 보여요. 눈에 익은 별자리도 있긴 하지만요. 역시 이런 일도 일어나나 보네요."

나도 라프타리아와 같이 하늘을 올려다봤다.

카르밀라 섬에서 온천욕을 할 때도 올려다본 적이 있었지만, 나는 도무지 별자리를 외울 수 없었다.

파도에 의해 세계가 융합되기 전의 세계……. 하늘을 올려다봤을 때, 눈에 익은 별자리가 없는 건 당연한 일일까? 그렇다면 우주까지 뒤섞였다는 이야기가 되는데……. 하긴, 우주도 세계의 일부니까.

세계가 융합하니 우주도 융합되는 건 당연한 일일지도 모른다.

"어중간한 이세계보다 더 멀리 온 것 같다는 느낌이 드는군."

"네. 설마 과거에 오게 될 줄이야……. 세계는 신비로 가득하네요."

"필로가 잘 지내고 있어야 할 텐데……."

메르티가 별을 올려다보며 중얼거렸다.

"모토야스를 잘 따돌리기를 기대하는 수밖에 없겠지."

이런 상황에서도 필로 걱정을 하다니, 메르티와 필로는 정말 친한 친구인가 보다.

"이렇게 이세계 같은 곳에 가는 건 나오후미 일행이나 겪는 일인 줄 알았는데……. 나까지 이런 성가신 일에 말려들었지 뭐야."

"어쩔 수 없잖아. 이것도 적의 공격일 테니까."

"나도 알아. 하지만 이 상황을 한탄만 하고 있어서는 아무것도 못해. 함정에 걸려들었던 나오후미가 다부지게 살아남은 것처럼, 우리도 다부지게…… 과거에 소실된 뛰어난 기술이라도 익혀서 원래 시대로 돌아가자."

"그렇게 해요. 나오후미 님처럼 다부지게, 한시라도 빨리 원래 시대로 돌아가야겠죠."

나처럼 다부지게라는 대목이 좀 마음에 걸리지만, 그 기세로 행동해야 한다는 점에는 나도 동감이었다.

"그래. 솔직히 원래 세계로 돌아갈 수 있는 방법은 실마리도 안 보이는 상황이지만, 이런 짓을 저지른 녀석에게는 따끔한 맛을 보여 줘야지."

그렇다. 오늘 붙잡힌 그 마술사처럼.

"정말이지…… 나오후미다운 태도네."

"마롱이나 할 법한 소리지만, 그게 나의 장점 아니야?"

"그게 장점인가요?"

"장점인지 단점인지는 너희가 알아서 판단해."

"어쨌거나 순조롭게 버텨내고 있으니까 장점이겠지. 자, 다들 열심히 해 보자구."

"무슨 일이 있어도 포기하지 않는 게 중요하겠죠. 다 함께 열심히 해 봐요."

우리는 이렇게 과거의 이세계로 날아왔지만, 절대 포기하지 않고 원래 세계로 돌아가겠다고…… 더 굳게 다짐했다.


(계속)

# 방패 용사 성공담 20

2019년 06월 10일 제1판 인쇄
2019년 06월 20일 제1판 발행

**지음** 아네코 유사기  | **일러스트** 미나미 세이라  | **옮김** 박용국

**펴낸이** 임광순
**제작 디자인팀장** 오태철
**편집부** 황건수 · 신채윤 · 이병건 · 이홍재 · 김호민
**디자인팀** 한혜빈 · 김태원
**국제팀** 노석진 · 엄태진

**펴낸곳** 영상출판미디어(주)
**등록번호** 제 2002-000003호
**주소** 21311 인천광역시 부평구 평천로 132 (청천동)
**전화** 032-505-2973(代)  | **FAX** 032-505-2982

ISBN 979-11-6466-106-0
ISBN 979-11-319-0033-8 (세트)

영상출판미디어(주)

# 아네코 유사기
# 작품리스트

◆

**영상출판
미디어㈜**

트랜드를 이끄는 고품격 장르소설